DREAMBOOKS

루비와 황금저울

3

렘넌트 판타지 장편소설

ORIGINAL FANTASY STORY &ADVENTURE

dream
books
드림북스

루비와 황금저울 3

초판 1쇄 인쇄 2017년 9월 22일
초판 1쇄 발행 2017년 9월 29일

지은이 렙넌트
발행인 오영배
기획 박성인
책임편집 편집부
디자인 권지연
제작 조하늬

펴낸곳 (주)삼양출판사 · 드림북스
주소 서울시 강북구 도봉로 173
대표 전화 02-980-2112 **팩스** 02-983-0660
편집부 전화 02-980-2116 **팩스** 02-983-8201
블로그 blog.naver.com/dreambookss
출판등록 1999년 3월 11일 제9-00046호

ISBN 979-11-313-0669-7 (04810) / 979-11-313-0666-6 (세트)

드림북스는 (주)삼양출판사의 판타지 · 무협 문학 브랜드입니다.

루비와 황금저울

3

렘넌트 판타지 장편소설

ORIGINAL FANTASY STORY &ADVENTURE

dream
books
드림북스

Contents

Chapter 1.

월 크로우 2세

"우리 귀염둥이들! 나 왔다!"

토마스의 긴급 구속으로 어수선했던 상단 사무실의 분위기가 확 바뀌었다.

예상보다 일찍 돌아온 토마스의 귀환에 직원들은 안도의 한숨을 쉬었다.

"몸은 괜찮으세요?"

"얼마나 걱정했는지 아세요?"

상단주의 복귀에 직원들이 반색을 하며 모여들었다. 토마스는 직원들의 환호에 우쭐한 표정으로 사무실 중앙 책상 위로 올라갔다.

팀장들은 물론이고 신입 사원들의 얼굴에도 안도감이 피어올랐다. 상단주를 바라보는 직원들 마음속에는 이런 믿음이 생겼다.

A&M 투자상단은 약하지 않다.
4대 상단의 공격에도 끄떡없다.

그동안 4대 상단의 이익에 반하는 행동을 한 수많은 중소 상단들이 이런 식으로 사라졌다. 억울한 누명을 뒤집어씌우고 파산시키는 것은 4대 상단들이 흔히 쓰는 수법이었다.

토마스의 무사 귀환으로, 위기감을 가졌던 직원들은 자신들의 상단에 대해 자부심을 가지게 됐다.

"월 상단의 소식은 들었지?"

감옥에서 돌아온 토마스가 현 상계에서 가장 큰 이슈를 꺼내들었다.

월 상단의 최대 위기.

황실의 세력인 정보청과 원로원 세력인 농림부와 재무부의 합동 감사로 인해 월 상단은 업무가 마비되었다. 월 상단 본부에 있는 모든 서류들은 압수되었고 고위직에 있는 인사들도 모두 소환된 상태다.

"황실과 원로원이 손을 잡고 4대 상단 중 하나를 죽이려고 한다는 소문에 상단계가 뒤숭숭합니다. 4대 상단 휘하에 있는 협력 상단들이 상계에 대한 탄압이라며 시위라도 할 기세입니다."

"월 상단이 그렇게 된 게 누구 작품일까?"

"설마 상단주님의 솜씨란 이야기를 하려는 건 아니겠죠?"

토마스는 의자에 걸터앉았다. 으쓱한 표정으로 직원들을 돌아보며 엄지손가락으로 자신을 가리켰다.

"빙고! 나의 솜씨지."

"에이, 거짓말. 상단주님은 감옥에 계셨잖아요."

"진정한 지배자는 자신이 움직이지 않고도 대세를 이끄는 법이야. 만약 내가 드러내 놓고 행동했어 봐. 우리 상단이 무사했을 거 같아?"

"할머니가 죄수나 군인의 말은 믿지 말라고 하셨는데 틀린 말씀이 아니군요. 뻥을 치셔도 적당히 치셔야지, 감방에 계셨던 분이 무슨 수로 대세를 이끈단 말입니까!"

자원팀의 아이언 팀장이 덥수룩한 수염을 휘날리며 고개를 저었다.

과묵하기로 유명한 아이언 팀장의 지적에 직원들도 고개를 끄덕였다. 상식적으로 생각해 봐도 감옥에서 4대 상단을 곤경에 빠뜨릴 계획을 세웠다는 토마스의 말은 신빙성이 없었다.

"아니, 이것들이! 상단주의 말을 의심해!"

"에이, 상단주님. 저희가 어린애도 아니고 우길 걸 우기셔야죠."

A&M 투자상단의 유일한 인턴 직원인 테디가 직원들에게 따뜻한 차를 돌리며 한마디 했다.

신입 직원들이 들어왔음에도 차 돌리는 일은 여전히 테디의 몫이었다. 학생에다가 오후에만 근무하는 특수한 환경 때문에 정직원으로 올리기에는 무리가 있었다.

"테디. 믿었던 너마저……."

"한잔 드시고 정신 차리세요."

얼떨결에 하얀 도자기 찻잔을 손에 쥔 토마스는 억울하다는 표정을 지었다. 특히나 믿고 있었던 테디마저 자신을 외면하자 뒷목을 부여잡고 휘청거렸다.

"정말이야! 나 토마스의 각본에 고문님이 움직인 결과로 벌어진 일이라니까!"

"영원한 앙숙 관계인 황실과 원로원이 상단주님의 계획에 손을 잡고 윌 상단을 공격했다고요? 거리에서 그런 소리 하시면 몰매 맞아요. 고문님이 그러셨다면 또 모를까."

테디의 날카로운 지적에 직원들은 고개를 끄덕이며 하나둘씩 자신의 자리로 돌아갔다. 대부분 상단주가 감옥에서 돌아오더니 이상해졌다고 여기는 분위기다.

"나 못 믿어? 윌 상단이 저렇게 된 건 전부 내 머릿속에서 짜인 치밀한 계획 때문이라고!"

"에휴. 감옥에 갔다 오시더니 정신이 더 이상해지셨네."

"정말이라니까! 황실에 미끼를 던지고 귀족들의 대장인 클라우스 공작가의 약점을 동시에 이용하자는 건 내 머리에서 나온 계획이라고!"

클라우스 공작가라는 토마스의 말에 테디가 당황했다. 어쨌든 자신의 가문과 상단이 얽혀 있다는 상단주의 말에 관심이 갈 수밖에 없었다.

"물론 고문님이 쥐꼬리만 하게 도와주시기는 하셨지. 하지만 고문님은 내 천재적인 계획에 한 손 거든 정도라고나 할까?"

신입 사원들은 토마스의 허황된 말을 계속 들어주는 테디를 신기한 듯이 쳐다보았다. 계급은 인턴 직원이지만 직장 선배인 테디가 토마스의 말에 귀 기울이는 모습은 평소와는 너무 달랐다.

'드디어 예상했던 대로의 반응이 나오는군. 어디까지 풀어야 직원들이 이 상단주의 위대함을 알아줄까?'

토마스는 주변을 살펴보며 어깨를 들썩였다. 테디뿐만 아니라 햇병아리 신입 사원들까지 자신의 이야기에 귀를 기울이는 모습에 제대로 먹혔다고 확신했다.

그러나 순간적으로 달라진 사무실의 분위기와 자신 쪽으로 집중되는 직원들의 시선에 토마스는 뭔가 일이 잘못되어 가는 것을 느끼고 재빨리 뒤돌아보았다. 무엇보다 등 뒤에서 느껴지는 섬뜩함이 본능적으로 도망치라고 경고하고 있었다.

"이 자식 정신 못 차렸구나. 내가 뭘 거들어?"

"히익!"

뒤를 돌아보니 언제 출근했는지 아카드가 한심하다는 눈빛으로 토마스를 쳐다보고 있었다. 아카드가 점점 다가오자 토마스의 발이 자동으로 뒷걸음질 친다.

"하하하. 소리 소문도 없이 언제 출근하셨습니까?"

토마스는 약간은 가벼우면서도 비굴하게 웃어 보였지만 뒤에 나타난 인간은 쉽게 넘어갈 사람이 아니었다. 자신이 아는 한 대륙에서 가장 철두철미하고 무서운 인간이 인상을 찌푸리며 직원들 앞에서 심문을 시작했다.

"말 돌리지 말고 계속해 봐. 들어 보니 재밌던데? 거 참! 보석금으로 빼 줬더니 뭐가 어쩌고 어째?"

"하하하. 고문님도 참! 사람 말은 끝까지 들으셔야죠. 저의 허술한 계획과 고문님의 치밀하고도 과감한 결단이 윌상단을 무너뜨리는 원동력이 됐다는 것을 직원들에게 설명하려고 했는데, 앞부분만 들으시고 사람을 오해하고 그러십니까?"

"오호라. 그러서? 직원들에게 물어볼까?"

토마스의 횡설수설에 테디뿐만 아니라 직원들 모두가 당황했다.

방금 전까지 직원들에게 장황하게 자랑하던 상단주가 고문님 앞에서 쩔쩔매는 모습에 다들 고개를 돌렸다.

"방금 전에 고문님은 거들었다면…… 우읍."

궁금한 것은 참지 못하는 테디가 두 사람 사이에 끼어들며 앞으로 나섰다.

"헤헤. 애가 또 엉뚱한 소리를 하네."

토마스가 테디의 입을 다급하게 막았다. 하지만 아카드의 눈빛은 모든 것을 알고 있다는 표정이었다.

"잠깐 좀 보자."

이대로 끌려가면 죽는다고 생각한 토마스의 눈동자가 바쁘게 돌아갔다. 그러다가 뭔가를 발견했는지 토마스는 아카드의 어깨를 쳐다보며 자신에게 쏠린 화제를 돌렸다.

"웬 고양이랍니까? 아이고. 우리 고문님 외로우셨구나. 진작 말씀하시지. 표지부터 죽여주는 따끈한 신작이 나왔…… 아얏!"

"정신 못 차렸지? 원래 왔던 곳으로 보내 줄까?"

"잘못했습니다."

평소처럼 검은 슈트를 입은 아카드의 왼쪽 어깨에는 푸른빛이 살짝 감도는 회색 고양이 한 마리가 앉아 있었다. 동글동글한 얼굴에 연한 하늘빛 눈동자는 청명한 하늘을 그대로 옮겨 놓은 것 같았다.

"길거리에서 주운 거니까 헛소리하지 말고."

"하악!"

고양이가 아카드 쪽으로 고개를 돌려 날카로운 소리를 냈다. 고양이 모습으로 변한 것도 짜증나는데 계약자가 사람들 앞에서 자신을 길 고양이 취급하자 고함을 질렀다.

─계약자! 네놈이 이 꼴로 만든 주제에 중급 정령이신 이 몸을 인간들 앞에서 도둑고양이 취급하는 거냐!

'머리 울리니까 조용히 하자.'

─네가 조용히 하라고 하면 바람의 정령 실리안 님이 조용히 할 것 같으냐? 계속 떠들 거야!

계약을 통해 중급 바람의 정령 실리안은 아카드에게 종속되었다. 하지만 매번 계약자의 뜻에 반항하는 정령의 태도에 아카드는 귀찮은 표정으로 고개를 흔들었다.

'정령들은 다 너처럼 계약자에게 반항적인가?'

─이제 막 애송이 정령사가 된 너에게 이 몸이 계약해 준 것을 황송하게 생각해야지. 어디서 길 고양이 취급이냐!

'계약 무를까?'

―어…… 어, 그건 곤란하다. 한번 맺은 계약은 어느 한쪽이 생을 다하기 전까지 무를 순 없다.

계약을 무르자는 말에 실리안이 갑자기 당황했다. 고양이로 변한 바람의 정령은 꼬리를 살짝 흔들며 딴청을 피워 댄다.

"고문님. 제가 쓰다듬어 봐도 될까요?"

식품팀장 그로세가 실리안에게 시선을 고정한 채로 다가왔다.

블루 컬러가 섞인 부드러운 모질과 도도한 인상을 가진 실리안의 외모에 차갑기로 유명한 그로세조차 녹아 버렸다.

"하악!(어디서 못생긴 인간이 내 머리를 만지려고 해!)"

그로세의 손길을 거부하는 실리안의 저항이 생각보다 거세다. 적대감을 드러내는 고양이의 울음소리에 그로세는 표정이 굳은 채 뒤로 물러섰다.

"길 고양이라서 그런지 성격이 사납네요."

"하악! 하악!(길 고양이? 성격이 어쩌고 어째?)"

실리안은 아카드의 허락만 떨어진다면 금방이라도 달려들 기세다. 꼬리까지 치켜들며 하악거리는 고양이의 화난 모습에 그로세는 겁먹은 표정으로 물러났다.

"데려오셔도 고문님과 꼭 닮은 녀석을 데려오셨네요. 어쩜

그리 성격이 더러…… 시크한지. 정말 키우실 생각이세요?"

"이번 달 월급도 받기 싫으냐?"

"제 말은 고양이가 잘생겼다는 말이죠. 칭찬을 해도 그러실까?"

토마스는 난데없는 마스터의 변화에 고양이를 호기심 어린 눈으로 관찰했다. 다행히 실리안은 뚱한 눈으로 토마스를 바라볼 뿐 그로세가 왔을 때처럼 앙탈을 부리진 않았다.

"다들 구경났어? 여기서 뭐해?"

사무실의 모든 시선이 자신의 어깨로 집중된 것이 불편한지 아카드는 직원들에게 한 소리 했다. 그러자 한 사람을 제외하고는 모두 고개를 돌려 일상의 모습으로 돌아간다.

"넌 뭐냐? 일 안 해?"

"전 아직 근무시간 아닌데요?"

아카드에게 유일하게 겁먹지 않는 직원, 테디가 아카드를 올려다보며 또박또박 대답한다.

"너랑은 말을 말아야지."

테디의 출근 시간은 5시. 아카데미 학생이라 모든 강의가 끝나는 5시에 출근하는 것으로 근로 계약서를 작성했다.

"저기 일하는 직원들에게 미안하지 않냐?"

"월급도 정규 직원 반밖에 안 주시면서 너무 많은 걸 바라시네요?"

"줄 마음이 생겨야 올려 주지."

"상사가 대우를 확실히 해 주셔야 직원도 열심히 하죠. 회계 업무에 상단의 주 사업을 혼자 담당하는 인턴 직원 있으면 나와 보라고 해요."

역시 강적이다. 테디는 아카드에 맞서 한 마디도 지지 않는다.

"둘 중에서 하나라도 똑바로 해 봐. 올려 주지 말라고 부탁해도 올려 줘."

"알았어요. 열심히 할게요. 대신……."

"넌 어떻게 상사의 말에 꼬박꼬박…… 응?"

말대답할 줄 알고 뭐라고 하려고 했던 아카드가 말을 멈추고 테디 쪽을 바라보았다. 생각지도 못했던 테디의 대답 때문이다.

"근무시간 전까지 제가 고양이를 돌보면 안 될까요?"

테디는 초롱초롱한 눈빛으로 아카드의 허락을 기다렸다.

'목적이 그거였냐? 어쩐지 웬일로 순종적으로 대답하나 했다. 납치됐다더니 몸은 괜찮은 건가?'

MT에서 테디의 상태를 확인하지 못했던 아카드가 걱정스러운 표정으로 위아래를 훑어보았다.

"MT에서 다친 데는 없어?"

"네? 네, 괜찮아요. 얼른 고양이 줘요."

실리안에게 정신이 팔려 상사의 말에 건성으로 대답하는 인턴 직원을 보며 아카드는 한숨을 쉬었다.

"방금 봤잖아. 괜히 고양이한테 긁혀서 상단에 치료비 물어 달라고 하지 말고⋯⋯."

"냐앙."

누가 들어도 고양이가 기분 좋아하는 나긋한 소리가 실리안의 입에서 나왔다.

─기분 좋은 향기가 나는 인간이다.

'무슨 소리야?'

─몰라도 돼.

실리안은 아카드의 어깨를 벗어나 테디의 품으로 폴짝 안겼다. 테디의 품이 마음에 드는지 긴 꼬리를 살랑살랑 흔들며 애교를 피워댔다.

"끼리끼리 잘 어울리네."

"아이, 귀여워! 이름이 실리안이에요? 이름도 예쁘고 만지니까 털이 부드럽고 시원해요."

"그러시겠지. 토마스."

아카드는 자신이 계약한 정령과 상단에서 제일 싫어하는 테디가 즐거워하는 모습을 보자 배알이 꼴렸다. 토마스는 그 모습을 보며 위기감을 느꼈는지 테디 곁에 딱 붙어 떠나질 않는다.

"아하…… 고양이 참 귀……엽다."

실리안이 한심한 표정으로 토마스를 바라봄에도 불구하고 요지부동이다.

"상단주님께서 고양이 구경할 때가 아닌 거 같은데? 우리 할 이야기 있지?"

아카드는 토마스의 귀를 붙잡고 자신의 집무실로 끌고 갔다.

"저는 고문님과 할 이야기 없는데요?"

"구치소에서 내준 숙제 있잖아. 따라와서 숙제 검사 맡아."

아카드에게 귀를 잡힌 토마스는 도살장의 소처럼 고문실로 질질 끌려갔다.

*   *   *

"상단 때문에 감방에도 갔다 온 사람에게 너무한 거 아닙니까? 상단주 체면이 있지."

토마스는 불만 가득한 얼굴로 대들었다. 상단을 위해 희생한 자신에게 이러는 게 섭섭하다는 표정을 잔뜩 담아.

"그 상단주 자리 준 사람이 나야. 확 잘라 버릴까?"

"아이, 씨! 나는 감방에 끌려가서도 어떻게 하면 상단을 번창시킬까, 어떻게 하면 마스터에게 충성을 할까 고민했는데 너무하십니다.”

토마스는 강하게 나가다가 잘라 버린다는 말에 바닥에 퍼질러 앉아 서러운 표정을 지었다.

“말로만 고민하지 말고 결과물을 내놔.”

“안 그래도 그러려고 하거든요?”

토마스는 아카드를 자신감에 차 있는 눈으로 노려보았다. 마치 아카드가 그 말을 해 주기를 기다렸다는 말투다.

“윌. 들어와.”

상단 고문실의 문이 열리고 한 사람이 들어왔다.

짧은 머리에 단단한 몸매를 가진 청년이었다. 나이는 20대 초중반인 것 같은데 왼쪽 얼굴에 입은 화상 자국 때문에 정확한 나이는 추측하기 어려웠다.

“누구지?”

아카드는 고개를 갸웃했다.

처음 보는 얼굴이다. 토마스가 큰소리치는 것으로 보아 꽤 중요한 인물 같은데 도무지 알 수가 없었다.

“인사해. 이분은 A&M 투자상단의 물주!”

토마스는 아카드에게 복수라도 하듯이 물주라는 말에 힘을 주었다.

“윌 크로우 2세라고 합니다.”

"월 크로우 2세? 설마 예전 월 상단주의 아들?"

아카드는 놀란 표정으로 토마스와 앞의 청년을 번갈아 보았다.

놀랍게도 토마스가 데려온 인물은 아카드 때문에 월 상단주 자리에서 쫓겨난 월 크로우의 아들이었다. 맥주 마스터 라거를 빼앗기고 주류 시장 통합에 실패한 월 상단주는 주 채권단인 제국은행의 대출 조기 상환이라는 극단의 조치로 인해 자리에서 쫓겨났다.

그 후, 월 크로우는 먼지처럼 사라졌다. 아무도 그의 얼굴을 봤다는 사람은 찾을 수 없었다.

불행은 거기서 끝나지 않았다.

월 상단주의 가족들은 괴한의 침입에 의해 모두 죽고 저택도 불에 탔다.

치안대가 뒤늦게 도착했지만 화재로 인해 괴한의 정체는 밝혀낼 수 없었고, 생존자도 없기에 '원한에 의한 살해'로 결론짓고 수사는 조기 종결되었다.

"네. 그쪽 덕분에 상단주 자리에서 쫓겨나고 실종된 월 크로우의 아들입니다."

아카드를 바라보는 월 크로우 2세의 눈빛에는 독기가 가득하다. 그는 일그러진 얼굴과 부르르 떠는 손을 부여잡으며 억지로 말을 이었다.

"여기서 일하고 싶어 찾아왔습니다."

예상치도 못한 월 크로우 2세의 말에 아카드는 흥미로운 눈빛을 했다.

이 사실을 모를 리 없는 토마스가 월 크로우 2세를 데려온 이유가 궁금했다.

'저 자식이 덜렁거려도 사람 보는 눈은 있는데 뭘 발견했기에 여기 데려왔을까?'

아카드는 관심 없는 표정으로 바라보며 물었다.

"내가 왜 당신을 고용해야 하는지 설명해 봐."

"지금 A&M 투자상단은 버서커 상태나 다름없습니다. 제국은행에게 미운털이 단단히 박힌 상태로 앞만 보고 달려야 한다는 말입니다."

"미운털이 박혔나? 난 잘 모르겠던데."

아카드는 귀를 후비며 딴청을 피운다.

"지금이야 원로원과 제국은행 사이가 틀어져 참고 있는 것처럼 보이지 않겠지만, 힘의 균형은 무너지지 않을 겁니다. 결국 장기전으로 가면 돈이 권력을 능가할 테니까요."

"길게 말하는 거 안 좋아하니까 요점만 말해."

월 크로우 2세는 비장한 표정으로 천천히 입을 열었다.

"제국은행과 4대 상단에 대해 누구보다 잘 알고 있는 저의 재능이 탐나지 않으십니까? 저를 고용해 주신다면

A&M 투자상단의 발전에 큰 도움이 될 겁니다."

"결국 거래를 하자, 이 말이네?"

"상인이니까요."

"의도는 좋은데 난 거절. 다른 곳 가서 알아봐."

아카드의 냉정한 대답에 월 크로우 2세는 당황했다. 4대 상단의 후계자였던 자신이 능력을 발휘해 주겠다는데 상대는 전혀 관심을 보이지 않았다.

"이유가 뭡니까?"

"이유? 네놈이 언제 뒤통수를 칠지 모르는데 내가 왜 그런 위험을 무릅쓰면서까지 널 고용해야 하지?"

"제국은행에서 이 상단을 그냥 둘 것 같습니까? 그들은 후환이 될 싹은 흔적조차 남기지 않고 지워 버립니다. 저를 보시면 모르겠습니까?"

월 크로우가 자신의 치부인 얼굴의 화상을 들이밀었다. 그의 시뻘건 눈동자에서는 피눈물이 흐르고 있었다.

치안대에서는 범인의 흔적을 찾을 수 없다고 하지만 월 크로우 2세는 똑똑히 보았다. 자신의 가족과 가신을 도륙하고 불 지르는 모습을.

"도련님, 저희의 마지막 모습을 꼭 기억해 주십시오. 그리고 원수를 갚아 주세요."

어렸을 때부터 함께 자라 자신을 친형처럼 따르던 호위 기사의 외침이 잊히지 않는다. 자신을 대신해 4대 상단에서 선발된 기사들에게 목숨을 던진 호위 기사 덕분에 윌 크로우 2세는 불길 속에서도 살아남을 수 있었다.

자신의 가문을 멸문시켰음에도 혹시나 생존자가 있을까 싶어 끈질기게 감시하는 그들의 눈을 피하기 위해 자진해서 감옥으로 들어갔다. 제국은행의 감시망이 사라질 시간을 번 후에 타국으로 도망가기 위해서다.

그런데 기적이 찾아왔다.

억울하게 죽은 가족들의 기도 덕분인지 자신의 모든 것을 잃게 만든 원흉인 A&M 투자상단의 상단주를 만났다.

중앙 귀족의 지위와 메디아 가문의 무력을 등에 업은 A&M 투자상단을 이용하면 힘들게 타국으로 도망가지 않아도 된다.

더불어 제국은행과 4대 상단에게 원수를 갚을 기회도 잡을 수 있을 것 같았다. 만약 실패하더라도 가문을 망하게 한 원흉인 A&M 투자상단에게 책임이 돌아갈 것이니 손해 볼 것은 없었다.

윌 크로우 2세는 그때부터 토마스에게 끊임없이 접근했다. 후계자 수업을 받으며 습득한 거대 상단의 운영 경험과

기법은 토마스의 관심을 이끌어냈다.

어느 날 토마스가 걱정스러운 눈빛으로 그를 불러냈다.

"윌 상단을 해체시키려 하는데 어떤 방법이 좋을까?"

드디어 기회가 왔구나!

토마스가 질문한 의도는 뻔했다. 윌 상단을 없애기 위한 계책을 물어봄으로써 그의 속내를 시험하려는 것이다.

'그 정도 도발에 넘어갈 순 없지.'

윌 크로우 2세는 자신의 머리를 쥐어짜서 최선의 답을 보였다. 황실과 원로원을 이용하는 방법이었다.

윌 크로우 2세는 토마스의 시험에 통과한 덕분에 아카드폰 메디아와의 자리를 어렵게 가질 수 있었다.

그런데 마지막에 와서 계획이 틀어졌다.

아카드가 전혀 자신에게 관심을 보이지 않았다.

도리어 귀찮다는 표정으로 나가라는 손짓을 하자 윌 크로우 2세는 머릿속이 하얗게 되었다.

"저를 고용하면 4대 상단의 계략은 물론이고 제국은행의 음모까지 예방할 수 있습니다!"

"내가 알아서 다 해결할 거니까 자네 걱정이나 하지? 토마스!"

윌 크로우 2세의 속내를 어렴풋이 파악한 아카드는 토마스를 불렀다. 한 청년의 간절함이 느껴졌지만 없는 사람 취급하는 모습이다.

"네. 고문님."

"원로원에 던질 미끼를 생각해 보라는 거 어떻게 됐어?"

토마스는 아카드 옆으로 다가가며 윌 크로우 2세를 힐끗 쳐다보았다. 고개를 푹 숙이고 떠는 청년을 바라보며 연민을 가졌다.

'다 내려놓고 자신의 능력을 백분 발휘해도 될까 말까인데 그 상황에서 마스터에게 거래를 걸다니.'

자신의 가문이 아카드 한 사람에 의해 당했음에도 정신 차리지 못하고 어설프게 거래를 제시하는 윌 크로우 2세를 보며 토마스도 고개를 흔들었다.

'끝났군. 재능은 아깝지만 가는 길이 다르니 어쩔 수 없지.'

토마스는 생각을 정리하고 아카드의 질문에 대답하려고 했다.

"몇 가지 생각을 해 봤는데……."

그 순간 모든 것이 끝났다고 생각했던 윌 크로우 2세의 입이 먼저 열렸다.

"앞으로 한 달 안에 이 상단의 생존 여부가 결정될 겁니다. 물론 아카드 님이 믿고 계시는 메디아 가문도 마찬가지고요."

"그건 너 혼자만의 생각이고."

아카드의 비웃음에도 윌 크로우 2세는 상관하지 않았다. 오히려 여유로운 표정으로 한숨을 크게 쉬더니 말을 이어 갔다.

"루빈의 죽음을 이용해 제국은행을 흔든 것은 좋은 계책이었습니다. 또한 황실을 같은 편으로 끌어들여 클라우스 공작이 제국은행을 버릴 수밖에 없도록 만든 전략에도 감탄했습니다. 하지만!"

윌 크로우 2세는 고개를 들어 아카드를 뚫어지게 쳐다보며 천천히 입을 열었다.

"이번 일로 A&M 투자상단은 원로원과 제국은행의 합동 공격에 무너지게 될 겁니다."

"어처구니없는 결론의 근거는?"

"상단 운영은 정치와는 확연하게 다릅니다. 정치는 비전을 제시해도 사람들이 모이지만, 상단은 철저하게 현금, 즉 당장 이익이 생겨야 움직이는 집단입니다."

그는 귀족과 상인의 차이를 설명했다.

요점은 명확했다.

황실과 원로원에 윌 상단의 소유권은 넘겼지만, 그들이 자생할 수 있을 때까지는 A&M 투자상단이 뒤를 봐줘야 한다.

자생하기 위해서는 막대한 자금이 필요하고, 이는 곧 A&M 투자상단에게 엄청난 부담으로 다가온다.

만약 이 과정에서 자금의 부족으로 월 상단을 살리지 못하면, 이를 갈고 있는 제국은행뿐만 아니라 황실과 원로원도 등을 돌릴 것이라는 것을 돌려서 지적한 것이다.

"월 상단을 살리지 못하면 황실과 원로원이 월 상단 지분을 제국은행에게 넘기게 될 거란 말이지?"

"그렇습니다. A&M 투자상단보다 제국은행이 가진 것이 훨씬 더 많으니까요."

월 크로우 2세의 말이 끝나자 집무실에는 침묵이 감돌았다. 아카드가 가장 걱정하는 점을 월 크로우 2세는 날카롭게 지적했다.

상단은 기본적으로 현금이 밑바탕되어야 운영될 수 있다. 제국은행이 현금을 쥐고 있는 이상 시간이 지나면 황실과 원로원은 월 상단이라는 거대한 덩치를 삼키고도 끌려갈 가능성이 컸다.

그렇게 된다면 제국은행은 역으로 황실과 원로원에게 미끼를 던질 것이고, 그 과정에서 A&M 투자상단은 외톨이가 되어 버림받을 것이 분명하다.

아카드의 고민은 바로 여기서 시작되는 것이다.

이는 또한 A&M 투자상단의 고질적인 문제이기도 했다.

빠르게 변화하는 상계를 분석하고 방향을 제시할 수 있는 인재가 없으니 아카드가 일일이 분석하고 지시해야 했다.

그렇다 보니 방향을 잡아 주고 과감히 실행할 상단주도 모든 프로젝트를 아카드의 판단에 의존했다.

물론 전체적인 상황을 조화롭게 이끄는 토마스의 능력은 칭찬받아 마땅하다. 하지만 상인으로서는 초보다 보니 변수가 생겼을 때 대처하는 순발력이 부족할 수밖에 없었다.

시간이 지나면 해결되겠지만 당장 제국은행과 4대 상단이라는 야수들 사이를 헤쳐 나가야 할 아카드 입장에서는 아쉬움이 남을 수밖에 없었다.

그런 상황에서 월 크로우 2세라는 인재의 등장은 아카드에게 절실할 수밖에 없었다.

하지만 위험부담이 너무 크다.

'딴마음을 먹는 인재를 과연 받아들일 필요가 있을까?'

아카드는 잠시 침묵했다.

눈앞의 청년에 대한 확신이 서지 않았다.

아카드는 잠시 일어나 직원들이 일하고 있는 사무실을 내려다보았다.

그의 눈에 간만에 활기차고 분주하게 움직이는 직원들의 모습이 보인다. 더불어 고양이의 목을 간질이며 신나게 놀고 있는 테디의 모습이 한눈에 들어온다.

'잘 노네.'

정령사보다 테디를 더 따르는 실리안의 모습에 심술이 나면서도 얼굴에는 흐뭇한 미소가 지어진다.

'저래서 나한테 까칠하게 군 거였나?'

아카드는 윌 크로우 2세를 바라보며 자신도 별로 다르지 않음을 느꼈다. 목적을 이루기 위해 사람을 체스의 말처럼 이용하는 자신과 뭐가 다를까, 라는 생각이 들었다.

"그래서 자네의 해결책은 뭐지?"

아카드의 등 뒤를 바라보는 윌 크로우 2세의 얼굴에 화색이 돌았다. 그는 침을 꿀꺽 삼키며 조심스럽게 자신의 견해를 밝히기 시작했다.

"가장 중요한 것은 원로원, 정확하게 이야기하면 클라우스 공작에게 어떤 미끼를 던지느냐 하는 것입니다. 보장된 이익은 물론이고 명분까지 쥐여 줘야 합니다."

"그 정도는 누구나 아는 사실이고. 결론은?"

"황실에는 어떤 미끼를 던지셨습니까?"

"윌 상단을 황실에 귀속시켜 주겠다고 미끼를 던졌어. 지분 51% 이상을 조건으로 내밀었지."

윌 크로우 2세는 잠시 동안 생각을 하더니 입을 열었다.

"상단을 쪼개십시오."

"뭐?"

옆에 있던 토마스가 황당한 표정을 지었다. 황실과 원로원 둘 다 반발할 것이 분명하다.

"윌 상단의 본사와 해외 지사를 쪼개십시오. 노틸러스 본사의 지분과 운영권은 원로원에 넘겨주시고 해외 지사의 지분은 황실에 넘기시면 둘 다 만족할 겁니다. 어차피 두 집단에는 거대 상단을 운영할 수 있는 인물이 없습니다."

"괜찮은 방법이군."

묘안이다.

이 방법대로 한다면 황실은 그토록 원하던 타국의 정보를 수집할 수 있는 지부를 공짜로 얻을 수 있고, 원로원 입장에서는 제국은행과 4대 상단을 이겼다는 명분과 자체적인 현금을 만들어 낼 수 있는 실익을 동시에 챙길 수 있다.

"그럼 우리가 얻는 건 뭐야? 기껏 그 고생을 해서 남 좋은 일만 할 순 없잖아."

토마스는 반발했다. 이렇게 되면 황실과 원로원 사이를 오가며 고생만 하고 얻는 이익이 없어서다.

"중앙 귀족들 중 윌 상단과 같은 거대 상단을 제대로 운영할 수 있는 이가 있을까요?"

"없지. 설마……? 시간이 지나면 윌 상단의 운영권은 우리가 차지할 수밖에 없다?"

"미우나 고우나 제국은행이나 상인에게 자신의 생선을 맡기기보다는 메디아 가문이 뒤를 봐주는 A&M 투자상단에 맡기는 게 당연하지 않을까요?"

아카드는 급하게 자신의 재킷을 입고 외출 준비를 했다.

"자네 자리에 대해서는 토마스와 이야기하고, 토마스는 이 친구가 작성한 보고서를 오늘 안으로 내가 볼 수 있게 보내 줘."

"급하게 어디 가시게요?"

"생선 가게 주인 만나러 가야지."

아카드는 클라우스 공작가를 생산 가게 주인으로 표현하며 집무실의 문고리에 손을 갖다 댔다.

"에휴. 출소하자마자 이게 뭐람. 하루 휴가라도 주시지."

"토마스."

"왜 그러십니까?"

토마스가 볼멘 목소리로 대답했다. 오자마자 일해야 한다는 현실이 불만스러운 표정이다.

"물건 하나 구하느라 고생했어. 이번 달 월급은 2배로 올려 주지."

"도착하자마자 보고서 볼 수 있도록 준비하겠습니다."

토마스는 180도 변한 태도로 열의를 불태웠다. 월급 2배면 그동안 보지 못했던 야설을 세트로 구매할 수 있다는 생각에 들뜬 모습이다.

"그리고 보너스 하나 더. 나도 널 위해 사람 하나를 준비했지. 들어와!"

토마스가 월 크로우 2세를 등장시킨 것과 똑같이 아카드가 손바닥을 두 번 치자 문이 열렸다.

"인사해! 우리 상단의 보안을 책임질 보안팀장이야."

토마스는 문을 열고 들어온 인물을 보자마자 안색이 새파래졌다. 유령이라도 본 사람처럼 떨리는 다리로 뒷걸음질 쳤다.

"감히 전쟁터에서 살아 있었으면서 죽은 척을 해!"

거칠고 늑대 같은 야성미를 풍기며 들어온 사내는 토마스를 보자마자 달려들었다.

"카, 칼빈…… 대장님이, 어떻게…… 감옥에…… 갇혀…… 있어야…… ."

"죽어!"

전쟁터에서 정찰대 대장이자 토마스의 천적이었던 칼빈이 짐승과 같은 고함을 지르며 달려들었다. 앉아 있던 토마스는 겁에 질린 표정으로 뒤로 넘어갔다.

"월 크로우 2세."

아카드는 월 크로우 2세를 불렀다.

"말씀하십시오."

"죽도록 해 봐. 자네에게 상단을 물려주고 싶은 마음이 생기게."

"반드시 그렇게 될 겁니다."

윌 크로우 2세는 결연한 표정으로 아카드가 내민 손을 바라보았다. 아카드의 손을 잡고 악수를 나누는 그의 눈빛에는 엄청난 불꽃이 넘실거렸다.

"마스터. 제발 가지 마세요."

겁에 질려 있는 토마스의 눈앞에 칼빈이 희번덕거리는 눈빛으로 다가왔다.

"이 망할 놈의 자식! 감히 전우를 버리고 혼자 살아남으니 좋으냐? 그러고도 네놈이 사람이냐!"

"대장님, 절대 오해십니다. 저는 정말 전우와 평생 함께하고 싶었는데 마스터가 억지로……."

"사죄하지는 못할망정, 또 핑계를 대?"

흉터투성이인 칼빈의 주먹이 점점 올라간다. 토마스의 눈도 점점 커진다.

"마스터…… 살려줘요! 으아악!"

잠시 후, 토마스의 엄청난 고함 소리가 상단 사무실을 가득 울렸다.

Chapter 2.

월 상단의 몰락

클라우스 가문.

대대로 노틸러스 제국의 재상 자리를 이어오고 있는 최고의 명문가다. 제국의 국정을 운영하며 중앙 귀족들의 우두머리로 통한다.

재상 가문이라 해서 문(文)의 재능만 있는 것은 아니다.

재상이라는 명성 때문에 상대적으로 무력이 약할 것 같지만 그렇지 않다. 클라우스 가문의 기사단은 제국 최강으로 널리 알려져 있다.

오죽하면 중앙 귀족 자제들은 클라우스 기사단의 검술을 배우는 것을 영광처럼 여길 정도였다.

사람들이 문(文)과 무(武)를 동시에 갖춘 그들을 사자의 가문이라고 칭송할 정도니, 클라우스 가문의 위세는 현 황실을 뛰어넘었다고 할 정도로 성세를 누리고 있었다.

"무례했다면 사과드리겠습니다."

희끗한 머리를 곱게 넘긴 노인이 아카드의 눈을 가리던 검은 띠를 걷어 내며 사과했다.

"아무리 황실을 능가한다는 가문이지만 손님을 이런 식으로 데려오는 건 예의가 아닌 거 같은데."

윌 크로우 2세의 아이디어를 듣자마자 클라우스 공작가로 달려간 아카드는 불편한 기색을 비쳤다. 언제든지 방문해도 좋다는 초대장을 가지고 갔음에도 자신의 눈을 가리고 데려가는 철저함에 혀를 내둘렀다.

'과연 제국 최고의 명문가답군.'

주변에 돌아다니는 메이드나 일꾼 하나하나가 단정한 복장으로 일하는 모습이 매우 인상적이었다. 자유로운 분위기를 지향하는 메디아 가문과는 정반대로 일하는 사람까지도 절도 있고 행동 하나하나에 품위가 묻어났다.

"기다리고 계십니다. 이쪽으로 오시지요."

집사로 보이는 노인은 미로처럼 복잡하게 세워진 건물들 중 가장 아담한 저택으로 안내했다.

'철두철미하군. 화려함 속에 본질을 숨기시겠다?'

단층의 아담한 건물은 제국 최고 가문의 거물이 머무는 곳이라고는 믿기지 않을 정도로 보잘 것 없었다.

아담한 입구의 문을 열자 아카드가 당황한 눈빛으로 집사를 쳐다보았다. 안에는 아무것도 없는 빈 공간이었기 때문이다.

"장난하나?"

"그럴 리가요?"

벽에 난 칼자국들이나 바닥의 칠이 벗겨진 부분이 특이했다. 그것을 제외하면 아무것도 없는 어두운 방이다.

"도련님의 개인 연무장입니다. 신발을 벗어 주십시오."

"루시르 폰 클라우스의? 난 가주님을 만나 뵈러 왔다고 했을 텐데."

"공자님께서 먼저 만나 뵙기를 원하십니다."

노집사의 얼굴에 살짝 불쾌한 빛이 떠올랐다. 위대한 가문의 후계자 이름을 멋대로 부른 것에 대해 기분이 상한 표정이다.

"공작님을 뵐 줄 알았는데."

노집사는 아카드의 얼굴을 위아래로 쑥 훑어보더니 고개를 흔들었다.

"메디아 가문의 공자님. 클라우스 공작님은 아무나 만나지 않으십니다. 아무리 에레나 영애님의 후배분이라도……

여기서 기다려 주십시오."

말을 마친 노집사는 툴툴거리며 연무장을 빠져나갔다.

"이러면 곤란한데."

아카드는 거기까지 말하다 말고 멈췄다. 갑자기 한 곳에서 엄청난 기척이 느껴졌다.

'계약자 조심해라. 꽤 강한 녀석인 거 같다.'

테디 곁에 있어야 할 실리안이 어느새 아카드의 정신 속으로 들어왔다.

'멋대로 빠져나온 건 좋지만 직원들한테 들키지 않았나?'

—내가 그리 어리숙하게 보이나. 난 바람의 정령 실리안이라고!

실리안의 반응에 아카드는 피식 웃었다. 다행히 실리안이 함께 있다는 것만으로 긴장이 풀렸다.

—내가 인간 따위에게 걸릴 것 같아? 넌 날 너무 우습게 아는 것 같아.

'다음에는 참고하도록 하지.'

—쳇.

어느새 조금 친숙해졌다고 '계약자'에서 '너'로 부르는 실리안을 다독이고 정면을 바라보았다.

커튼이 긴 창문을 가리고 있어 보이진 않지만, 정면에서 적대적인 기운이 아카드를 향해 쏟아진다.

"공작가에서 손님 대접이 영 시원찮군."

갑자기 적대적인 기운이 살기로 바뀐다.

마치 악마를 앞에 두고 반드시 죽이겠다는 기세와 같은 살기가 아카드를 향해 다가온다.

실리안은 아카드가 위험하다고 판단했는지 방어 모드에 들어갔다. 아카드 주변으로 실바람들이 서서히 모여들기 시작했다.

'실리안! 그냥 있어.'

—너 그러다가 크게 다쳐. 저건 상급 기사들이 사용하는 포스라는 기술이야. 맨몸으로 부딪혔다가는 며칠 누워 있어야 할걸?

'그냥 놔둬 봐. 겨우 새끼 사자에게 밑천을 드러낼 필요는 없지. 그리고 저 녀석은 나를 해할 수 없어.'

아카드의 말대로 죽일 듯이 다가온 사나운 살기는 몸에 닿기 직전에 안개처럼 흩어졌다.

—진짜네? 인간은 이래서 안 돼. 왜 엉뚱한 데 힘을 쓰지? 복잡해, 복잡해.

아카드는 미소를 지으며 천천히 입을 열었다.

"클라우스 가문의 후계자께서 손님을 초대해 놓고 치사하게 뒤에서 공격한다는 소문이 퍼지면 어떻게 될까?"

아카드의 말이 끝나자마자 창문의 커튼이 열렸다.

그리고 창문 아래에 한 남자가 무릎 꿇은 자세로 앉아 있었다. 무릎 위에는 굉장히 오랫동안 사용한 것 같은 투 핸드 소드가 놓여 있었다.

'꽤 사나운데?'

아카드의 등줄기에 식은땀이 흘러내렸다.

조용히 눈을 감고 차분하게 앉아 있는 남자.

길지는 않지만 에레나와 똑같은 금모랫빛의 머리카락. 아카드는 신경도 쓰지 않는 듯이 차분하게 감겨 있는 눈과 뚜렷한 이목구비.

검술 연습 때 흔히 입는 하얀색과 검은색이 섞인 연습복을 입은 남자 주변으로 이질적이지만 사나운 분위기가 감돌았다.

20대 후반으로 알려진 루시르 폰 클라우스의 실제 얼굴은 아카드보다 한두 살 많아 보일 정도로 동안이었다.

'방금 전 살기만 없었다면 차분하고 예의 바른 귀족으로 착각하겠어.'

그때 루시르의 감겨진 눈이 떠지며 맑은 목소리가 연무장에 울려 퍼졌다.

"아카드라고 했나? 요즘 그쪽이 날뛰는 통에 수도가 꽤 시끄럽다지?"

"글쎄. 원래 소문이 활발해도 정작 그 소문의 주인공은 잘 모르는 편이라."

"에레나의 후배라고?"

"그냥 같이 아카데미 다니는 사이라고 말해 주면 더 좋고."

"겁이 없군. 원래 아무한테나 말 놓고 다니나?"

"이익이 되지 않는 사람에게는 말 놓는 편이지."

"이곳에는 무슨 일로 왔지?"

루시르가 먹잇감을 바라보는 눈빛으로 아카드를 바라보았다.

"그쪽이 거절할 수 없는 제안을 위해서지. 그러니 존댓말은 바라지 말고 받아들일 것인지 거절할 것인지만 결정해."

"믿기지 않는군. 내가 조사한 바로는 이익이 없는 곳에는 절대 가지 않는 것으로 알려진 검은 상인께서 직접 찾아오시다니."

검은 상인을 언급하는 루시르의 대답에 아카드는 심장이 떨어지는 줄 알았다. 겉으로는 냉정을 유지하고 있지만 여유로움이 눈에 띄게 줄었다.

"무슨 소리를 하는지 전혀 모르겠는데."

"5년 동안 전쟁터를 아주 난리법석으로 만드셨더군. 밀수에, 독점에, 사채, 불법 항해까지. 내 말 한마디면 영원히 햇빛을 못 보게 만들어 버릴 수도 있어."

루시르는 겉으로는 웃고 있지만 아카드를 보는 눈빛은 날카로웠다.

"알고 있다면 더더욱 나한테 이렇게 나와선 안 되지. 전쟁터에서 내 돈을 빌려 사치와 향응을 누린 고객 명단을 풀어 볼까? 아마 남대륙 귀족 전체에 숙청의 피바람이 불 것 같은데."

루시르는 순간적으로 눈가가 흔들렸다.

보통의 사람이라면 자신의 협박에 무릎을 털썩 굽혀도 모자란 상황이다. 하지만 역으로 자신을 협박하는 아카드의 태도에 루시르는 적잖게 당황했다.

"흠…… 역시 재밌어. 지금 본인이 어떤 표정인 줄은 알고 있나?"

"……."

아카드가 대답하지 못하고 가만히 있는 것을 본 루시르의 눈에 살기가 감돌았다.

"내 손짓 한 번이면 죽을 걸 뻔히 알 텐데. 마치 게임을 앞에 둔 사람처럼 웃었어. 뭘 믿고 그렇게 건방진 표정을 짓는 거지?"

잠시 말을 멈춘 루시르가 창문가를 향해 걸어갔다.

"자네 가문에 있는 든든한 해적들? 설마 그들이 클라우스 영지에 들어올 수 있다고 생각하는 건가? 아니야. 자네는 그런 희박한 확률에 목숨을 거는 스타일은 아닐 거야. 그렇지?"

"……."

"그럼 자네가 감추고 있는 것이 뭘까?"

눈 깜짝할 사이에 루시르가 아카드에게 다가왔다. 그의 무릎에 있던 소드는 어느새 아카드의 목을 겨누고 있다. 눈 깜짝할 사이에 벌어진 일이라 반응하지 못한 아카드는 그대로 굳어 버렸다.

"자네가 감춘 패를 알고 싶어 미치겠는데. 이 자리에서 시험해 볼까? 하하하."

루시르는 지금까지처럼 웃는 얼굴을 유지하며 말했다. 그의 손에 점점 힘이 들어간다.

"원로원의 희망이라고 떠들어 대더니 실제로 보니 미쳤군."

루시르가 투 핸드 소드를 들고 있던 손에 힘을 주었다. 아카드의 목젖을 누르던 칼날이 살 속으로 파고들며 피가 맺혔다.

"후회하지 않을 자신 있으면 해 보든가."

아카드와 루시르는 침묵 속에 서로를 노려보았다. 두 사람의 눈빛이 허공에서 부딪히며 보이지 않는 불꽃이 튀는 것 같다.

"도련님. 정원에서 다과 준비가 끝났습니다."

문이 열리며 아카드를 연무장으로 안내했던 노집사가 나타났다.

"뭘 믿고 내 앞에서 그렇게 당당한지 궁금하지만 일단 넘어가도록 하고. 자네가 말한 우리 가문에 이익이 되는 이야기나 들어 볼까?"

"다음부터는 이런 탐색전은 사양이야. 꽤 번거롭거든."

"참고하도록 하지. 대신……."

퍽!

"욱! 너 이 새끼!"

노집사가 나가자마자, 루시르의 주먹이 묵직하게 아카드의 복부에 그대로 꽂혔다. 그의 눈빛이 살벌하게 변했다.

"내 동생 한 번만 더 울리면 진짜 죽는다."

"무……슨."

루시르는 황당해하는 아카드에게 단단히 이른 후, 갑자기 양손을 뻗으며 환하게 웃었다. 비웃음을 잔뜩 머금으면서.

"클라우스 공작가에 온 것을 환영한다. 메디아 가문의 후계자."

*　　　*　　　*

MT에서 일어난 학생회장 루빈의 만행은 두고두고 화제가 되었다. 상단 자제들의 모임인 골든 클럽에서는 노블레스 클럽의 음모라고 주장했지만 증인들이 너무나 많았다.

제국 아카데미에서 좋은 평판을 받으며 장기 집권했던 골든 클럽은 졸지에 공공의 적이 되고, 폴이라는 새로운 인물이 부상했다.

아카데미를 이끄는 또 다른 세력인 노블레스 클럽에서도 귀족이 아닌 시민 출신인 폴을 보이지 않게 밀어주고 있었다. 그로 인해 폴은 같은 동급생인 아카드를 제치고 아카데미에서 가장 주목받으면서 가장 강력한 임시 회장 후보로 떠올랐다.

5월의 화창한 봄 날씨는 20대 청년들의 마음을 설레게 만들었다.

교내 정원에는 형형색색의 꽃들이 피어 있고, 싱그러운 풀 내음이 학생들의 마음을 유혹하고 있었다. 몇몇 학생들이 잔디에 누워 여유를 부리고 있었지만, 대부분의 학생들은 바쁘게 움직이고 있었다.

한 해의 첫 시련인 공포의 중간고사가 다가오고 있었기 때문이다.

친구의 노트를 복사하는 학생들과 도서관에 자리를 맡으려는 학생들로 인해 교정은 분주하다.

급한 학생들의 발걸음 속에 유난히 눈에 띄는 남학생 하나가 있었다.

두꺼운 책에 파묻혀 다니는 학생들 틈으로 달랑 종이 몇 장을 손에 들고 교문으로 내려오던 아카드는 한 남학생의 등장에 발을 멈췄다.

"어이, 친구. 할 이야기가 있어."

"폴인가?"

"이름 정도는 확실히 외워주시지?"

"어. 그래, 무슨 일이지?"

폴은 심각한 표정으로 아카드의 팔을 붙잡았다.

"임시 회장 후보 자리는 다른 선배에게 양보했으면 해서 부탁하려고 왔어. 내가 남 앞에 잘 나서는 성격도 아니고, 신입생이 학생회장에 오른다는 것은 말도 안 된다고 생각해. 그럴 자격도 없고."

"자격을 네가 정하냐? 학생들이 정하는 거지. 그냥 군소리 말고 줄 때 받아먹어."

아카드는 대수롭지 않은 표정으로 윌 크로우 2세가 작성한 보고서에 정신이 팔려 있었다.

"난 친구라고 생각했는데 굳이 날 학생회장 자리에 올려서 네 꼭두각시로 만들어야겠나?"

폴은 자신의 말을 흘려듣는 아카드의 태도에 화가 났는

지 노려보며 말했다.

"제국은행에 복수하고 싶다고 하지 않았나?"

"복수를 하더라도 내 스스로 하고 싶지 남의 꼭두각시가 되면서까지 복수를 하고 싶은 생각은 없는데."

아카드는 보고서에서 눈을 떼고 폴을 향해 고개를 돌렸다.

"우습군. 스스로 복수하겠다고? 네가 무슨 힘으로? 남들이 회장 후보라고 띄워주니 자신이 대단해 보여?"

아카드의 차가운 일갈에 폴은 당황했다. 그런 의도가 아니었는데 아카드의 표정을 보니 단단히 오해한 것 같았다.

"내 말은 선거를 하더라도 정정당당히 하고 싶다는 말이야. 노블레스 클럽의 도움 없이 우리들만의 힘으로 이뤄 내고 싶다고."

"우리들이라면 누구를 말하는 거지? 설마 그 어리석은 무리에 내가 포함되는 건 아니겠지?"

"우리 친구잖아."

"우습군. 아주 우스워. 어떻게 하면 쉬운 길을 놔두고 어려운 길을 골라갈 수 있는 거지?"

"아카드……."

"회장 선거에 나가기 싫으면 때려치워. 대신 너의 어리석은 계획에 날 끼워 넣지는 말아 줘. 기분 나쁘니까."

아카드는 폴을 지나치다가 잠시 멈춰 나직하게 속삭였다.

"명심해. 내 제안을 걸어참으로써 넌 쉽게 갈 수 있는 길을 어렵게 둘러 가는 길을 선택한 거야."

아카드는 화난 얼굴로 폴에게 경고했다. 학생회장이라는 자리를 떠먹여 주는데도 받아먹지 못하는 폴에게 화가 단단히 난 표정이다.

동시에 아카드가 아카데미에 입학하면서 세웠던 계획도 헛수고가 되어 버렸다.

폴을 학생회장에 선출시켜 제국 아카데미를 A&M 투자 상단의 전진기지로 삼아 홍보하려던 계획이 물거품이 되었기에 아카드의 충격은 컸다.

"자네에게 친구란 이용 가치가 있는 사람을 지칭하는 말이로군. 그렇지?"

이렇게 될 줄 알았다는 듯이 냉소적인 폴의 말투에 아카드는 발걸음을 멈췄다.

"가는 길은 다르지만 아직까지 내 가슴속에서는 너를 친구로 생각해. 현실을 직시하지 못하고 이상적으로만 행동하는 너를 지금도 이해할 수 없어. 하지만 마음으로는 응원할게."

"그럼 우리 아직 친구인 건가?"

"뭐…… 그렇겠지."

폴을 등 뒤에 두고 교문을 향해 걸어가는 아카드의 표정은 복잡해 보이지만 눈빛만큼은 따뜻해 보였다.

＊　　　＊　　　＊

결국 월 상단은 역사 속으로 사라졌다.

'세금 포탈죄'와 '독점 및 불공정 거래 위반법'이라는 중죄가 입증된 이상 황실과 원로원의 합동 공격에 버틸 재간이 없었다.

상계에 대한 심각한 간섭이라며 4대 상단주들과 몇몇 상인들이 격렬히 저항했으나 월 상단의 위법 자료가 속속 나오면서 그들의 목소리는 점점 작아졌다.

특히 가장 먼저 앞장서서 이 위기를 수습해야 할 제국은행이 오랫동안 침묵하면서 월 상단은 산산조각 찢겨지고 있었다.

누가 월 상단을 가지느냐에 대한 문제 때문에 황실 회의장은 며칠간 떠들썩했다.

조금이라도 더 많은 지분을 얻으려는 황실과 원로원의 물러서지 않는 팽팽함 속에서 결론은 의외로 쉽게 나와 버렸다.

황제인 팔라디오 2세와 재상 클라우스 공작이 회의장에 함께 나타나 합의문을 발표해 버린 것이다.

월 상단에 대한 모든 부동산 건물과 소유권은 원로원에

게, 해외 지부에 대한 운영권은 황실에게 넘긴다는 조건으로 월 상단 소유권에 대한 두 집단의 다툼은 매듭이 지어졌다.

누가 월 상단의 해체 작업을 지휘할 것이냐가 초유의 관심사로 떠올랐다. 엄청난 규모의 상단 재산을 모두 파악하고 그것을 평가하는 작업은 아무나 할 수 없는 일이기 때문이다.

자산을 평가하는 과정에서 나쁜 마음만 먹으면 얼마든지 한몫 챙길 수 있기에 양측의 치열한 눈치공방이 이어졌다.

황실과 원로원은 이 모든 업무를 A&M 투자상단에 위임했다. 이 모든 일을 성사시킨 상단이기도 했거니와 아카드라면 황실과 원로원 양측 모두 믿을 만한 인물이라고 여겼기 때문이다.

난데없이 하늘에서 떨어진 엄청난 일감 덕분에 A&M 투자상단 사무실에는 밤에도 불이 꺼지지 않을 정도였다. 엎친 데 덮친 격으로 상단의 실질적인 주인이라고 할 수 있는 아카드가 이불을 가져와 집무실에서 먹고 자는 바람에 직원들의 퇴근은 더더욱 늦어졌다.

예전처럼 7시 퇴근은 고사하고 밤 12시에 퇴근하는 직원도 다른 직원의 눈치를 볼 정도였다.

"어이. 월 상단 제품 품목 조사 보고서 어떻게 됐어."

"다 되어 갑니다. 조금만 기다려 주십시오."

"월 상단 재무제표는 어디 있나?"

"지금 들고 갑니다."

"빨리해! 아직까지 그러고 있으면 어떡해! 퇴근 안 할 거야?"

A&M 투자상단 내부는 완전 전쟁이었다.

신입 사원들은 팀장의 고함 소리에 뛰어다니느라 정신이 없었고, 사무실에는 서류들이 날아다녔다.

"모두 이렇게 가만히 두고만 보고 계실 건가요?"

자신의 책상에 산처럼 높이 쌓여 있는 회계장부를 본 테디가 도저히 못 참겠다는 눈빛으로 책상을 박차고 일어나 소리쳤다.

"어쩌겠어. 상단주님은 물론이고 고문님까지 밤새며 일하시는데, 퇴근 시간 됐다고 혼자 빠져나갈 순 없잖아. 아, 졸려."

옆 자리에 앉아 있는 식품팀장 그로세가 손바닥으로 하품을 가리며 대답했다. 항상 날카롭고 딱 부러졌던 그녀도 매일 계속되는 야근 속에 점점 무뎌지고 있었다.

"이대로 참을 수 없어요. 강제로 야근시키는 건 불법이라고요!"

테디는 성큼성큼 자신의 자리를 벗어났다. 그러고는 어디론가 뛰어갔다.

"어디 가!"

"따질 건 따져야죠!"

테디는 결의에 가득 찬 표정으로 아카드와 토마스가 있는 방을 향해 걸어갔다.

"그러지 마! 그러다가 쫓겨나면 어쩌려고."

몇몇 팀장이 테디를 말려 보지만 그들의 표정 역시 일말의 기대를 품고 있었다. 아카드에게 유일하게 맞설 수 있는 사람이 테디라는 사실을 경험을 통해 알고 있었기에 조기퇴근의 희망을 놓지 않았다.

신입 사원들 또한 한마음, 한목소리로 테디를 응원했다.

"테디! 파이팅!"

＊　　　＊　　　＊

"폴이라는 청년, 설득할 여지가 전혀 없는 겁니까?"

"없어. 그 녀석 고집이 강해서 자신의 결정을 뒤집지 않을 거야. 이상주의자거든."

"큰일이군요."

토마스가 실망한 표정을 지었다. 학생회를 포섭하지 않으면 새로운 고객 유치를 위해 시장을 개척해야 한다는 것을 의미한다.

"아카드 님이 직접 선거에 나갈 생각은 없으신가요? 노블레스 클럽의 지원도 확실하게 받을 수 있을 것 같은데."

"왜? 둘이서 상단 말아먹으려고? 지금 이상으로 아카데미에 쏟을 생각 없어."

직위가 정해질 때까지 임시 자문역에 임명된 윌 크로우 2세가 조심스럽게 의견을 피력해 보았으나 단번에 거절당했다.

"어쩔 수 없이 4대 상단에 영향을 받지 않는 상점들 위주로 돌아다니며 홍보하는 수밖에 없겠네요."

"그것보다는 평판 좋은 중급 상단 하나를 매입하는 건 어떨까요?"

"응? 매입하자고?"

윌 크로우 2세의 말에 토마스가 되물었다. 중간고사 때문에 교재를 손에서 놓지 않던 아카드까지 책을 내려놓고 쳐다보았다.

"주로 거대 상단들이 새로운 상품 시장을 뚫을 때 종종 사용하는 방법입니다. 당장의 자본은 들어가지만 상단 매입을 통해 그 상단이 가지고 있는 거래처까지 가져올 수 있기 때문에 시간이 절약된다는 장점이 있습니다."

"생각해 둔 상단이라도 있는 건가?"

아카드의 질문에 윌 크로우 2세는 고개를 흔들었다.

"우리 상단이 진행하고 있는 상황을 파악하지 못해 정확히 말씀드리기 어렵습니다만, 맥주와 관련이 있거나 비슷한 고객층을 공략할 수 있는 물품을 취급하는 상단이 좋겠습니다. 맥주와 어울리는 소시지를 취급하는 상단이거나 맥주와 같이 마실 수 있는 음료를 다루는 상단이거나."

"우리 상단?"

윌 크로우 2세의 입에서 우리 상단이라는 말이 나오자 아카드가 의외라는 눈빛으로 쳐다보았다.

"어차피 저에게 물려주실 상단 아닙니까? 제 상단이라고 생각하고 열심히 키워야지요."

"내가 상단주인데 뭘 넘겨! 마스터! 윌이 한 말 전부 거짓말이죠?"

토마스가 얼른 아카드 곁으로 달려가 초롱초롱한 눈빛으로 대답을 기다렸다.

"부담스럽게 쳐다보지 말고 밖에 나가서 일이나 해. 일 잘하는 놈한테 상단 맡길 거야."

토마스의 시선이 부담스러웠는지 아카드는 교재를 들고 자리를 옮겼다.

"전 이만 매입할 만한 상단이 있는지 알아보겠습니다."

"윌! 어디 가! 잠시 나랑 이야기 좀 하자고!"

윌이 도망치듯 사무실을 벗어나자 토마스가 소리를 치며

따라붙었다.

'제대로 시험공부나 해 볼까?'

두 사람이 사라지자 떠들썩했던 집무실의 분위기가 조용해졌다. 아카드가 두꺼운 책을 펼쳐 집중하려는 순간 쾅! 하는 소리와 함께 거칠게 문이 열렸다.

"뭐야?"

"저예요!"

테디가 씩씩거리며 아카드를 향해 다가왔다.

"우리 이야기 좀 합시다."

"네가 나랑 독대할 레벨이야? 인턴 주제에."

아카드의 비웃음에 기가 찬 표정을 짓던 테디는 탁자 위에 '재무관리' 라고 적혀있는 책을 보자 폭발했다.

"누구는 시험공부 할 줄 몰라서 일하는 줄 알아요! 퇴근시간 됐으면 보내 줘야 할 거 아니에요!"

"퇴근해. 누가 하지 말래?"

"강제적인 야근은 불법…… 네? 정말 퇴근해도 돼요?"

노동법에 대해 늘어놓으려던 테디의 눈이 커졌다. 예상치도 못한 대답에 테디의 표정이 부드럽게 풀렸다.

"대신, 다른 사람에게 확실히 인수하고 퇴근해."

테디는 그럴 줄 알았다는 표정을 지으며 따지기 시작했다.

"그걸 지금 말이라고 하는 겁니까? 다른 사람에게 제 일을 떠맡기라는 말이잖아요!"

"그건 인턴 직원분이 알아서 하실 일이고."

아카드는 귀찮다는 표정을 지으며 자리에서 일어났다.

"할 말 없으면 나가."

"퇴근시켜 줘요. 저도 시험공부 해야 해요."

"회사가 개인 사생활까지 챙겨 줘야 하는 곳이야?"

"배려심도 없어요?"

"없어. 그러니까 나가."

"퇴근시켜 준다고 대답할 때까지 한 발자국도 안 나가요. 쫓아내기만 해 봐."

"내가 나가지 뭐."

아카드는 서둘러 자리에서 일어나 밖으로 나가려고 했다. 직원들이 다 있는 상황에서 인턴 직원과 실랑이를 벌여 봤자 자신의 이미지만 손상된다고 생각했기에 근처의 호텔로 갈 생각이었다.

"어디 가요? 이야기는 끝내고 가야죠!"

아카드가 밖으로 나가려고 하자 다급해진 건 테디였다. '악덕 고용주가 이기든지 자신이 이기든지 결판을 내야겠다.'라는 생각에 테디는 자신도 모르게 지나치는 아카드의 손을 잡았다.

"뭐하는 짓이지? 난 그쪽에 취미 없는데?"

"저도 그런 악취미 없어요!"

테디는 화들짝 놀란 표정으로 소리를 지르며 잡고 있던 아카드의 손을 풀었다. 얼마나 당황했는지 얼굴은 물론이고 목까지 붉게 달아올랐다.

"시험이 당장 코앞인데 월 상단 회계장부만 조사하느라 책 한 자도 못 봤다고요!"

"뭔가 착각을 단단히 하고 있는 모양인데, 상단주는 내가 아니고 저 방에 있는 토마스야. 개인적인 사정은 나한테 따지지 말고 저쪽에 가서 말해."

"와. 정말 잘 빠져나가신다."

테디는 상단의 주인은 자신이면서 필요할 때만 토마스에게 책임을 전가하는 아카드를 보며 기가 찼다. 사기꾼 같은 상단 주인에게 한 마디 해 줘야겠다며 입을 여는 순간 몸이 굳어 버렸다.

아카드가 자신의 귀 쪽으로 얼굴을 들이밀었기 때문이다.

"왜…… 이래……요."

테디가 뒷걸음질 쳐 보지만 아카드의 긴 다리를 생각했을 때 완전히 벗어나는 건 불가능에 가까웠다. 겨우 식었다고 생각한 테디의 얼굴이 그 어느 때보다 활활 타오르면서 가슴이 콩닥콩닥 뛰기 시작했다.

"꼭 공부 못 하는 것들이 힘든 일만 시키면 공부한다고 난리 피우더라. 시험공부는 평소에 해야 하는 거 아닌가?"

아카드는 심하게 긴장한 테디의 귓불 부근에 가까이 다가가 작게 말했다. 그러고는 테디가 당황한 틈을 타 집무실을 유유히 빠져나갔다.

아카드 집무실에는 테디 혼자 남았다.

그러다가 갑자기 화가 난 얼굴로 방방 뛰었다.

"또 당했어. 야, 이 사기꾼! 노동청에 진짜 고소할 거야!"

아카드는 자신의 집무실에서 들리는 테디의 고함 소리에 남몰래 웃었다. 테디가 아무 말도 못 하는 것이 그렇게 통쾌할 수가 없었다.

"그러게 상대를 봐 가면서 대들어야지."

직원들의 한이 서린 눈빛을 아는지 모르는지 홀로 상단을 벗어나는 아카드의 표정은 밝아 보였다.

*　　　*　　　*

땡. 땡. 땡.

종소리와 함께 1학년 신입생들이 강의실 밖으로 쏟아졌다.

피폐해진 피부와 부스스한 머리칼, 한숨을 깊게 쉬며 축 처진 어깨는 남학생, 여학생 가릴 것 없이 똑같은 모습이다. 중간고사라는 괴물은 파릇한 신입생 모두를 좀비로 만

들어 버렸다.

예상대로 노틸러스 제국 아카데미의 시험은 극악에 가까웠다. 교과서대로 나온 내용은 하나도 없고 대부분 응용이나 사례를 서술하는 식이었다.

'xx상단의 발전 방향에 대해 서술하시오.' 라든가 'xx상단의 실패 원인과 대책에 관해 서술하시오.' 같은 포괄적인 문제들이 주류를 이뤘다.

신입생들은 시험문제를 보며 왜 제국 아카데미 역사상 만점이 한 번도 나오지 않았는지 뼈저리게 깨달았다.

제국 아카데미는 한 학기에 시험이 한 번밖에 없다. 기말고사는 대부분 과제로 대체한다.

이론과 실전을 중요시하는 총장의 방침 때문에 시험은 한 번밖에 치르지 않았다. 때문에 중간고사를 끝낸 신입생 대부분이 교정을 나서며 기말 과제 점수에 올인할 기세였다.

"아카드 님, 같이 가요!"

신입생 중 유일하게 생생한 얼굴로 걸어가던 아카드를 애타게 부르는 목소리가 있었다.

'누구지?'

목소리의 주인공을 확인하는 순간 아카드의 눈가에 주름이 생겼다.

1학년 최고의 트러블 메이커 마로니에다.

"아카드 님! 시험도 끝났는데 데이트 약속 지키세요!"

빨간 머리를 휘날리며 달려오는 키 작은 소녀가 아카드 앞을 가로막았다. 그녀는 양손을 허리에 갖다 대고 화난 표정으로 MT 때의 약속 이행을 요구했다.

"약속을 어긴 적은 없는데? 단지 시간이 맞지 않았을 뿐."

"중간고사 끝났잖아요. 그러니까 저랑 데이트해요."

마로니에의 막무가내에 지나가던 학생들이 두 사람 주변에서 수군거린다. 1학년 중에서도 유별나게 튀는 두 사람이기에 눈에 띌 수밖에 없었다.

"시험 끝나고 시간을 내보도록 하지."

"무슨 소리예요? 오늘이 중간고사 마지막 날이잖아요."

"추가로 들어야 하는 과목이 있어서 이만."

마로니에는 재빨리 빠져나가려는 아카드의 앞을 막았다.

"설마 저를 피하시는 건가요?"

피하고 싶다.

지금도 피하고 있지만 더더욱 피하고 싶다.

하지만 MT에서 신세진 것이 있기에 무작정 거절할 수만은 없다.

난감해하는 아카드를 구원하는 손길이 등장했다.

에레나가 환한 웃음을 지으며 두 사람 곁으로 다가왔다. 주변 남학생들이 가던 길을 멈추고 넋을 놓고 쳐다본다.

"아카드 군. 경영학 수업 들으러 가요."

무슨 소리지? 오늘 경영학 수업은 모의 사업 계획서 제출로 대신한다고 했는데?

잠깐! 이건 기회다!

"마로니에 영애와 이야기를 끝내고 가려고 했어."

"에레나 선배! 거짓말하지 마세요! 아카드 님과 제 사이를 떼어 놓으려는 수작이죠?"

마로니에는 수업이 남았다는 사실을 믿을 수 없다는 표정을 지었다. 자신이 알기로 1학년 정규 과정은 오늘이 끝이다.

"마로니에 양, 거짓말이라니? 선배에게 말조심하라고 제가 누누이 경고했을 텐데?"

"선배님이 저와 아카드 님 사이를 떨어뜨려 놓으시려고 거짓말을 하시잖아요. 오늘로서 1학년 과정은 끝인데 수업이라뇨?"

마로니에의 성격으로 보아 잘하면 한판 치고받을 기세다.

"못 믿겠으면 함께 갈까?"

"네?"

에레나의 제안에 마로니에의 전투력은 급격히 하락했다.

'저렇게까지 말하니까 헷갈리네. 진짜 수업이 남았다는 거야?'

에레나의 제안에 마로니에는 망설였다. 겨우 중간고사의 마수에서 벗어났는데 남의 과목을 듣고 싶을 리가 없다.

'하지만 아카드 님과 같이 있을 기회잖아?'

마로니에가 갈등하고 있을 때, 에레나의 한마디가 비수같이 꽂혀 버렸다.

"수업에 상단가 자제들이 대거 참석한다고 들었는데."

"상단가 애들이요?"

마로니에의 표정이 확 구겨졌다. 자신이 속한 노블레스 클럽과 원수 사이인 상단가 자제들이 대다수인 수업은 절대 듣고 싶지 않았다.

"오늘만 날이 아니니 다음에 연락드리죠. 아카드 님."

마로니에는 다음 기회를 노렸다. 그녀는 아쉬움 가득한 발걸음으로 아카드를 남겨 두고 떠났다.

"선배. 고마워."

마로니에가 보이지 않자 아카드는 에레나에게 감사를 표했다.

"고마우면 저랑 같이 가요. 아카드 군에게 들려주고 싶은 특별한 수업이 있거든요."

"특별한 수업?"

Chapter 3.
야근은 불법?

제국 아카데미 제2 소강당.

수많은 학생들이 소강당을 가득 채웠다.

아카드가 강당에 들어서자 낯익은 인물들이 보였다. 피오라를 제외한 요리 동아리 여학생들이 모여 있었다.

"선배도 이 과목 들어? 수업할 때 한 번도 못 본 것 같은데?"

"오늘은 특별히 이 과목을 수강하지 않는 학생들도 청강이 허락되었답니다."

케리가 아카드에게 전단지 하나를 전해 주었다. 아카드는 고개를 갸웃하며 전단지를 보았다.

특강: 명사 초대석.

주제: 직원들을 사랑하라.

강연자: 립톤 상단주(티스 상단)

아카드가 멀뚱히 서서 전단지를 보고 있을 때, 학생들의 박수 소리가 들렸다.

짝! 짝! 짝!

학생들의 박수 소리와 함께 에레나가 등장했다.

"오늘은 특별히 귀한분이 방문해 주셨습니다. 아스테리아 대륙 최고의 녹차와 홍차를 판매하시는 티스 상단의 립톤 상단주님을 모시겠습니다. 큰 박수로 환영해 주세요."

에레나의 말이 끝나자 학생들의 큰 박수 소리와 함께 연녹색 머리가 특징인 수더분한 인상의 중년 남성이 등장했다.

검은 슈트를 입고 넥타이 없이 하얀 셔츠 단추 두 개를 푼 복장은 강의 자리에 잘 어울리면서도 경직되지 않고 자연스러운 인상을 풍겼다.

또한 짧은 머리에 콧수염과 턱수염이 입 주변으로 동그랗게 연결된 구티 스타일 수염의 조합은 성공한 남자들의 자유스러움을 극도로 끌어올린 것 같다.

"제국의 미래인 아카데미 학생들이 이렇게나 환영해 주

시니 몸 둘 바를 모르겠습니다. 부족한 저를 이렇게 황송한 자리에 초대해 주셔서 감사합니다."

"상단주님, 바쁘신 스케줄 속에 학생들의 초대에 응해 주셔서 저희가 감사할 따름입니다."

강연자인 립톤 상단주와 사회자인 에레나는 화기애애한 인사말을 나누며 준비된 의자에 앉았다.

"티스 상단이라면 피오라 선배의 상단 아닌가?"

아카드가 옆에 앉은 안나에게 물었다.

"응. 저분이 피오라의 아버지야."

"아버지가 강연인데 피오라 선배는 안 보이네?"

"오늘 아버지 대신에 상단 일 봐야 한다고 일찍 들어갔어. 걔가 남자만 후리고 다닐 것 같아도 제법 상단 일을 많이 도와주나 봐."

"그런데 안나 선배가 여긴 어쩐 일로? 기사 지망생이 이런 수업도 듣나?"

"호호. 아카드는 날 잘 모르는구나. 나 경제학에 대해 관심 많은 여자야."

안나는 귀밑을 쓸어 올리며 지적인 포즈를 잡았다.

"안나는 교양 없이 거짓말이 너무 심합니다. 피오라가 특강 참여하면 사은품으로 비싼 차를 준다고 해서 참여한 거 아닙니까?"

케리가 가증스럽다는 표정으로 말하며 안나를 노려보았다.

"야! 나를 어떻게 보고 그런 소릴 하는 거야! 친구 아버지가 강의하신다고 해서 겨우 시간 내서 참석했더니."

"그럼 특강 사은품으로 나눠 주는 홍차는 제가 대신 가져도 되겠습니까?"

케리가 안나 무릎에 있는 네모난 종이 박스를 집어 들고 안나 눈앞에서 흔들었다.

"안 돼! 피오라가 오늘 나눠 주는 제품은 아직 황실에도 납품하지 않은 신상이라고 했단 말이야."

안나는 누구에게 빼앗길까 봐 오늘 특강 사은품으로 나눠 준 티스 상단의 홍차를 얼른 케리 손에서 뺏어 버렸다.

아카드는 두 사람의 투닥거림을 무시한 채 정면을 바라보았다.

"저희 상단에 차를 구매하러 와 보신 학생분들은 잘 아시겠지만 저도 직원들과 같이 짐도 나르고, 밥도 같이 먹습니다. 그래서 저를 보고 '아저씨'라고 많이 부르시는데, 아저씨처럼 보여도 상단주랍니다."

하하하하.

소박한 외모와 푸근한 입담에 학생들은 박수를 치며 박장대소를 터트린다.

"학생들 중에서도 티스 상단처럼 성공한 독립 상단 운영을 꿈꾸는 학생이 많은데요. 상단을 운영하는 데 있어서 가장 중요한 것이 뭐라고 생각하시나요?"

"제가 보기에는 아직 많이 부족한 것 같은데 성공한 상단이라고 하시니 꼭 제가 4대 상단주라도 된 것 같습니다."

립톤 상단주의 농담 섞인 말에 또 한 번 학생들의 웃음소리가 흘러나왔다. 에레나의 질문에 립톤 상단주는 잠시 생각하더니 입을 열었다.

"참 어려운 질문이군요. 정답은 없다고 생각됩니다만, 저의 생각으로는 상단을 운영하기 위해서는 자신만의 확고한 신념을 가지고 있어야 한다고 생각합니다."

립톤 상단주는 강당에 앉아 있는 학생들의 초롱초롱한 눈을 하나하나 쳐다보며 계속 말을 이었다.

"저는 상단을 운영하는 데 있어서 인연을 가장 소중하게 생각합니다. 떠돌이 상인일 때 저를 믿고 물건을 구매해 주신 고객분들의 인연도 소중합니다. 또한 상단이 어려울 때나 힘들 때 함께 고생하신 직원들과의 인연도 소중하지요. 그 인연들이 저를 여기까지 올 수 있게 한 원동력이 아닐까 싶습니다."

"직원들과의 인연도 소중히 여기신다는 말씀이 마음에 와 닿는데요, 구체적으로 말씀해 주실 수 있나요?"

학생들은 립톤 상단주의 말 하나하나를 노트에 필기하며 집중한다. 강당에 있는 학생들 대부분이 3학년, 4학년 취업 준비생이기에 립톤 상단주의 말 하나하나가 소중한 정보다.

"저는 직원들을 돈벌이 도구가 아닌 가족으로 생각합니다. 보통 가족 중 한 사람이 아프면 나머지 가족들이 걱정하면서 낫게 하려고 애를 쓰죠?"

"당연하지요."

"그렇기에 아침에 출근하면 직원들을 모아 놓고 어디 아픈 사람이 없는지, 큰일을 당한 사람은 없는지 살피는 것이 제 업무의 첫 시작입니다."

립톤 상단주의 말이 끝나기가 무섭게 학생들은 박수를 치며 환호성을 지른다. 직원들을 생각하는 립톤 상단주의 말에 감동을 받은 것이다.

단 한 사람을 제외하고.

"쳇! 저 양반 시간 엄청 남아 도나 보네."

아카드만이 못마땅한 표정으로 변해 있었다.

"특히 저희 상단은 고객을 상대하는 서비스업이기 때문에 직원들의 컨디션이 더욱 중요합니다. 고객은 자신을 상대하는 직원들의 행동에 더욱 민감한 법이거든요."

"상단주님의 말씀 하나하나가 제 가슴속에 쏙쏙 들어오

는 것 같습니다. 그렇다면 요즘 몇몇 상단에서 벌어지는 직원들의 혹사에 대해서는 어떻게 생각하시는지요?"

"직원들의 혹사요? 주변에 직원을 혹사시키는 상단에 다니는 사람이 있다면 얼른 도망치라고 조언해 주고 싶네요. 미래가 없는 상단이라고 생각합니다."

립톤 상단주의 재치 있는 대답에 학생들의 폭소가 또 한 번 터졌다.

밝은 표정의 에레나는 강의실 중간에 있는 아카드를 의미심장하게 바라보며 립톤 상단주에게 또 하나의 질문을 던졌다.

"제 친구가 다니는 어떤 상단 상단주의 말입니다. '회사에 목숨을 걸어라!', '세상이 네놈들에게 기회를 주지 않는 것은 쓸모가 없기 때문이야.', '나가서 죽는다는 각오로 뛰어!', '야근하기 싫으면 다른 직원에게 네 일을 맡기고 퇴근해.'"

"어느 상단이야!"

"그런 상단은 당장 망해 버려야 해!"

우우우우!

에레나의 말이 끝나기가 무섭게 학생들의 야유가 쏟아진다.

"참 교양 없는 상단주네요. 그런 상단주는 분명히 품위도 없는 무뢰한이 확실합니다."

"누군지 모르겠지만 좀 심하긴 하다."

"……."

옆에 있던 케리와 안나는 한마디씩 했고, 제이나는 학생들의 야유와 상관없이 졸고 있다.

아카드는 주먹을 꽉 쥐며 부르르 떨었다.

'테디, 이 자식이! 회사에서의 일을 친구에게 고자질해! 그것도 악의적으로 편집해서 말이지!'

에레나는 소리치는 학생들을 진정시키고는 립톤 상단주를 쳐다보았다.

"이런 말을 하는 상단주를 어떻게 생각하시나요?"

"정말 멍청한 상단주군요. 직원들의 미래가 상단의 미래로 연결된다는 것을 모르는 아주 어리석은 자라고 생각됩니다. 다시 듣기도 싫은 말이군요."

"그렇군요. 역시 직원들의 만족도가 가장 높은 상단의 상단주십니다."

"과찬의 말씀이십니다."

에레나는 아카드를 직시하며 놀리는 눈빛을 보냈다.

"으으으으!"

아카드의 얼굴이 붉어지며 '드드득' 하고 이를 갈았다.

"'목숨을 걸어라,' 라든가 '죽을 각오로 뛰어야 세상을 이길 수 있다.' 라는 말들은 직원을 도구로 써 먹기 위해 만들어 낸 말장난에 불과합니다. 당장 내 옆에 있다면 때려 주고 싶군요."

립톤 상단주는 눈을 감고 끔찍하다는 표정으로 고개를 흔들더니 강당에 있는 학생들을 둘러보며 입을 열었다.

"여러분들의 초롱초롱한 맑은 눈을 보니, 그런 상단이 제국에 발붙일 수 없는 깨끗한 상단의 세상을 여러분들과 함께 만들어 나가고 싶다는 생각이 듭니다."

우와와와!

립톤 상단주의 말이 끝나기가 무섭게 우레와 같은 박수 소리가 강당을 가득 메웠다.

케리와 안나는 물론 잠들어 있던 제이나까지도 함께 박수 치며 칭찬이 이어진다.

"정말 품위 있는 강의였습니다."

"우와! 피오라의 아버지, 제법 멋진걸? 끝내줬어!"

"좋은 특강."

세 사람의 평가가 이어지는 가운데 아카드는 영혼 없이 억지로 박수 치는 시늉을 했다. 그러면서도 그의 눈동자는 활활 타올랐다.

"테디. 두고 보자! 사무실 가면 죽었어!"

"기분만 잡쳤네."

아카드는 투덜거리며 강당 밖으로 향했다.

"저기, 혹시 A&M 투자상단 고문님 아니십니까?"

아카드가 뒤에서 자신을 부르는 목소리에 고개를 돌려보니, 립톤 상단주가 다가왔다.

"아…… 네."

아카드는 상대방이 반갑게 오는데 모른 척할 수 없는 노릇이라 고개를 숙이고 떨떠름한 표정으로 다가갔다.

"저를 어떻게 아십니까?"

아카드는 한 번도 외부에 모습을 드러낸 적이 없기에 립톤 상단주를 바라보며 물었다.

"MT 끝나고 제 딸 피오라를 데리러 갔을 때, 그쪽 법률 팀장인 로우가 부르는 모습을 멀리서 보았습니다."

"아하. 그렇군요."

두 사람은 마주 보며 악수를 나누었다. 립톤 상단주는 굉장히 반가운 표정인 반면에, 아카드는 뭔가 쌓인 것이 있는 표정이다.

"강의하실 때 사회자가 한 이야기 기억나십니까? 어떤 상단주가 했다는 이야기 말입니다."

"당연하지요. 어떻게 잊을 수 있겠습니까?"

"어떤 상단주가 접니다. 제 말을 남의 입으로 평가받으니 기분이 상당히 이상하더군요."

"그렇습니까? 아이고, 이거 죄송하게 되었습니다."

립톤 상단주는 가볍게 웃으며 미안한 표정을 지었다. 담백한 말투지만 결코 무례하지 않은 그의 행동은 아카드의 불편한 마음을 조금이나마 풀리게 만들었다.

"말씀 편하게 하셔도 됩니다."

"아닙니다. 한 상단을 운영하시는 분께 어찌 함부로 대하겠습니까."

"이제 막 시작하는 신생 상단으로, 립톤 상단주님에 비하면 많이 부족합니다. 잘 부탁드리겠습니다."

상대가 자신을 존중하니 아카드도 상대를 존중할 수밖에 없다. 아카드는 평소에 하지 않는 입에 발린 소리를 하며 대화를 이어갔다.

"어머. 두 분 아시는 사이신가 봐요?"

강의실 뒷마무리가 끝났는지 에레나가 두 사람을 향해 밝은 표정으로 다가왔다. 그녀는 아카드를 슬쩍 살펴보며 입꼬리를 쓰윽 올렸다.

'속이 다 시원하네. 이 사기꾼아, 립톤 상단주님을 보면서 반성 좀 하시지.'

에레나는 한결 가벼운 발걸음으로 립톤 상단주와 아카드 곁으로 다가와 인사를 했다.

"오늘 특강 너무 감사했습니다. 학생들의 반응이 기가 막혀요."

"아닙니다. 부족한 저를 이런 자리에 세워 주셔서 얼마나 부끄러운지. 그런데 에레나 양 때문에 난감하게 되었습니다."

립톤 상단주는 아카드 쪽으로 눈길을 주며 미안한 표정으로 말을 이었다.

"아카드 고문님, 대단하십니다. 상단과 아카데미를 병행하시려면 힘드시지 않으십니까?"

"별로 힘들지 않습니다. 전쟁터 같은 상단계에서 받은 스트레스를 여기 아카데미에서 푼다고 해야 하나? 교문 통과해서 여학생들만 봐도 눈이 정화되는 느낌 모르시지요?"

"하하하. 고문님을 보니 다시 아카데미로 돌아오고 싶네요. 20대로 돌아갈 수만 있다면 전 재산을 주더라도 다시 돌아갈 텐데. 아카데미에서 배울 것이라도 있습니까?"

아카드와 립톤 상단주가 우스갯소리를 하며 화기애애한 분위기를 이어갈 때 에레나가 끼어들었다.

"아카드 군은 립톤 상단주님처럼 직원들에게 좋은 상단주가 되기 위해 경제학에 매진 중이랍니다."

아카드의 인상이 확 구겨졌다.

'오늘따라 에레나 선배는 왜 저래? 나한테 무슨 원한이라도 있나?'

아카드는 사사건건 미묘하게 자신의 신경을 긁는 에레나를 보며 점점 짜증이 났다.

"하하하. 아카드 고문님은 요즘 상단계에서 가장 떠오르고 있는 상단을 소유하고 계신데 저에게 배우실 점이 있겠습니까?"

"친구에게 들었는데 아직까지 직원 복지나 사내 문화가 많이 부족하다고 하시더라고요. 직원 복지에 대해서는 제국 최고 상단인 티스 상단의 상단주님께서 많이 도와주셔야 될 것 같아요."

"고문님이 언제 초대만 해 주신다면 제가 최선을 다해 도와드리고 싶네요."

아카드는 자신의 상단을 두고 왈가왈부하는 두 사람을 보며 기가 찬 표정을 지었다.

'누구 마음대로 도와주고, 초대해 달라는 거야? 제정신이 아니군.'

아카드는 빨리 이 자리를 빠져나가야겠다는 생각밖에 없었다.

"그럼 두 분 이야기 나누세요. 저는 상단 일이 바빠서."

에레나가 갑자기 아카드의 손을 붙잡았다.

그녀는 립톤 상단주에게 대충 고개를 숙이고 빠져나가려는 아카드를 두고 보질 않았다.

"아카드 군. 이럴 게 아니라 날 잡죠?"

"무슨 소리야?"

"친구에게 들었는데, 아카드 군이 차 관련 사업도 관심이 많다고 하더군요. 이참에 립톤 상단주님을 모셔서 조언을 듣는 건 어떨까요."

"요즘 상단이 워낙 바빠서 시간이 될지 모르겠습니다."

아카드가 말꼬리를 흐리며 거절의 뜻을 비쳤다.

"토마스 상단주님께 한번 여쭈어 봐도 될까요? 아무리 아카드 군이 상단의 주인이라고 해도 상단주는 토마스 님이잖아요."

에레나가 어깨에 걸친 크로스백 안에서 뭔가를 꺼냈다. 제국의 상류층들에게만 보급되었다는 매직폰이다.

에레나는 지체 없이 토마스에게 연결해 아카드를 바꿔 주었다.

"A&M 투자상단의 상단주! 토마스라고 합니다."

토마스는 '상단주'라는 단어에 힘을 잔뜩 주며 대답했다. 오죽했으면 에레나 옆에 있는 아카드는 물론 립톤 상단주에게까지 목소리가 들릴 정도다.

"나야. 아카드."

"잉? 고문님 번호 바뀌셨습니까? 이 번호 아니잖아요."

"뭐 그렇게 됐어."

에레나는 얼굴을 찡그린 아카드의 허리를 쿡 찔렀다.

"얼른 물어보세요."

아카드는 짜증스럽게 아카데미에서의 일을 대충 둘러댔다.

"좋은 기회네요. 지금 그로세 식품팀장이 커피 재배 때문에 골머리 썩고 있는데 조언도 들을 수 있고 딱이네요. 우리가 가는 것도 아니고 직접 오신다는데 당연히 수락해야죠. 내일이면 월 상단 인수 문제가 마무리될 것 같으니 모레로 하시죠?"

"정말 괜찮아? 쌓여 있는 일도 많은데 업무에 방해 안 되겠어?"

"언제부터 그런 거 신경 써 주셨다고 자꾸 물으세요. 바쁘니까 끊습니다."

툭! 뚜—뚜뚜

아카드의 의도와는 다르게 토마스는 손님의 방문을 적극 환영했다.

'눈치 없는 놈! 네놈이 그러고도 정치학과 출신이냐! 들어가서 보자. 미친 듯이 일거리 던져 주마!'

아카드는 속으로 투덜거렸으나 립톤 상단주 앞이라 내색할 수도 없었다.

"립톤 상단주님. 모레 시간 괜찮으신가요?"

질문할 사람은 아카드인데 옆에 있던 에레나가 먼저 질문을 꺼냈다.

"저야 상관없습니다만, 요즘 많이 바쁘신 것 같은데 괜찮으시겠습니까?"

"립톤 상단주님이 오시는데 없는 시간도 만들어야죠. 에레나 선배도 같이 와."

"저도요?"

"혼자 오시게 할 수는 없잖아. 특강에서 언급된 어떤 상단주에 대한 오해도 풀어야지?"

"아카드 군. 저는 그날 바쁜 일이……."

에레나의 말이 끝나기도 전에 택시 한 대가 교문 앞에 섰다.

"전 택시가 와서 이만 가 보겠습니다. 립톤 상단주님과 선배는 모레 뵙지요."

말을 마친 아카드는 심드렁한 표정으로 두 사람에게 인사를 하고는 아카데미를 떠났다.

립톤 상단주는 뭔가 기대에 가득한 얼굴로 아카드가 타고 간 방향을 바라보며 중얼거린다.

"요즘 A&M 투자상단이 워낙 화제라 궁금했는데, 에레나 양 덕분에 좋은 기회를 얻은 것 같네요. 고맙습니다."

"……."

에레나는 아무런 대답이 없었다. 립톤 상단주는 에레나의 어깨를 흔들었다.

"에레나 양?"

에레나는 망연자실한 표정으로 중얼거렸다.

'어떻게 하지? 내 정체가 탄로 날 수도 있는데.'

모레면 상단을 괴롭히던 월 상단 위임 업무도 끝이 난다. 살인적인 업무가 끝났으니 하루 병가 내고 원래의 모습으로 상단을 방문하는 것은 어렵지 않다.

문제는 직원들의 눈이다.

직원들 몇몇은 자신이 남장 여자라는 것을 알고 있는 눈치다. 특히 토마스를 비롯해 그로세 팀장, 로우 팀장은 테디가 여자라는 것을 확신하는 분위기다.

그런데 원래의 모습으로 방문하면 눈치 빠른 토마스 상단주와 그로세 팀장은 자신의 진짜 신분을 단번에 알아챌 것이다.

그럼 공작가의 딸이라는 신분 때문에 그녀가 누리고 있는 사무실 내에서의 화목한 분위기는 어색하게 바뀔 것이다.

'괜히 내가 사달을 만들었구나. 이러려는 의도는 아니었는데.'

에레나는 한숨을 푹 쉬며 고민에 빠져들었다.

*   *   *

클라우스 공작가.

자정이 한참 넘은 시간임에도 하나의 방은 불이 꺼지지 않았다.

공작가의 유일한 후계자 루시르는 책상에서 뭔가를 골똘히 생각 중이었다. 책상에 앉아 손가락으로 책상을 두들기며 초조한 기색도 엿보였다.

똑! 똑!

"들어와."

문이 열리고 외눈 안경을 낀 새하얀 머리카락의 남자가 루시르에게 허리를 깊이 숙이고는 방 안으로 들어왔다.

"방금 아가씨께서 도착했습니다. 오시자마자 침대에 쓰러지셨습니다."

차분한 인상의 루시르의 눈매가 살짝 가늘어졌다.

"도서관에서 오는 길인가?"

"A&M 상단에서 바로 온 것으로 확인되었습니다."

책상을 두들기던 루시르의 손가락이 멈췄다.

"지금 상단이라고 했나?"

"네. 요즘 월 상단 인수 건으로 야근을 밥 먹듯이 한다고 합니다."

"집사. 해적 놈의 자식이 좋은 말로 했더니 날 아주 우습게 보는 모양이야. 이 망할 자식을 어떻게 해야 속이 시원할까?"

루시르는 평소에 볼 수 없는 일그러진 표정으로 이를 갈았다.

'역시나 여동생 일만 걸리면 흥분을 하시는구나. 평소에 저렇게 표현하신다면 참 좋을 텐데.'

집사는 겉모습과는 달리 여동생 일에 분개하는 가문의 후계자를 보며 흐뭇해했다.

"그럼 평소처럼 조용히 묻어 버릴까요?"

집사는 외눈 안경을 살짝 만지며 입을 열었다. 별일 아닌 것처럼 말하는 것으로 보아 많이 해 본 말투였다.

"아직 에레나에게 집적대는 것은 아니지 않나. 황실에서도 주시하고 있고, 가문에서 함께 진행되는 일도 엮여 있어서 어설프게 건드리면 역풍을 맞을 수도 있어. 아직까지는 살려 두는 것이 가문을 위해 유익한 일이야."

"지켜보기만 할까요?"

"내 말을 거역했으니 따끔한 벌은 내려야겠는데. 어떻게 한다?"

잠시 생각하던 루시르가 책상 위에 있는 매직폰을 집어 들었다. 어디론가 전화를 걸어 명령을 내리는 루시르의 표정이 즐거워 보인다.

잠시 후, 통화를 끝내고 매직폰의 폴더를 접은 루시르의 입꼬리가 스윽 올라갔다.

"내 경고를 무시했으니 고생 좀 해야지?"

집사는 위대한 가문의 후계자의 웃음을 바라보며 불쌍한 표정을 지었다. 이번엔 또 어느 놈이 찍혔는지는 몰라도 참 안 됐다 싶었다.

∗   ∗   ∗

약속대로 립톤 상단주와 아가씨 한 명이 A&M 투자상단 입구에 도착했다.

"어서 오십시오. A&M 투자상단에 오신 걸 환영합니다. 상단주를 맡고 있는 토마스라고 합니다."

"어서 오세요. 식품팀 팀장을 맡고 있는 그로세라고 합니다."

손님의 방문에 상단주 토마스와 유일한 정식 여직원인

그로세 팀장이 손님들을 맞이했다.

두 사람은 처음 맞이하는 손님 접대에 의상도 제법 신경 쓴 모양이다. 감색 슈트에 빨간 나비넥타이를 한 토마스와 흰색 땡땡이 무늬의 검정 원피스를 입은 그로세 팀장은 명함을 교환하며 인사를 나누었다.

"예고도 없이 남의 상단주가 불쑥 방문해서 폐만 끼치는 게 아닌가 싶습니다."

"아닙니다. 티스 상단이라면 저희가 먼저 찾아뵀어야 하는데 제가 경험도 부족하고 최근의 몇몇 사건 때문에 경황이 없었습니다. 이렇게 오시게 해서 상단주로서 죄송할 따름입니다."

토마스는 양손을 흔들며 립톤 상단주의 겸양이 과하다는 표정을 지었다.

"그런데 이쪽은?"

립톤 상단주 옆에 있는 아가씨의 행동이 이상하다. 비스듬히 옆으로 서서 토마스와 그로세의 시선을 피하고 있었다.

"안녕하세요. 아카드 군과 같은 과에 다니는 에레나라고 합니다."

에레나가 고개를 돌리자 토마스와 그로세가 살짝 놀란 표정을 지었다.

립톤 상단주를 따라온 여학생이 색안경을 끼고 있었기 때문이다. 실내에서 짙은 검은색에 가까운 색안경을 끼고 있는 여학생의 모습은 누가 봐도 이상하고 상대에 따라서 예의에 어긋난다고 느낄 수 있었다.

"아가씨. 실내가 밝으신가요? 마법 등을 좀 줄이라고 할까요?"

"호호호. 얼마 전까지 중간고사가 있어서 눈에 다래끼가 나 버렸네요. 실내에서 실례인 건 알지만 양해 부탁드릴게요."

에레나는 마법 등을 줄이러 벽으로 향하는 그로세를 붙잡으며 어색하게 웃었다.

"립톤 상단주님. 고문님 집무실로 안내해드리겠습니다. 가시지요."

"그럴까요? 에레나 양도 갑시다."

토마스가 손을 앞으로 내밀며 앞장섰다.

두 사람은 토마스 뒤를 따라 사무실 2층으로 향했다.

'에레나 양의 행동이 이상한데. 왜 저렇게 사무실 반대쪽으로 고개를 돌리면서 가는 거지?'

뒤쪽에서 따라가던 그로세가 에레나를 바라보며 수상한 표정을 지었다. 사무실 직원들이 있는 방향을 회피하며 한 손으로 가리고 가는 모습은 누가 봐도 의심할 만한 행동이었다.

'목소리도 어디서 들어 본 것 같은데. 누구지?'

그로세는 여자의 직감을 끌어올리며 에레나의 뒷모습을 가재미눈으로 노려보았다.

＊　　　＊　　　＊

'넌 어떻게 된 정령이 하루 종일 먹고 자냐?'

'이게 다 부족한 너 때문이야. 네놈이 정령력이 부족하니까 조금만 움직여도 피곤하잖아.'

바깥에서 들리는 소리에 아카드가 천천히 일어났다.

"어서 오세요."

덩달아 책상에 엎드려 있던 고양이 모습을 한 실리안도 꼬리를 한껏 높게 치켜들고 뛰어내렸다.

"아카드 고문님, 바쁘신데도 불구하고 이렇게 초대해 주셔서 감사합니다."

립톤 상단주와 악수를 나눈 아카드는 소파를 향해 손을 뻗었다. 립톤 상단주와 에레나는 아카드의 안내에 따라 집무실 중앙에 놓여 있는 가죽 소파에 몸을 실었다.

"사무실 분위기가 아주 깔끔합니다."

"그렇습니까? 제가 워낙 거추장스러운 것을 싫어해서 다른 상단주분들의 사무실에 비해 단출합니다."

"오히려 그래서 더 마음에 듭니다. 상계에 오래 계신 분들이 즐겨 하는 말이 있지요."

"어떤 말입니까?"

"상단주의 사무실을 보면 상단의 미래를 알 수 있다."

집무실 사람들의 이목이 립톤 상단주에게 쏠렸다.

"망하는 상단을 가 보면 상단주 집무실이 그렇게 화려할 수가 없습니다. 직원들 월급은 밀리고, 상단은 망해 가는데도 말이지요."

똑! 똑!

두 사람이 서로 인사를 나눌 때 누군가가 집무실의 문을 두들겼다.

하얀 로브를 걸친 매지슨 마법공학팀 팀장과 신입 직원들이 네모난 물건을 가져왔다.

"고문님. 저희가 연구하던 마법 냉동고 시제품이 개발되어 보고하러 왔습니다. 손님들 계시는데 좀 있다 올까요?"

"아니야. 가져와 봐."

아카드는 립톤 상단주와 에레나에게 잠시 양해를 구하고 직원들이 가져온 물건들을 살펴보았다. 아카드는 신중한 표정으로 이리저리 열어 보더니 매지슨 팀장에게 물었다.

"이걸로 사계절 내내 시원하게 맥주를 넣을 수 있단 말이지?"

"네. 일단 저희 상단 주력품인 맥주에 맞게 만들어 봤습니다. 다가오는 여름 콘셉트에 맞게 아래에는 맥주를 보관하고, 위칸에는 얼음을 만들 수 있도록 고안했습니다."

"개당 단가는 얼마로 잡았나?"

"주문 수량에 따라 달라집니다. 우선 백 개를 일괄로 주문한다고 치면 스틸로 만든 이 제품의 원가는 334골드 정도입니다."

"충전은 어떻게 하지?"

"황실마법공학 연구소에서 생산하는 마나공급기를 이용하면 한 달 동안 사용할 수 있습니다."

"그럼 마나공급기 두 개를 구입해서 번갈아 써야겠네? 마나공급기 가격까지 포함된 거야?"

"그렇습니다. 100개를 한꺼번에 주문하면 200골드짜리 마나공급기를 150골드까지 할인해 주겠답니다."

아카드는 고개를 끄덕이며 지시했다.

"물건의 종류는 두 가지로 하지. 돈 많은 사람들을 위한 고급형과 일반 가정이나 식당에 판매하는 보급형으로 만들어 봐."

"두 가지 제품을 개발하기에는 비용과 시간이……."

"별로 어렵게 생각할 필요가 없어. 같은 크기에 보급형은 스틸로 외관을 제작하고, 다른 하나는 미스릴로 만들어. 귀족들한테 불티나게 팔릴 거야."

"아하! 그런 방법이 있었네요. 대단하십니다."

매지슨은 아카드의 꼼수에 감탄을 했다.

"가격은 어떻게 할까요?"

"보급형은 천 골드, 고급형은 만 골드로 책정해. 일단 보급형 170개, 고급형은 30개만 만들어 봐."

"네? 스틸은 그렇다고 쳐도, 미스릴 제품은 너무 과하지 않을까요? 귀족들이라면 미스릴 시세에 대해서 대충은 알 텐데."

매지슨은 아카드 입에서 나온 가격을 듣자마자 놀란 표정으로 되물었다. 아무리 고급형이라고 해도 성능에서는 보급형이랑 차이가 없기에 무리라고 생각한 것이다.

"팔려. 한 가지만 추가할 수 있다면."

"그게 뭔가요?"

궁금한 건 매지슨과 직원들만이 아니었다. 립톤 상단주와 에레나까지 아카드를 바라보며 답을 기다렸다.

"한정판! 고급형은 30개 한정으로 제작하고, 반드시 잘 보이는 곳에 플레이트를 붙여서 몇 번째 제품인가를 명시해 줘. 불티나게 팔릴 거야."

"우와. 고문님 정말 획기적이에요. 제국의 귀부인들 사이에 난리 나겠는데요?"

그로세가 놀랍다는 표정으로 박수를 쳤다. 방 안에 있는 다른 남자들은 잘 모르겠지만 귀부인들의 한정품에 대한 집착은 어마어마하다.

"손님이 있으니 여기까지 하지. 마법 냉동고 건은 완성되면 보고서로 보여 줘."

"네. 알겠습니다. 립톤 상단주님께 실례가 많았습니다."

매지슨과 직원들은 립톤 상단주에게 인사를 하고 문을 나섰다. 문을 나서자마자 신입 직원들은 매지슨 팀장에게 궁금한 표정으로 물었다.

"보통 토마스 상단주님께 보고하는 거 아닌가요? 고문님에게 보고하는 건 처음인데."

"오늘 손님 왔잖아. 상단 주인으로서 뭔가 있어 보이고 싶으신 모양이지. 아직 어리시잖아."

신입 직원들은 팀장의 말에 피식 웃었다.

"평소에는 고문님이 무섭고 카리스마 있다고 생각했는데, 오늘의 모습을 보니 꼭 20살 청년 같습니다."

직원들은 보이지 않는 곳에서 아카드의 흉을 보았다. 그들은 상단주의 집무실을 향해 고개를 흔들더니 빠르게 도망쳤다.

"와! 대단하십니다. 의사 결정이 직관적이고 빠르네요."

"과찬이십니다. 작은 상단이니 스피드로 승부를 걸어야 살아남을 거 아닙니까."

"직원들도 그렇고 상단주님도 열의가 넘치네요."

립톤 상단의 칭찬에 아카드는 부끄럽다는 듯이 두 손을 저었다.

화기애애한 가운데 에레나만이 눈을 찌푸리며 아카드를 바라보았다.

'저 사기꾼 연기하는 거 봐.'

평소에 직원들의 기획을 보고받고 검수하는 것은 토마스의 몫이다. 아카드는 개인적으로 토마스에게 전반적인 사항만 보고 받고 대부분 신경 쓰지 않는다.

'오늘 손님 왔다고 좋은 상단주 흉내를 내시겠다? 인간이 어쩌면 저렇게 가증스러울까?'

모든 것을 속속들이 알고 있지만 말할 수 없는 처지의 에레나는 가슴을 치며 답답함을 달랬다.

"에레나 선배? 얼굴 좀 돌려 보지? 얼굴에 뭐를 쓴 거 같은데? 색안경?"

"호호. 며칠 무리를 했더니 눈에 뭐가 났네? 실례인 줄 알지만 이해 좀 해 줘."

"토마스. 구급약품에 집사장이 준 소염제 있지? 그거 가져 와."

"아니야! 아니야! 토마스 님, 앉으세요."

에레나가 화들짝 놀라 양손을 저으며 토마스를 만류했
다.

"에레나 양. 부담 가지시지 마시고 고문님 말씀대로 한
번 발라 보세요. 워낙 대단하신 가문의 자제시라 그쪽도 좋
은 약들이 많겠지만, 이쪽도 엘프분이 손수 만드신 약이라
끝내준답니다."

"오호. 그렇게 효과가 좋습니까?"

옆에 있는 립톤 상단주가 관심을 가진다. 좋은 물건이라
는 말에 상인의 특유의 호기심이 발동한 모양이다.

"네. 죽지 않을 정도의 상처는 그 약만 바르면 일주일이
면 아물더라고요. 대량생산만 되면 바로 상품화시킬 텐데
귀한 약초가 많아 힘들겠더라고요."

"참 아쉽습니다."

"에레나 양! 정말 필요 없으세요?"

당장이라도 약을 가지러 갈 것 같은 토마스의 행동에 에
레나는 괜찮다고 웃음으로 겨우겨우 무마했다.

"그래도 모르니 사무실 나갈 때 받아 가. 그리고 그로세
양?"

"네. 고문님."

"멀뚱히 서 있지 말고 손님들 왔는데 차라도 한 잔 내오지? 아, 맞다. 이번에 식품팀장이 기획한 새로운 품종의 커피 있지? 그걸 대접하는 게 어떻겠나?"

"제 상품을요?"

"차에 관해서는 립톤 상단주님이 대륙 최고의 전문가가 아닌가. 누구보다 냉정하고 정확하게 평가해 주실 거야."

식품팀장 그로세의 표정이 밝아졌다.

기존의 열대 지역에서 생산되는 커피와는 다르게, 그로세 팀장이 추진하고 있는 커피는 메디아 가문의 영지를 고려해 해안가에서 재배되는 커피다.

아직 수확물이 나온 것도 아니고 커피 시장에서 우연히 발견한 품종이기에 정확한 상품 가치와 맛을 평가받기 어려웠다.

신생 상단인 데다가 차에 대해서 전문가가 없기에 그로세는 백방으로 혼자 뛰는 수밖에 없었다. 그런데 립톤 상단주에게 조언을 들을 수 있다고 생각하자 표정이 밝아졌다.

앞에 앉아 있는 에레나에 대한 수상함은 금방 사라졌다.

"금방 가져오겠습니다. 립톤 상단주님 감사합니다."

"천만의 말씀입니다. 다른 곳도 아닌 A&M 상단표 신제품을 처음으로 접한다고 생각하니 제가 다 기대가 됩니다."

립톤 상단주는 설레는 표정으로 커피를 가지러 가는 그로세를 바라보며 흐뭇하게 고개를 끄덕였다.

"직원들 한 분, 한 분이 열정이 넘칩니다. 요즘은 쉽게 볼 수 없는 인재들을 잘 뽑으신 것 같네요."

"제가 많이 부족하니 직원들이라도 뛰어나야지요."

"하하하. 아카드 고문님은 너무 겸손하십니다."

두 사람의 웃음이 커질수록 토마스는 고개를 돌려 토할 것 같은 표정을 지었다. 어떻게 평소의 모습과 전혀 다르게 변신할 수 있는지 놀라울 따름이다.

'괜히 악마가 아니야. 내가 정치를 배웠지만 진짜 정치꾼은 따로 있었네.'

토마스가 속으로 감탄하고 있을 때, 에레나의 얼굴에는 불만이 가득했다.

'립톤 상단주님까지 저 인간에게 넘어가 버렸네. 이래서는 안 되는데. 이런 분위기라면 저 인간이 더더욱 직원들을 노예처럼 부려 먹을게 뻔해. 어떻게 반전의 분위기로 삼을 만한 게 없을까?'

원래의 목적은 립톤 상단주의 조언을 통해 직원들의 올바른 근무 환경을 만드는 것이었다. 그런데 의도했던 분위기와는 전혀 다르게 흘러가는 모습에 에레나는 급해졌다.

'어때, 선배? 세상이 법과 교과서처럼 되는 것이 하나도

없지?'

아카드는 립톤 상단주가 눈치채지 못하게 잔뜩 약을 올렸다.

'저 인간이! 정말! 무슨 수가 없을까?'

에레나는 아카드의 눈빛을 보며 주먹을 움켜쥐었다. 이대로라면 저 사기꾼의 연극에 지금까지 계획했던 것이 모두 물거품이 될 위기였다.

"큰일 났습니다!"

갑자기 문이 열리면서 법무팀장 로우가 놀란 표정으로 뛰어왔다.

"손님이 오셨는데, 이 무슨 무례지?"

아카드가 음성을 높이며 법무팀장 로우를 노려보았다.

"노동부에서 강제 근로법 위반으로 직원들에게 조사 나왔답니다."

"뭐?!"

아카드는 자리에서 벌떡 일어났다. 노동부에서 조사 나올 줄은 상상도 못 한 표정이다.

토마스나 에레나의 표정도 큰일이라는 반응이었다.

다만 립톤 상단주만이 이 상황을 흥미롭게 바라보고 있었다.

Chapter 4.
립톤 상단주의 결심

"여기 상단주님이 누구시지요?"

"접니다. 노동부에서 무슨 일로 저희 상단을 방문하셨습니까?"

토마스는 상단 사무실에 갑작스럽게 닥친 노동부 직원들 앞으로 나갔다. 노동부 직원 중 하나가 자신의 신분증을 내밀며 상단의 직원들을 둘러보았다.

"제보가 들어와서 이렇게 방문하게 되었습니다. 며칠 전부터 계속 불법 야근을 하셨더군요."

"아, 모르시는구나. 황실에서 저희 상단에 위임한 월 상단 청산 작업을 하느라 몇 번 야근한 적이 있죠."

토마스는 은근슬쩍 황실의 이름을 밝히며 노동부 직원들을 압박했다. 이 정도면 알아서 물러날 것이라고 생각한 것이다.

"황실 일은 황실 일이고, 저희는 노동자의 권익을 보호하는 기관입니다. 혹시 직원들에게 야근 수당에 대해 설명하셨습니까?"

노동부 직원은 직원들을 둘러보며 말했다. 직원들의 웅성거리는 모습이나 시선을 회피하는 것을 확인한 노동부 직원은 뭔가 꼬투리를 제대로 잡았다는 표정을 지었다.

"아뇨. 워낙 상단이 바빠서 설명은 하지 못했습니다. 그러나 당연히 야근 수당은 지급합니다."

"누구나 노동부 감사를 받으면 다들 그런 말씀들을 하십니다. 하지만 직원들에게 야근 수당에 대해 제대로 설명하지 않은 것은 엄연한 위반입니다. 함께 가 주셔야겠습니다."

노동부 직원이 뒤에 있는 사람들에게 눈짓을 했다. 그러자 뒤에 서 있던 사람들이 토마스 곁으로 와서 양팔을 꼈다.

"잠시만요. 콩밥에서 해방된 지 얼마 되지도 않았는데 또 가야 해요?"

토마스는 아카드를 바라보며 살려 달라는 표정을 지었다. 또 한 번 지하 유치장에 끌려가는 건 토마스에게 절대 피하고 싶은 일이었다.

"잠깐……."

"잠깐만요!"

아카드가 나서려고 할 때 에레나가 노동부 직원 앞으로 나갔다. 그녀는 앞으로 걸어가 토마스를 잡고 있던 사람들의 팔을 풀었다.

"이런 법이 어디에 있나요?"

"네? 노동법에……."

노동부 직원의 얼굴에 처음으로 긴장의 빛이 서렸다. 그는 뒤에 있는 사람들에게 눈짓으로 그만하라는 신호를 보냈다.

"노동법에 불법 야근을 금지하는 법은 있지만, 그건 상단 설립 6개월 이후부터 적용되는 법 아닌가요? 그리고 설령 위반 사항이 있다고 해도 처음에는 권고 정도로 넘어가는 게 관례인 것으로 아는데요."

"하하하. 그렇습니까?"

노동부 직원의 이마에 땀이 났다. 그는 속으로 이 일을 지시한 상사를 욕하며 난감한 표정을 지었다.

'이게 뭐야. 에레나 양이 여기 있다는 소리는 없었잖아. 뒤는 알아서 봐줄 테니 며칠 고생시키라는 말만 믿고 쳐들어왔는데 잘못하면 나 혼자 뒤집어쓰게 생겼네.'

반면 어두웠던 직원들은 활기를 되찾았다. 너무도 아름답고 고귀한 공작가의 영애가 노동부 직원 앞에서 상단의 편을 들자 힘이 난 것이다.

"저도 그러고 싶지만 제보가 들어오면 조사해야 하는 것이 노동부의 원칙이라……."

노동부 직원은 원칙을 내세워 압박해 보려고 했지만 처음과 달리 자신이 없는지 말을 흐렸다.

"제보자가 누구인지 말해 줄 수 있나요?"

"그건 곤란합니다. 제보자는 철저히 보호받아야 하니까요."

에레나는 잠시 생각을 했다. 노동부의 과한 대응에 욱 하는 심정으로 나섰다.

'노동부 직원이 내 집안 때문에 곤란해하는 것 같네. 이렇게 문제를 해결하는 건 내 방식이 아닌데.'

에레나는 상단과 노동부 모두가 만족할 만한 해결책이 없을까 고민했다.

"노동부 관계자 분. 이렇게 하면 어떨까요?"

뭔가가 떠올랐는지 에레나의 얼굴이 해맑아졌다.

노동부 직원들뿐만 아니라 상단 내 모든 사람들의 시선이 에레나에게 집중되었다.

*　　　*　　　*

"안 돼!"

"에레나 양! 정말 현명한 의견입니다!"

상반된 두 사람의 고함 소리가 아카드의 집무실에서 들려왔다. 문 밖에서는 사무실의 모든 직원들이 아카드의 집무실에서 들려오는 말소리를 듣기 위해 문에 귀를 대고 있다.

"정말 에레나 양의 의견이 채택될까요?"

"노동부 직원도 참석했으니 또 모르지. 고문님 입장에서도 토마스 님을 또 희생시킬 수 없을 거야."

"팀장님! 생각만 해도 가슴이 설레요!"

A&M 투자상단 팀장을 비롯해 모든 신입 직원들의 얼굴에 기대감이 가득하다. 그들의 모든 신경은 집무실 내부에 집중되었다.

"외부 사람의 의견이 우리 상단의 일을 결정할 순 없어!"

"고문님, 잠시만요. 노동부 관계자님 말씀도 들어 봐야지요. 에레나 양의 의견대로 하면 노동부에서는 만족하십니까?"

공식적인 상단주인 토마스는 흥분한 아카드를 말렸다. 그는 노동부 직원을 차분하게 바라보며 의견을 물었다.

"저희 방문 목적이 올바른 근무 환경으로 계도하기 위해서니, 에레나 영애의 의견대로만 된다면야 노동부 입장에서는 대환영이지요."

노동부 직원은 말은 그렇게 하지만 썩 만족하는 얼굴은 아니었다. 윗선에서 내려온 A&M 투자상단을 고생시키라는 원래의 목적을 달성하지 못했기 때문이다.

하지만 클라우스 가문의 영애가 중재에 나선 이상 노동부 직원도 원칙을 따를 수밖에 없었다.

"하지만 상단의 실질적인 소유주께서 과연 에레나 양의 제안을 받아들이실지 모르겠습니다. 전례가 없는 파격적인 제안이라 고용주께서 받아들이시겠습니까?"

"지금 상단주는 접니다. 저의 결정이 상단의 결정이라고 생각하시면 됩니다."

토마스는 아카드를 제치고 자신감 있게 노동부 관계자와 협상에 나섰다.

에레나가 제안한 것은 여섯 가지 사내 정책이다.

첫째, 불가피하게 야근을 할 시에는 한 달에 두 번으로 제한한다.

둘째, 야근 수당은 월급 대비 2배 이상으로 책정한다.

셋째, 일 년에 한 번, 보름 이상의 휴가를 유급으로 시행한다.

넷째, 직원들의 자녀들에게 교육비를 보조한다.

다섯째, 여자 직원에게 성희롱 및 성차별을 금지한다.

여섯째, 여성 직원의 출산을 장려하는 차원에서 출산 휴가 및 육아 휴가를 유급으로 시행한다.

노틸러스 제국의 어느 상단도 시행하지 않는 획기적인 복지 정책이 에레나의 입에서 쏟아졌다.

아카드는 듣자마자 거품을 물고 쓰러지기 일보 직전이었다. 그에 반해, 나머지 직원들은 전쟁에서 이긴 것보다 더 신나는 표정을 짓고 있다.

아카드가 토마스를 살펴보니 당장에 받아들일 기세다.

"토마스, 길게 생각해라. 우리가 하루 이틀 볼 사이가 아니잖니?"

"용병팀장 칼빈 님을 데려오면서부터 건널 수 없는 강을 먼저 넘어가신 건 고문님인 거 같은데요."

토마스가 가장 무서워하는 정찰대장 칼빈은 현재 메디아 가문에서 훈련 중이다.

전쟁터에서 정찰대장으로서 명성은 날렸지만 기사라고 하기에는 부족했다. 메디아 가문에서는 아카드를 제대로 보호하기 위해 칼빈의 훈련을 오크 전사 듀랄 기사장에게 맡겼다.

토마스는 물 만난 고기처럼 이 상황을 즐겼다. 칼빈은 보이지 않고, 아카드는 노동부 직원 때문에 꼼짝 못 하는 상황이 되자 제 세상을 만난 것 같았다.

"노동부 관계자님. 이 상황은 엄연한 협박 아닙니까? 이런 것도 신고가 되나요?"

"물론입니다."

괜히 정치학과 우수 졸업생이 아니다.

토마스는 자신에게 주어진 상황을 절대 놓치지 않았다.

"노동부 관계자님! 합의 보시죠!"

토마스는 자신감 넘치게 에레나가 제시한 상단 사내 정책에 도장을 꽝 찍었다.

＊　　　＊　　　＊

토마스와 그로세가 상단을 방문한 손님들을 배웅했다.

티스 상단을 표시하는 푸른 나뭇잎이 휘날리는 마차 앞에서 립톤 상단주와 토마스는 손을 잡으며 인사를 나눴다.

"립톤 상단주님. 상단의 안 좋은 모습을 손님들께 보여드려 송구스럽습니다."

"아닙니다. 저에게 오늘의 경험은 정말 잊지 못할 추억으로 남을 것 같습니다. 너무 인상 깊었습니다."

"나쁜 기억만 가지고 가시는 거 아니십니까?"

"아닙니다. 좋은 기억을 많이 가져갑니다. 이제 제국 최고로 일하기 좋은 상단이라는 명성도 A&M 투자상단에 뺏기게 되었습니다. 하하하."

"하하하. 이게 다 립톤 상단주님과 에레나 양 덕분입니다. 꼼짝없이 잡혀가는 줄 알았는데, 이렇게 바뀔 줄 누가 알았답니까. 정말 진심으로 감사합니다."

두 사람은 화기애애한 표정으로 웃었다.

립톤 상단주와 에레나 덕분에 상단 내 모든 사내 규칙은 바뀌었다. 에레나의 의견은 모두 받아들여지고, 노동부 관계자들도 만족하는 표정으로 상단을 떠났다.

상단 내 직원들의 사기도 하늘을 찔렀다.

토마스가 노동부 합의 사항에 도장을 찍자마자 직원들은 서류를 집어 던지며 환호성을 질렀다. 특히 여직원들은 고음의 비명을 질러대며 즐거워했다.

얻는 사람이 있으면 반대로 잃는 사람도 있는 법.

아카드는 망연자실한 표정으로 소파에 주저앉았다. 그는 립톤 상단주와 에레나의 배웅도 하지 못하고 집무실에서 넋이 나간 사람처럼 늘어졌다.

결국 배웅도 토마스와 식품팀장 그로세가 맡게 되었다.

"오늘 제가 많이 배워 갑니다. 그리고 개인적으로 결심을 굳히는 계기가 되었습니다."

"개인적인 결심이요?"

립톤 상단주는 아무 말 없이 미소만 지었다. 그러고는 마차에 올라타며 의미를 알 수 없는 말을 했다.

"조만간 다시 뵐 것 같습니다."

"그렇습니까? 저도 립톤 상단주님과 자주 만나고 싶습니다."

토마스는 립톤 상단주의 말에 별 의미를 두지 않았다. 그냥 의례적으로 자주 왕래하자는 뜻으로 받아들였다.

"그럼 조심히 살펴 가십시오. 립톤 상단주님께 조언 얻을 일이 있을 때 종종 찾아뵙겠습니다."

"그러시오. 그럼 가 보도록 하겠습니다."

"에레나 양도 들어가세요. 오늘 에레나 양 덕분에 상단이 한층 더 발전하는 계기가 되었습니다. 고문님은 싫어하시겠지만. 하하하."

토마스는 립톤 상단주 옆에서 듣고 있는 에레나에게도 인사를 했다.

"아니에요. 주제넘게 끼어들어서 죄송하네요. 아카드 군에게도 죄송하다고 말씀 전해 주세요."

"걱정 마세요. 고문님은 제가 꽉 쥐고 있습니다. 하하하."

토마스는 뭐가 그리 즐거운지 웃음이 떠나가질 않았다. 현재의 상황이 만족스러워 아카드의 분노는 전혀 생각하지 않는 모습이다.

"그럼 시간이 늦어서 이만 가 보겠습니다."

그로세는 굳은 얼굴로 손님들에게 인사를 하였다. 뭔가 하고 싶은 말이 있는 것 같은데 꾹 참는 모습이다.

"에레나 양. 그런데……?"

"네. 하실 말씀이라도?"

에레나는 침을 꿀꺽 삼키며 그로세의 물음에 대답했다.

'설마? 느낌상 내가 테디인 걸 알아챘나?'

토마스와 립톤 상단주의 시선이 식품팀장 그로세에게 몰렸다.

"아니에요. 제가 착각했나 봐요. 조심히 들어가세요."

그로세는 고개를 흔들더니 두 사람을 향해 허리를 숙였다.

"그럼 다음에 뵙겠습니다."

"그럼 저흰 이만."

립톤 상단주와 에레나를 태운 티스 상단의 마차는 떠났다.

마차의 뒷모습을 바라보는 식품팀장 그로세의 눈빛에는 의혹이 여전히 남아 있었다.

'아무래도 너무 닮았어. 확인해 봐야겠어.'

*　　　*　　　*

대륙 상권의 반 이상을 지배하고 있는 4대 상단주들은

분기별로 한 번씩 모였다. 수십 년간 이어져 온 정기 모임은 한 해도 거르지 않고 이어졌다.

첫 번째 만남은 4대 상단이 존재할 수 있도록 후원해 준 북쪽의 신비 단체에 충성을 맹세할 때였다.

4대 상단을 설립한 초대 상단주들은 과거 대륙을 떠돌아다니는 행상인들이었다. 그들은 남쪽에서 물건을 구입 후, 몰래 국경을 넘어가 북쪽의 부족들과 화전민들에게 물건을 팔던 밀수꾼에 불과했다.

밀수로 연명하던 평범한 행상인들이 거대 상단이 될 수 있었던 것은 신비한 단체와의 만남 덕분이었다.

더 큰 시세 차익을 위해 점점 북쪽으로 향하던 행상인들은 '어둠의 사도'라고 불리는 단체와 마주쳤다.

4명의 사도를 구심점으로 구성된 신비 단체에 납치당한 행상인들은 자신의 두 눈을 의심하였다. 도저히 인간이라고 믿기 힘든 신비한 마법과 고대 시대의 지혜를 가진 4명의 사도들과의 만남은 평범한 행상인에 불과했던 그들의 인생을 바꿔 놓았다.

밀수꾼에 불과했던 행상인들은 '어둠의 사도'라는 단체의 하수인이 된 후 그들의 비밀스러운 힘과 지원 아래 엄청난 부를 거머쥐었다.

그 후, 4대 상단주들은 매년 한 번씩 정기적으로 모임을 가졌다. 모임을 통해 사도들의 명령을 받고 이행하기 위해서다. 하지만 정기적인 모임이 아닌데도 한 자리에 모인 것은 처음 있는 일이었다.

곡물 시장을 지배하는 루이스 상단주의 요청 때문이다.

"여러분은 이 상황을 어떻게 할 생각이시오? 상계의 체계가 이대로 무너지게 놔둘 생각이십니까?"

마른 몸에 칼칼한 목소리로 처음 말문을 연 사람은 오늘의 모임을 제안한 차일드 상단의 루이스 상단주였다.

"월 상단 일은 우리로서도 안타까운 일이오. 하지만 지금은 조심해야 할 시기요. 제국 황실과 원로원을 동시에 상대할 순 없지 않소."

황금색 슈트에 황금색 모자를 쓴 뚱뚱한 노인이 자신의 수염을 쓰다듬으며 대답했다. 금속과 목재와 같은 원재료 시장을 움직이는 스탠 상단의 데이비스다.

"상계의 눈이 우리를 지켜보고 있습니다. 이대로 가만히 있으면 우리가 하찮은 것들에게 우습게 보일 거란 걸 왜 모르십니까?"

루이스 상단주의 날카로운 일침에 데이비스 상단주는 입을 닫았다. 그로서도 지금 상황을 타개할 만한 뾰족한 수가 보이지 않아서다.

루이스 상단주는 가만히 있는 데이비스 상단주를 향해

위험한 발언도 서슴지 않았다.

"상계가 이 모양인데 소로스 은행장은 뭐 한답니까? 개같이 부려 먹을 때는 언제고, 이럴 때는 직접 나서 줘야 하는 거 아닙니까?"

"어허! 루이스 상단주, 말을 가려 하시오! 누가 들으면 어쩌려고. 허험!"

"내가 못 할 말이라도 했소? 매번 우리가 할 말 못 하고 참기만 하니 이런 사태가 벌어진 거 아닙니까?"

데이비스 상단주는 좌우를 황급히 살피며 놀란 표정으로 루이스 상단주를 말렸다. 하지만 한번 시작된 루이스 상단주의 흥분은 쉽게 가라앉지 않았다. 평소에 쌓인 것이 많았는지 소로스 은행장을 비난하며 불평을 늘어놓았다.

"노스 상단주는 어째 말이 없으십니다?"

"신세 한탄하자고 모인 자리가 아닌 줄 압니다."

여인의 단호하면서도 차분한 목소리가 루이스 상단주의 흥분을 가라앉혔다. 하지만 그는 자신의 의견에 동의해 주지 않는 그녀를 바라보며 불만스러운 표정을 지었다.

놀랍게도 무기 시장의 큰손이라 불리는 그루먼 상단의 상단주 노스는 여성이었다. 우아하게 틀어 올린 브론즈 색의 긴 머리와 뇌쇄적인 눈동자, 남자의 심장을 흔들 만큼 눈에 확 띄는 미모는 거친 무기 시장의 주인이라고 도저히 믿을 수가 없을 정도였다.

"루이스 상단주, 요즘같이 어수선한 때에 우리를 소집한 이유가 뭐죠?"

노스 상단주는 못마땅한 표정으로 루이스 상단주를 바라보았다. 그녀는 사도의 특별한 명령이 없음에도 모임을 소집한 루이스 상단주를 곱지 않은 눈으로 바라보았다.

"이 위기를 극복하고자 두 가지 제안을 하기 위해서 여러분을 초대했소."

"두 가지라……."

데이비스 상단주가 속을 알 수 없는 표정으로 중얼거렸다.

"첫째, 황실의 정보를 소상하게 알 수 있는 상단을 매입하는 것. 둘째, A&M 투자상단이라는 애송이를 처단하는 일."

"무슨 좋은 수라도 있나요?"

루이스 상단주의 제안에 흥미를 느꼈는지 노스 상단주의 목소리도 약간 높아졌다.

"티스 상단을 아십니까? 그곳을 매입할 생각입니다. 우리도 황실의 정보통 하나는 있어야 할 거 아닙니까?"

"티스 상단이라면 황실에 차를 독점 납품하는 상단 아니오? 재무 상태도 튼튼하고 평판이 좋은 곳으로 알고 있는데 매입이 되겠소?"

데이비스 상단주가 부정적인 시선을 보냈다. 자신이 알

기로 티스 상단은 거대 상단은 아니지만 상류층에게 평판이 높고 알짜배기 상단이기에 강제적으로 뺏는 것은 불가능했다.

"잊으셨습니까? 4대 상단이 어떻게 성장했는지를?"

루이스 상단주는 눈을 잔인하게 번뜩이며 말했다.

"감이 많이 떨어지셨군요. 조심해도 부족할 상황에 황실과 돈독한 관계를 가지고 있는 티스 상단을 공격하다가 어떻게 될지 예상이 안 되시나요?"

노스 상단주는 루이스 상단주를 비웃으며 자리에서 일어났다. 더 이상은 시간 낭비라는 생각에서다.

"황실이 끼어들 수 없게 자연스러운 방법을 쓰면 되지 않겠습니까?"

"자연스러운 방법?"

"티스 상단의 해외 거래처를 끊어 버리고 제국에서는 채권을 사 들여 압박할 생각입니다."

"티스 상단이라면 알짜 상단으로 알고 있는데 채권이 있나요?"

"작년에 제국 내에 녹차 밭을 조성하기 위해 꽤 많은 현금을 제국은행을 통해 융자받았더군요. 차일드 상단에서는 제국은행이 보유하고 있는 채권을 사 들일 예정입니다."

채권이란 돈을 빌리는 사람에게 일정한 이자를 지불하고

기한 내에 돈을 갚겠다는 내용이 적힌 증서를 말한다.

원래라면 기한 내에 반드시 원금을 갚아야 하지만, 제국 은행에서는 재무 구조가 탄탄한 상단에 한해서는 암묵적으로 기한을 연장해 주는 실정이다. 원금을 갚아 버리면 은행 입장에서는 이자 수익이 사라지기 때문에 신용도가 높은 상단에 한해서는 무기한으로 원금 상환을 독촉하지 않는 것이 관례였다.

"혼자 독점하지 않고 저희에게 이런 고급 정보를 알려 주는 이유가 뭔가요?"

일어났던 노스 상단주가 슬그머니 의자에 앉았다. 루이스 상단주의 말에 흥미를 보인 것이다.

"해외 지사를 통해 타국에 퍼져있는 티스 상단 거래처 대부분을 포섭하느라 현금이 부족합니다."

"그래서 우리에게 돈을 빌려 달라?"

데이비스 상단주가 달갑지 않은 표정을 지으며 짜증이 섞인 목소리로 물었다.

소로스 은행장이 칩거하고 있는 상황이라 제국은행은 소규모 대출만 허용되고 있었다. 거대 상단을 이끄는 두 상단주 입장에서는 소로스 은행장이 활동하기 전까지는 일정 이상의 현금은 자체적으로 보유해야만 하는 상황이었다.

"그렇습니다. 대신 황실의 동향과 움직임은 여러분과 함께 공유할 것을 약속드리겠습니다.”

자신감 넘치는 루이스 상단주의 말에 두 상단주의 표정은 복잡해졌다. 탐나는 제안이지만 상황이 상황인지라 두 사람은 머뭇거렸다.

“담보가 필요한데?”

“우리끼리 이러기요!”

“공과 사는 구별해야죠. 월 상단도 저렇게 된 상황에 확실히 하는 게 좋지 않을까요?”

루이스 상단주의 윽박지름에도 노스 상단주는 꿈쩍도 않았다. 거친 무기 시장에서 살아남은 여장부답게 루이스 상단주에게 할 말은 다하는 그녀였다.

“내가 가지고 있는 루이스 상단의 지분을 내놓겠소! 그럼 되겠소?”

“여기 있는 상단주님들 전부 제국은행에게 반 이상의 지분을 넘긴 상황에서 그깟 휴지 조각이 담보로 가치가 있을까요?”

“그럼 뭘 원하시는 거요!”

“차일드 상단의 해외 지부에 대한 소유권!”

차일드 상단은 4대 상단 중 가장 많은 해외 지부를 가지고 있었다. 식량은 인간의 생존과 연관되어 있기 때문에 차일드 상단은 대륙 전역에 지부를 소유하고 있었다.

대륙 전역에 지부들이 퍼져 있었기에 차일드 상단의 정보력과 영향력은 4대 상단 중에서도 가장 뛰어났다. 티스 상단이 알아채기도 전에 차일드 상단이 거래처를 뺏을 수 있었던 것도 방대한 해외 지부가 있었기에 가능했다.

'네놈들이 그렇게 나온단 말이지!'

루이스 상단주의 고민은 오래가지 않았다. 거금을 투입하며 티스 상단의 거래처 대부분을 끌어들인 상태에서 발을 빼기에는 늦었다.

"차일드 상단 해외 지부에 대한 소유권을 담보로 내놓지요. 대신 꽤 많은 현금을 내놓으셔야 할 거요."

데이비스 상단주와 노스 상단주는 만족한다는 표정으로 고개를 끄덕였다.

*　　　*　　　*

티스 상단의 립톤 상단주에게 초대를 받은 아카드와 에레나는 마차에 올랐다. 두 사람은 마차에서 한 마디도 하지 않았다. 에레나가 살짝 다가가 보지만 아카드는 없는 사람 취급하며 피하고 있었다.

"저 때문에 화가 많이 났죠? 제가 주제넘게 나서서 미안해요."

"……."

아카드는 묵묵부답이다.

아카드는 창문을 바라보고 있어 무슨 생각을 하는지, 어떤 표정을 짓고 있는지 도저히 알 수가 없었다.

"제가 미안하다고 했잖아요. 남자가 속 좁게 계속 그럴 거예요?"

이 남자, 아주 미세하게 움찔했다.

쪼잔하다는 말에 확실하게 반응했다.

에레나는 이 기회를 놓치지 않았다. 얼른 아카드가 바라보는 방향으로 자리를 바꿨다.

'또 고개를 돌리네. 얼마나 삐친 거야?'

또다시 그녀가 볼 수 없도록 아카드의 고개가 반대편으로 돌아갔다.

'그래도 반응은 하네?'

에레나는 속으로 피식 웃었다.

"직원들에게 투자하는 걸 아깝게 생각하지 마세요. 나중에 투자한 것 이상 열심히 할 거예요. 네?"

"……."

"이번 일을 통해서 상단의 이미지가 얼마나 좋아졌는데요. 저 때문에 A&M 투자상단은 사람들에게 좋은 상단이라는 이미지가 심어졌을걸요?"

"……."

"지금은 화가 많이 나셨겠지만, 나중에는 고마워할걸요? 두고 봐요!"

"……."

역시 아카드는 아무런 말이 없다.

이쯤 되자 에레나도 오기가 생겼다. 그녀는 또다시 아카드가 바라보는 방향으로 자리를 옮겼다.

"우리 엄마가 예전에 그랬는데요, 남자가 돈에 너무 쩨쩨하게 굴면 큰일 못 한대요. 저는 아카드 군이 그런 사람이 아닐 거라고 생각하는데, 제 생각이 틀렸나요?"

자기가 싼 똥을 내가 치우게 생겼는데, 뭐? 쩨쩨하게 굴어?

아카드 이마에 주름 하나가 선명하게 잡혔다.

"정말 이러기예요?"

에레나가 도리어 화를 냈다. 그녀는 도저히 안 되겠다 싶었는지 비장의 카드를 내밀었다.

"자꾸 이러면 MT에서 내 가방을 훔쳐서 속옷……."

아카드는 누가 들을까 봐 황급히 에레나의 입을 손으로 막았다.

"이 여자가 못 하는 소리가 없어!"

아카드는 선배라는 말을 잊어버릴 정도로 흥분했다. 그

는 한 번만 더 그 이야기를 입 밖에 내면 가만두지 않겠다는 눈빛으로 에레나를 노려보았다.

"여기까지야. 알겠어?"

"읍! 읍!"

에레나는 고개를 끄덕이며 알았다는 신호를 보냈다.

다짐을 받고서야 아카드는 입을 막고 있던 손을 내렸다.

"솔직하게 말해. 두 사람, 무슨 사이야? 애인 사이인가?"

"호호호. 애인이요? 친구예요. 친구."

"아무리 친하다고 해도 그렇지. 어떻게 남의 상단에 대해 속속들이 다 말할 수가 있지?"

"어렸을 때부터 함께 지내던 사이라서 그렇다니까요."

"내일부터 상단에 출근할 필요가 없다고 전해. 한 번만 더 나오면 상단 비밀 누설로 고발할 거라는 것도 전해 주고."

에레나의 표정이 갑자기 굳어졌다.

고발한다는 말에 가슴이 덜컥 주저앉았다.

'아카드 군의 마음을 어떻게 돌리지?'

에레나는 눈앞이 깜깜해졌다. 부당한 해고라고 따지고 싶지만 아카드가 고발이라도 한다면 테디의 정체는 들통난다.

그렇게 되면 상단 일을 그만두는 것으로 끝나지 않는다. 가문의 명예에 첩년의 딸이 망신을 줬다며 아카데미도 다니지 못하게 할 것이다.

'평생 감옥보다 더 답답한 저택에서 정략결혼 상대가 정해질 때까지 갇혀 살아야겠지?'

그렇다고 모든 것을 밝히기에는 장소와 타이밍이 좋지 않다.

고백은 상대의 마음이 진정된 상태에서 자신의 말을 받아들일 준비가 되어 있어야 가능하니까.

'MT에서 밝혔어야 하는데.'

에레나는 MT에서 새벽에 두 사람밖에 없을 때 밝히지 못한 걸 두고두고 후회했다.

그리고 두려워했다.

모든 것을 밝히면 에레나의 소중한 시간과 소중한 사람들이 바람처럼 사라질 것 같았다. 그녀는 뭔가 결심한 것처럼 침을 한 번 삼키고 입을 열었다.

"누구에게도 밝히지 않은 비밀이 있어요."

"듣고 싶지 않아."

아카드는 에레나의 말을 단칼에 잘랐다. 테디에 관한 것은 뭐든지 듣고 싶지 않았다.

"둘 다 엄마가 없어요. 정확히 말하면 아버지에게 버림받고 쓸쓸히 돌아가셨어요."

에레나는 아카드의 등을 바라보며 떨리는 목소리로 말을

이어나갔다.

"어느 날 테디에게 한 번도 본 적 없는 아버지라는 사람이 나타났어요. 남의 입에 오르내릴 것을 두려워한 아버지라는 사람은 엄마에게서 딸을 빼앗아 갔고, 자식을 잃은 테디의 어머니는 시름시름 앓다가 죽었대요."

에레나는 눈물을 참기 위해 고개를 위로 들어 올렸다. 고운 턱 선이 사르르 떨리며 가슴에서 올라오는 무언가를 참기 위해 그녀는 계속 숨을 들이켰다.

"이 정도의 과거를 털어놓을 정도면 어떤 사이인지 아시겠죠?"

웃는 것 같지만 슬픔이 가득한 웃음.

에레나는 슬픈 눈으로 아카드를 향해 정중하게 부탁했다.

"이번 한 번만 봐주세요. 다시는 아카드 군 상단 일에 대해 듣지도 아는 체도 안 할게요."

아카드는 아무런 미동도 없다. 그냥 창문만 바라볼 뿐 아무런 의사 표시도 하지 않았다.

"테디의 유일한 즐거움을 빼앗아 가지 말아 줘요. 네?"

엄마라는 단어가 아카드의 마음을 움직였을까?

아카드의 눈빛에는 처음의 차가움과 다르게 살짝 따뜻한 기운이 감돌았다.

"닭아."

아카드는 뭔가를 에레나에게 스윽 내밀었다.

단순한 짙은 회색의 손수건.

에레나는 회색 손수건을 받아 눈가를 문지르며 안도의
표정을 지었다.

＊　　　＊　　　＊

세상의 모든 풍경이 초록색이다.

앞에는 녹차 밭이 끝없이 펼쳐져 있고, 뒤로는 보리와 홉
이 추수할 손길을 기다리고 있었다. 앞에서는 기분 좋은 알
싸한 향기가, 뒤에서는 구수하고 편안한 향기가 손님들을
감싸 안았다.

'이야! 기분 좋은 향기다!'

바람의 정령 실리안이 주변의 공기에 탄성을 지르며 아
카드의 가방에서 갑자기 튀어나왔다. 고양이 모습을 한 실
리안은 팔다리를 쭉 펴며 고양이 특유의 기지개를 폈다.

'하는 짓 보면 정령은 개뿔! 고양이 맞네.'

'뭐야! 인간 네가 날 모르는 모양인데…….'

'맨날 듣는 지겨운 소리는 그만하고 호칭부터 바꿔. 계
약자에게 인간이 뭐냐?'

'그럼 네가 인간이지 고양이냐!'

실리안은 아카드를 향해 하악질을 한 번 하더니 갑자기 회색의 긴 꼬리를 말았다.

'너한테 딱 맞는 호칭이 하나 있지.'

아카드가 고개를 돌리자 회색 고양이가 의미심장한 웃음을 지었다.

'싸가지! 앞으로 네 호칭은 싸가지라고 불러 주지.'

'이 자식이! 확!'

아카드가 앞으로 다가가 고양이 뒷덜미를 잡으려 하자 실리안은 재빨리 에레나 품으로 뛰어들었다.

—아, 냄새 좋은 인간이다!

에레나는 실리안의 머리를 쓰다듬으며 웃음을 지었다.

"지금 동물을 학대하려는 건 아니죠?"

에레나는 아카드를 도끼눈으로 노려보았다.

"립톤 상단주에게 실례가 될 수 있으니 내 가방에 넣었으면 해서."

"괜찮아요. 제가 안고 있을게요."

에레나는 실리안을 안고는 천천히 걸었다.

'너 두고 보자.'

—싸가지! 네가 협박을 해도 인간 따위가 나에게 위협이 될 수는 없어!

얄밉게도 실리안은 살랑살랑 꼬리를 흔들며 애교를 피웠

다.

"어서들 오시게. 바쁜 사람을 오라 가라 해서 미안하구만."

농부처럼 펑퍼짐한 옷을 입고 큰 모자를 쓴 립톤 상단주는 편안해 보였다.

"이렇게 초대해 주셔서 감사해요. 립톤 상단주님."

에레나는 옆에서 가볍게 고개만 까딱하는 아카드를 꼬집으며 밝게 인사했다.

"오. 에레나 양도 왔구먼. 아가씨들은 이런 시골을 좋아하지 않지?"

"아니요, 괜찮아요. 수도를 떠나 이런 곳에 오니 쌓였던 스트레스가 다 치유되는 것 같아요."

립톤 상단주는 에레나의 밝은 표정에 푸근한 미소를 지었다.

"아카드 군. 어떤가?"

"아주 좋군요. 수도에서 멀지 않은 곳에 이렇게 기름진 땅이 있을 거라고는 상상도 못 했군요."

"올해부터 우리 직원들이 교육받거나 휴가로 사용하기 위해 만든 곳일세."

"직원들에 대한 정성이 대단하시네요. 누구와는 다르게."

아카드의 노려보는 시선이 강하게 느꼈지만 에레나는 얼

굴에 철판을 깔고 말을 이었다.

"수도에서의 거리도 가깝고 주변 풍경도 너무 아름다워요. 힘든 일은 없으셨나요?"

"꽤 많았지. 돌밭이었던 이곳을 지금처럼 만드는 데 5년이라는 시간이 걸렸어. 황족의 땅이라 땅값은 또 얼마나 비싸게 부르던지."

아카드는 땅이 싼 다른 곳도 많은데 이곳을 개간한 이유가 궁금했다.

"굳이 이곳을 고집하신 이유가 있으신가요?"

아카드의 질문에 립톤 상단주는 먼 하늘을 바라본다. 그는 뭔가를 연상하는 눈빛으로 한동안 말이 없었다.

"약속 때문이지."

"5년이라는 긴 시간 동안 공들이셨다면 굉장히 중요하신 분과의 약속이었나 봅니다."

"그럼! 세상에서 제일 중요했던 사람이지."

'중요한'이 아니라 '중요했던'이라는 과거형의 대답에 아카드는 눈빛이 신중해졌다. 에레나도 뭔가를 알고 있는지 안색이 나빠졌다.

"내 아내와의 약속이었지. 먹고 살기 위해 좋은 가격에 최상급 차를 구하느라 대륙 곳곳을 돌아다녔지. 언제나 집안일은 아내의 몫이었고."

립톤 상단주는 잠깐 말을 멈추더니 회한에 잠긴 눈으로 말을 이었다.

"예전에 아내가 고열로 심하게 앓아누운 적이 있었다네. 그때 내 손을 꼭 잡고 말하더군. 돈 많이 벌면 집 앞에 작은 밭을 사 달라고."

립톤 상단주의 눈가에 물기가 조금씩 맺힌다.

"자기는 밭에서 녹차를 수확하고, 나보고는 그 밭에서 직접 재배한 녹차를 팔면서 큰 욕심 없이 떨어지지 말고 같이 살자더군. 그때는 그 말이 마지막이 될 줄도 모르고 얼마나 화를 냈는지."

아카드는 묵묵히 아무 말도 하지 않고 들었다.

에레나의 눈에는 눈물이 그렁그렁 맺혔다.

"언제 완공되나요? 저도 친구들이랑 참석하고 싶어요."

"아니. 이제는 완공할 수 없네."

"네? 무슨 말씀이세요? 이렇게 아름답게 꾸며 놓으셨는데 완공할 수 없다니요?"

"사정이…… 그렇게 되었다네."

에레나가 말도 안 된다는 표정으로 립톤 상단주를 쳐다보았다.

"결국 그렇게 되는군요."

쪼그려 앉아 황금색의 보리밭을 바라보던 아카드가 천천

히 일어났다.

"자네는 알고 있었나?"

"뭐. 대충은요."

아카드는 고개를 끄덕이며 눈을 살짝 찡그렸다.

"뭔데요? 저도 알려 주세요."

에레나는 아카드를 바라보며 물었다. 아카드는 한숨을 푹 쉬며 천천히 입을 열었다.

"티스 상단은 곧 파산하게 될 거야."

*　　　*　　　*

차일드 상단 본관 꼭대기 층.

화려한 장식들로 치장된 회의실에 수백 년은 되어 보이는 에보니 목재로 만든 탁자가 중앙에 놓여 있었다.

탁자에는 노틸러스 제국뿐 아니라 아스테리아 대륙 남쪽에서 곡물의 유통을 책임지는 차일드 상단 지부장들이 모였다.

"상단주님 오십니다."

회의실 입구에서 들려오는 목소리에 탁자에 있던 모든 사람이 자리에서 일어났다.

"자리에 앉지."

마른 몸매에 올라간 눈매 때문에 매서워 보이는 중년인이 차일드 상단의 지부장들과 일일이 악수를 나누며 상석에 앉았다.

"지시한 일은 어떻게 되었지?"

루이스 상단주의 말에 한 남자가 일어났다. 남부 지역의 녹차 밭을 선점하는 임무를 맡은 지부장이다.

"거의 대부분의 녹차 밭을 가지고 있는 영주들이 차일드 상단에 납품하기로 했습니다."

"거의?"

차일드 상단의 주인인 루이스의 한쪽 눈썹이 올라갔다.

"몇몇 영주들은 티스 상단과 워낙 오랫동안 거래를 한지라……."

"꺼져."

"네?"

지부장은 갑자기 변한 루이스 상단주의 표정에 어안이 벙벙했다.

"여기에 얼마나 많은 돈을 퍼부었는데 그딴 대답을 들고 와? 끌어내!"

루이스 상단주의 말이 끝나기가 무섭게 문이 열리면서 차일드 상단 소속 기사들이 다가왔다. 그들은 지부장을 잡아 일으키더니 강제로 끌고 갔다.

"상단주님, 한 번만 기회를 주십시오!"

"필요 없어."

루이스 상단주는 끌려가는 상단주를 쳐다보지도 않았다.

회의장 분위기는 순식간에 싸늘해졌다.

"다시 한 번 말하지만 이번 일에 절대 실패는 없어! 웃돈을 쥐줘서라도 티스 상단과 거래하는 영주의 도장을 찍어! 만약 돈으로도 안 된다면……."

꿀꺽!

누군가에게서 침 삼키는 소리가 들렸다.

모든 지부장의 신경이 다음에 이어질 루이스 상단주의 말에 집중되었다.

"죽이든지 녹차 밭을 완전히 망가뜨리든지 수단과 방법을 가리지 말고 임무를 완수해! 알았나?"

루이스 상단주의 말에 지부장들은 충격을 받은 표정으로 대답했다. 대답은 했지만 몇몇 지부장들은 안색이 새파래졌다.

이런 식이라면 밭을 소유한 영주들은 4대 상단이라는 무게에 억눌려 당장에는 거래에 응할 것이다. 그러나 조금이라도 틈을 보인다면 반드시 돌아서 버릴 1회용 거래밖에 될 수 없다.

거래자와의 인맥과 신용, 평판을 생명처럼 여기는 상인

으로서는 상상도 할 수 없는 행동이기에 지부장들의 얼굴은 어두울 수밖에 없었다.

"그리고 보릿값은 예상대로 잘 올리고 있나?"

루이스 상단주는 A&M 투자상단에게 복수하기 위해 보리 가격을 올리라는 명령을 하달했다. 맥주의 주재료인 보리의 가격을 올려 맥주가 유일한 생산품인 A&M 투자상단에 치명타를 주기 위해서다.

"곡물이야 원래 저희 전문 아니겠습니까? 그 일은 걱정 안 하셔도 됩니다. 다만⋯⋯."

대답을 하던 지부장의 말끝이 흐려졌다.

"뭔가?"

"첫 번째는 저희에게 보리를 납품하는 지방 영주들의 불만이 많습니다. 보리 가격은 오르는데 저희가 매입하는 가격은 그대로라며 올려 달라고 난리입니다."

"미리 도장 찍고 계약금 받았으면 끝이지. 배부른 소리 하고 있네. 신경 쓸 필요 없어!"

"두 번째는 충심으로 드리는 말입니다."

심드렁한 표정의 루이스 상단주 눈치를 살피며 지부장이 조심스럽게 이야기했다.

"정말 이래도 괜찮습니까? 쌀이나 밀도 아니고 대체재에 불과한 보리에 너무 많은 돈을 쏟아부으시는 거 아닙니까?

고작 작은 상단 하나를 무너뜨리기 위해 너무 무리하는 게 아닌가 싶습니다."

대부분의 지부장들이 불안한 눈빛으로 루이스 상단주를 바라보았다.

지금 시대의 주 식량은 쌀과 밀이다.

예전에는 보리가 주 식량인 시절도 있었다.

한 번밖에 수확할 수 없는 쌀과 밀에 비해 1년에 2작이 가능하기 때문이다. 가을에 파종하고 다음해 여름에 수확한 뒤, 곧바로 보리를 수확한 자리에 콩을 파종하여 겨울에 수확하는 것이 가능하다.

하지만 시민들의 소득이 오르면서 식감이 거친 보리는 외면받기 시작했다. 그나마 위스키와 최근에 대중들에게 각광받는 맥주가 아니었으면 사양길에 접어들었을 것이다.

곡물 상인들은 대체품에 불과한 보리의 가격을 올리기 위해 엄청난 자금을 투자하는 상단의 모습에 불안감을 느끼고 있었다.

"걱정할 것 없어. 어차피 그놈들만 무너뜨리면 맥주뿐만 아니라 윌 상단이 가지고 있던 주류 시장 전체를 우리가 먹게 될 거야. 그럼 지금 투자의 몇 배, 아니 몇십 배 이상을 남기게 되겠지."

"하지만 당장이 문제입니다. 곧 여름이 다가오는데 영주들과 미리 계약한 보리까지 매입하게 된다면 고스란히 악성 재고가 될 텐데 괜찮겠습니까?"

"그걸 왜 우리가 매입해야 하지?"

"당연히 구매하기로 계약금에 계약서까지 썼으니……."

"우리 상단 표준 계약서 아래에 보면 작은 글씨로 '상단의 사정으로 계약을 취소할 수도 있다'라는 조항이 적혀 있을 텐데?"

"계약을 취소하란 말씀입니까?"

"상인의 기본 아닌가? 재고가 창고에 가득한데 굳이 정상가를 주고 매입할 필요가 있나?"

"우리가 매입하지 않는다면 영주들은 물론이고 영지에 있는 시민들까지 굶어 죽습니다!"

"우리가 남이 망하는 것까지 신경 써야 하나? 계약은 각자 사정에 의해 취소될 수도 있는 거야. 그러라고 계약금도 존재하는 거고. 그걸로 잘 버티겠지."

루이스 상단주는 실눈을 뜨며 말하는 지부장을 노려보았다. 바라보는 눈빛이 영 마음에 들지 않는다는 눈치다.

"뭐 정 팔겠다면 1/10가격이면 못 이기는 척 매입해. 그 정도면 이번 투자가 손해가 아니라는 계산쯤은 잘 알겠지?"

"농림부에서 가만히 있겠습니까? 벌써 이상한 낌새를 눈치채고 들이닥칠 기세입니다."

"원로원 쪽은 따로 준비한 것이 있지. 곧 제국은행에서 재미난 소문이 퍼질 거야."

"재미난 소문이요?"

"그래. 그 소문이 퍼지면 이딴 일에 귀족 나리들께서 신경 쓸 겨를도 없을걸? 클클클."

회의실에서 지부장들의 한숨이 터져 나왔다. 그동안 거래를 해 왔던 영주들의 원망이 지부장들의 눈에 훤히 보이는 듯했다.

"잘 들어. 이번 일에 가장 큰 공을 세운 지부장에게 주류 시장을 맡겨 볼 생각이야."

몇몇 지부장들의 눈에 갑자기 생기가 돌았다. 이번 비밀 작전이 엄청난 도박이고 사람들의 원성은 다 듣겠지만, 새로운 사업을 맡아 운영하는 것이 상인들의 꿈이다.

"그리고 명심해! 오늘 이 자리에서 나온 대화는 누구도 몰라야 해! 그동안 친하게 지내 왔던 영주들은 물론이고 가족들도 알아서는 안 돼. 그럴 일이야 없겠지만 만약 오늘 이 방에서 대화한 내용이 점 하나라도 퍼져나간다면……."

루이스 상단주의 희번덕거리는 눈이 의자에 앉아 있는 지부장들을 훑었다. 지부장들은 상단주의 눈길을 피하며 경청한다.

"평생 후회하도록 만들어 주지."

Chapter 5.
위기

　같은 시간 A&M 투자상단의 사무실에도 불이 켜져 있었
다. 퇴근했던 모든 직원들이 아카드의 호출을 받고 사무실
에 모였다.

　갑작스러운 보릿값 상승으로 인해 맥주 생산에 타격을
받아서일까? 직원들의 눈빛에는 초조함과 불안감이 뒤섞여
있다.

　"고문님! 지금 어떤 상황인 줄은 아십니까? 보릿값이 3배
이상 뛰었습니다. 그런데도 다른 상단을 매입하신다고요?"

　법률팀 팀장이자 직원들 중 맏형 노릇을 하는 로우가 황
당한 표정으로 아카드를 바라보았다. 다른 직원들의 표정

도 마찬가지다.

"사업을 다각화할 수 있는 좋은 기회잖아. 기회가 왔을 때 잡아야지."

"당장 망하게 생겼단 말입니다. 현재 상단에서 보유하고 있는 보리의 양으로는 다음 달에 아카데미에 납품할 수 있을지도 장담할 수 없습니다."

"아직 안 망했잖아. 뭘 그리 미리 호들갑이야."

"토마스 님! 고문님께 뭐라고 말 좀 해 주십시오."

토마스는 조용히 듣고만 있었다. 두 사람의 주장 모두 일리가 있기에 한쪽 주장에 힘을 실어 주기가 애매한 상황이었다.

"생각하신 대책이라도 있으십니까?"

"대책은 당신들이 세워야지. 그러라고 월급 주는 거잖아."

"티스 상단은 무슨 자금으로 매입하실 생각입니까? 여유 자금이 많지 않습니다."

토마스는 전쟁터에서 장부를 관리했기에 아카드의 재산을 정확하게 알고 있었다.

전쟁에서 아카드가 벌어들인 총수입은 200만 골드. 신입 직원의 월급이 200골드인 것을 감안하면 어마어마한 재산이다.

그러나 실제 보유하고 있는 현금은 그리 넉넉하지 않았다.

상단을 처음 시작할 때 현금은 80만 골드밖에 없었다. 그중에 제국에서 가장 비싸다는 신시가지에 건물을 구하고, 맥주 공장을 세우고, 월 상단 지분 매입을 하며 50만 골드가 빠져나갔다.

아카드의 전 재산 200만 골드 중 120만 골드는 전쟁에서 상인들에게 돈을 빌려주고 받은 채권으로 묶여 있는 상태다. 당장에 현금으로 바꿀 수 없는 것들이다.

티스 상단이 파산 직전이라고 해도 돌아오는 어음을 막는 데 들어가는 비용만 최소 100만 골드다.

부도를 막기 위해 100만 골드를 투자한다고 해도, 립톤 상단주에게 지불해야 하는 매입비도 최소 100만 골드는 들어간다.

170만 골드는 어디서 구한다는 것일까?

엄청난 돈을 어디에서 융통해 투자하려는 것인지 토마스는 판단이 서질 않았다.

상단이 호황기라면 빌려서라도 티스 상단을 사 들여야 한다고 조언했을 것이다. 탄탄하고 평판이 좋은 상단 가격이 200만 골드라면 완전 남는 장사기 때문이다.

"고문님의 말씀도 맞습니다만 지금 상황이 좋지 않습니다."

보리 가격 폭등으로 A&M 투자상단의 유일한 생산품인

맥주 사업에 위기가 닥쳤다.

제국 은행은 물론이고 사채업자들도 이런 분위기를 알고 돈 빌려주기를 꺼릴 것이고, 막상 빌린다고 하더라도 엄청난 대가를 치러야 할 것이다.

"저기 있잖아요……."

모두가 신경이 곤두선 상황에 뒤에 있던 테디가 슬그머니 손을 들었다.

"뭐야?"

아카드의 날카로운 목소리가 울렸다. 에레나의 이야기를 듣고 테디를 자르지는 않았지만 무시하고 있는 상황이었다.

"시민들에게 자금을 모으는 방법은 어떨까요?"

"무슨 말도 안 되는 소리야! 쟤는 부르지 말라니까 누가 불렀어!"

아카드는 직원들에게 들으라는 투로 윽박질렀다.

"잠깐만요. 제 말 한 번만 들어주세요."

테디는 직원들 앞으로 나왔다. 그리고는 언제 준비했는지 준비한 보고서를 직원들에게 돌렸다.

"지금 노틸러스 제국 경제가 최고의 호황기인 건 다들 아시죠?"

"당연하지. 전쟁이 끝난 후 돈이 제국으로 다 몰려들었잖아."

"제가 드린 보고서를 봐 주세요. 전쟁 이후 건설 사업과 대규모 개간 사업 때문에 시민들의 생활은 어느 때보다 풍족해요. 그런데 시민들의 재테크 수단인 은행 이자는 거의 제로라고 할 만큼 급격하게 내려가고 있어요."

"그래서 결론이 뭐야!"

아카드의 목소리는 퉁명스러웠다. 찡그린 그의 표정은 테디에게 빨리 말하고 사라지라는 뜻을 간접적으로 표현하고 있었다.

"티스 상단에 투자할 사람을 직접 찾는 건 어떨까요?"

"말이 되는 소릴 해야지. 사람들을 일일이 찾아다니며 투자해 달라고 부탁하란 말이야?"

"그건 너무 무모해."

아카드는 물론 법률팀장 로우까지 부정적인 시각을 피력했다.

"쟤 얼른 집에 보내. 있어 봤자 머리만 아파!"

아카드가 직원들을 쳐다보며 한 소리 하자 테디는 다급하게 한마디를 외쳤다.

"아카데미 신문사를 떠올려 봐요!"

"뭐? 아카데미 신문사?"

"신문사에 광고를 하는 거예요. 그러면 돈은 좀 들겠지만 시간을 절약할 수 있잖아요."

테디는 눈을 반짝이며 확신에 찬 목소리로 대답했다.

"고문님. 테디의 말에 일리가 있습니다."

"말도 안 되는 소리!"

"아닙니다. 요즘 부쩍 우리 상단을 바라보는 시민들의 시선이 달라졌습니다. 윌 상단을 없앤 것이 우리 상단이란 것이 소문나면서 꽤 명성을 날리고 있다니까요."

"토마스 너는 저 의견이 가능성이 있다고 생각하는 거야?"

"제국은행에 손 벌리는 거보다 낫지 않을까요?"

토마스의 호언장담에 아카드는 잠시 망설였다.

"윌 크로우 2세! 가능성이 있는 의견인가?"

아카드는 멀리서 이 상황을 관망하고 있는 사내를 향해 물었다.

"흥미로운 제안이군요. 한번 시도해 볼 만합니다."

은빛 가면으로 자신의 얼굴을 반 이상 가린 사내가 앞으로 나섰다. 그는 테디가 돌린 보고서를 읽어 보더니 고개를 끄덕였다. 윌 크로우 2세까지 동조하고 나서자 아카드도 무작정 싫다고만 할 수 없었다.

"좋아. 로우 팀장은 신문사에 광고할 수 있는지 알아보고 나머지는 보리 사태를 해결할 수 있는 방법이 있는지 좀 더 생각해 봐. 토마스는 잠시 내 방에서 이야기 좀 하지."

"저는 뭘 하면 돼요?"

아카드는 몇 가지 지시를 내리고 회의를 끝내려고 하자 테디가 다가왔다.

"제 의견이잖아요. 저도 뭔가를 하고 싶어요."

"왜? 또 추가 근무 시킨다고 노동청에 고소하려고?"

"고문님!"

"우리 무서운 인턴 직원분께서는 가만히 계셔주시는 게 도와주는 겁니다."

아카드는 테디를 떼어 두고는 자신의 집무실로 향했다.

'나쁜 놈! 그거 내가 밤새워서 만든 보고서인데.'

테디는 억울하다는 표정으로 아카드의 뒷모습만 노려보고 있었다.

*　　*　　*

"지금의 보릿값 폭등에 대해 어떻게 생각하나?"

"차일드 상단이 개입되었을 겁니다. 보리가 맥주의 주원료인 이상 차일드 상단의 존재는 우리의 걸림돌이 될 겁니다."

"그럼 이대로 버티고만 있어야 하나?"

"큰 염려는 안 하셔도 될 겁니다. 보리 시장이 밀이나 쌀 시장보다 작다고 하지만 무턱대고 가격을 올릴 수는 없을 겁니다. 그들로서도 이 가격은 부담이 될 것이 분명할 테니까요."

"2달 후면 보리 수확 시기가 다가오는데 계속 이 가격으로 갈 수는 없겠지."

"2달만 버티면 보리 가격은 폭락할 수밖에 없습니다."

"2달이라. 결국 시간 싸움인가?"

아카드는 답답한지 물만 들이켰다. 상대에게 수동적으로 맞서야만 하는 상황이 마음에 들지 않았다.

"학생 선거는 완전히 포기한 상황입니까?"

"이미 지나간 일을 왜 들먹여?"

"보릿값도 폭등한 상황에 맥주 판매까지 영향이 있으면 큰일 아닙니까? 재고라도 쌓이면 큰일인데."

A&M 투자상단의 맥주가 아카데미에 납품할 수 있는 기간은 한 학기밖에 남지 않았다. 선생 상단의 상단주인 토마스의 입장에서는 아카데미라는 큰 거래처가 사라지는 것이 아쉬울 수밖에 없었다.

"내가 알아서 한다니까!"

아카드가 짜증을 내자, 사무실 주변에 바람이 휘몰아치며 아카드의 머리카락이 활활 타오르는 것처럼 휘날렸다. 바람들이 아카드의 감정에 동화되어 정령사의 감정을 그대로 나타낸 것이다.

"헉. 지금 뭡니까? 누가 보면 바람의 정령사라도 된 줄 알겠네. 그거 마법입니까?"

사무실 안에서 일어나는 이상한 현상에 놀란 토마스가 넘어지면서 눈을 동그랗게 떴다.

"모르고 흥분했군."

아카드는 요즘 부쩍 바람들이 자신의 감정에 동화되는 것을 느꼈다. 자신이 화를 내면 바람이 거세지고, 기분 좋을 때는 살랑댔다.

"정말 정령사라도 되신 건가요?"

"뭐 어쩌다 보니 그렇게 됐어."

아카드는 살짝 미안한 표정으로 딴청을 피웠다. 아직 토마스에게 정령사가 된 사실을 알리지 않은 것이 마음에 걸려서다.

"아! 주! 섭섭합니다. 다른 사람은 몰라도 저에게까지 숨기시다니요."

"얼마 전에 된 거라니까."

"흥! 맨날 그런 식이지. 이런 식이면 저 일 같이 못 하겠습니다. 마스터는 맨날 제 사생활 간섭하시면서 본인은 다 속이시고 말이야."

"그건 네가 돈만 생기면 야설을 사러 다니니까……."

"이거랑 그거랑 같습니까! 이 문제는 마스터와 저 사이의 신뢰에 관한 문제라고요! 충성을 맹세한 제 자신에게 회의감이 드네요."

진심으로 삐쳐 버린 토마스의 노려보는 눈빛에 아카드는 양손을 들고 달랬다.

"알았어! 내가 제국은행에 묶여 있는 돈 찾아 주지. 나가서 일해."

돈 찾아 준다는 말에 토마스의 표정이 살짝 풀린 듯했다. 하지만 여기서 멈추지 않았다.

"제가 드리고 싶은 말은 인간과 인간 사이에 꼭 필요한 신뢰에 대한 이야깁니다."

"2달 치 보너스. 더 이상 요구하면 잘라 버린다."

"충성을 다하겠습니다."

제국은행에 묶인 돈에 보너스까지 추가되자 토마스의 얼굴색이 환해졌다.

'이 자식한테 당근을 벌써 풀면 안 되는데. 상단 상황이 위기 상황이니 뭐라고 할 수도 없고.'

능글거리는 표정으로 얼굴을 들이미는 토마스를 보며 아카드는 한숨을 푹 쉬었다.

"대신, 다른 사람한테는 비밀인 거 잘 알지?"

"제 입이 얼마나 무거운데요. 걱정하지 마십시오. 그런데 마스터?"

"왜?"

"정령 한번 볼 수 있습니까? 소설에서는 인간에게서는 볼 수 없는 미인의 모습으로 나와서 말입니다."

"네 머리 위에 있잖아. 걔가 정령이야."

책상 위에 자고 있던 실리안이 토마스 머리 위로 훌쩍 뛰어 올랐다.

"으아아아악! 엄마야! 이놈의 도둑고양이가 미쳤나!"

토마스는 머리 위에서 느껴지는 물컹한 느낌에 양손을 휘저어 실리안을 소파에 던졌다.

"에이, 마스터도 농담이 심하시네. 이딴 도둑고양이가 무슨 정령이라고."

—뭐? 감히 정령이신 이 몸에게 도둑고양이? 음흉하지만 싸가지에게 당하는 게 불쌍해서 측은하게 생각해 줬더니 뭐가 어쩌고 어째?

실리안이 도둑고양이라는 말에 제대로 열 받았는지 꼬리를 잔뜩 치켜들고 하악거리는 소리를 내며 다가갔다. 토마스는 생선 줄 때 빼고는 움직이지도 않던 고양이가 자신에게 다가오자 뒷걸음질 쳤다.

"이놈의 도둑고양이가 왜 이래? 저리가! 훠익!"

—그래. 도둑고양이 맛 좀 봐라! 에잇!

실리안은 바람의 힘으로 쏜살같이 뛰어올라 그대로 양 발톱을 힘차게 휘갈겼다. 토마스의 얼굴에 여섯 갈래의 선을 남긴 실리안이 우아하게 책상 위로 올라갔다.

─너 같이 음흉한 인간은 바람의 힘도 아까워. 알겠어?

"아이고, 아이고. 나 죽네. 이놈의 도둑고양이가 사람 잡네! 이거 당장 갖다 버리죠!"

─이 인간이 뭐라고 하는 거야! 평생 괴롭혀 줄 테다!

고양이에게 당하는 토마스나, 말 안 통하는 줄 알면서도 계속 떠들어대는 실리안이나.

아카드는 둘을 보면서 말없이 고개를 흔들었다.

"둘이 정신연령이 아주 딱이야. 잘들 노네."

똑! 똑!

"로우입니다. 들어가도 됩니까?"

노크하는 소리에 아카드는 토마스를 발로 찼다.

"야. 꼴사납게 뒹굴지 말고 일어나."

"이 망할 놈의 도둑고양이 어디 있어! 당장 쫓아내야지."

"정신 차려."

"아, 미치겠네. 도둑고양이 너! 잠시 후에 보자."

토마스는 아무 일도 없었다는 듯이 책상 위에서 졸고 있는 실리안을 노려보며 주먹을 불끈 쥐었다. 그러고는 재빨리 의자에 앉아 몸을 뒤로 돌렸다.

자신의 얼굴을 부하 직원들에게 보여 주기 부끄러워서다.

"들어와."

아카드의 목소리에 문이 열리고 로우와 윌 크로우 2세가 들어왔다.

"보고서 완성되었습니다."

두 사람의 얼굴에 피곤이 가득하다. 얼마나 열심히 생각을 쥐어짰는지 몇 시간 안 되었는데도 얼굴이 시커멓다.

"그래? 어디 한번 볼까?"

"그런데 상단주님은 어디에?"

로우가 고개를 좌우로 기웃하며 토마스를 찾았다.

"잠깐 머리가 아파서 쉬는 중이니까 신경 쓰지 말고 나가봐."

그러나 갑자기 아카드는 두 사람을 불러 세웠다.

"오, 괜찮은데? 누구 아이디어야?"

보고서를 살펴보던 아카드의 입에서 탄성이 흘러나왔다. 대부분은 자신이 예상한 범주의 것들이지만 몇몇 아이디어는 미처 생각하지 못한 획기적인 것들이었다.

특히 지금 폭등하고 있는 씨알이 여섯 줄로 되어 있는 여섯줄보리가 아닌 생산성의 이유로 제국에서는 생산되지 않는 두줄보리를 매입해 맥주로 만들자는 의견은 참신했다.

일단 맥주 마스터 라거와 의논해 봐야겠지만 만약 보리를 대체할 수 있다면 보리 가격 상승은 문제도 아니다.

"이 친구가 굉장히 머리가 좋은 것 같습니다. 직원들의 의견도 많지만 여기 있는 윌이 전체적으로 다듬고 정리했습니다."

로우가 윌 크로우 2세를 가리키며 말했다.

"그래? 늑대인 줄 알았더니 역시 호랑이 자식이란 건가?"

아카드는 흡족한 표정으로 두 사람을 바라보며 고개를 끄덕였다.

"좋은 생각이야. 내가 도와줘야 할 게 있나?"

"한 가지 있습니다. 이 일은 고문님밖에 할 수 없을 것 같습니다."

윌 크로우 2세가 반 발자국 앞으로 나오며 말했다.

"뭐지?"

"반드시 학생회장을 저희 편으로 만들어 주셔야겠습니다. 여섯줄보리에서 두줄보리로 바꾼 맥주를 아카데미에 공급하기 위해서는 학생회장의 설득이 필수라고 생각됩니다."

"젠장!"

토마스와 똑같이 말하는 윌 크로우 2세의 요구에 아카드의 인상이 점점 일그러졌다.

*　　　*　　　*

"시민혁명 이후 평민, 영지민, 노예라고 불렸던 그들의 신분이 격상하고, 선거를 통해 정치에 참여할 수 있는 계기가 마련되었습니다."

　오전 수업은 학생들을 힘들게 한다. 가볍게 들을 수 있는 교양 수업이라면 모를까 역사와 같은 수업은 학생들의 눈꺼풀을 더욱 무겁게 만들었다.

　특히 교수님의 강의 내용이 시민들에 관련된 내용임에도 불구하고 시민 출신 학생들은 관심 없다는 듯이 딴청들을 피우고 있었다.

　"평의회 그거 있으나 마나 한 제도 아닌가? 전부 제국은 행이나 상단에서 밀어준 사람만 당선되잖아."

　"어쩌겠어. 돈이 있어야 선거도 나가는 세상인걸. 학생 선거만 봐도 알 수 있잖아."

　"말은 시민을 위한 정책이라고 하면서 지키는 의원 하나도 못 봤어. 전부 귀족이나 4대 상단에 매수돼서는 부자들 좋은 일만 하는 시녀잖아."

　시민 출신 학생들 몇몇이 모여 역사 교수 강의에 동의하지 못한다는 투로 불만을 쏟아냈다.

　시민 혁명 이후 노틸러스 제국에서 황제의 권력이 법의 테두리를 벗어나는 전제군주제는 끝이 났다. 시민들의 요구에 의해 황제의 황실, 귀족들의 원로원에 시민들의 평의회가 추가되었다.

시민들은 환호했다. 자신들이 뽑은 대표가 시민들의 권익을 보호해 줄 것이라 여겼기 때문이다.

시민들의 이상이 허상으로 바뀌는 것은 순식간이었다. 시민들을 위해 일하라고 만든 의원들은 자신을 후원하는 제국은행의 권익에만 큰 목소리를 낼 뿐, 선거 때마다 공약으로 내세운 시민들을 위한 정책은 하나도 실천하지 않았다.

민회는 제국은행과 4대 상단의 이익에만 목소리를 올렸다. 결국 평범한 사람들에게 시민이라는 허울 좋은 명칭만 갖다 붙였을 뿐 예전과 다른 건 전혀 없었다.

'그러게 뽑을 때 옳은 사람을 뽑지, 맨날 선거 날에 투표도 안 하고 놀러가는 인간들이 구시렁대기는.'

아카드는 노력도 하지 않고 어떻게든 누군가 공짜로 이루어 주기만을 바라는 그들을 보며 눈살을 찌푸렸다.

'그건 그렇고 학생회장 선거를 어떻게 한다? 내 마음대로 움직여 줄 후보는 하나도 없는데. 노블레스 클럽 후보에게 돈을 밀어야 하나?'

상단 차원에서 보리 폭등을 견디려면 학생회장의 설득이 중요하다는 직원들의 요구에 아카드는 고개를 뒤로 젖히고 한숨을 쉬었다.

드워프 맥주 마스터 라거에게 여섯줄보리에서 두줄보리로 재료를 바꾸면 어떠냐고 물어보자 의외로 엄청나게 즐거워했다.

원래 드워프 전통의 맥주는 여섯줄보리가 아닌 두줄보리를 쓴다고 했다. 이유를 들어 보니 여섯줄보리에 비해 두줄보리가 발효에 중요한 녹말질이 많고 단백질이 적은 데다가 알맹이도 튼실하고 껍질이 얇아 맥주보리로는 최고라고 한다.

녹말과 단백질 부족으로 텁텁한 맛 때문에 외면받았던 보리가 맥주용으로는 최고라는 것이다.

그런데 여기서 문제가 하나 있었다.

아카데미 원칙상 계약서상의 물품을 바꿀 수 없다는 게 문제였다. 낙찰된 이후에 마진을 챙기기 위해 재료를 속여 원가 낮추는 걸 금지하기 때문이다.

단, 예외 조항 하나가 있었다.

학생회에서 기존에 납품하던 물품보다 더 나을 경우 학생처에 변경 요청을 할 수 있다는 것이다.

즉, 기존의 맥주에서 두줄보리로 만든 맥주로 물품 변경을 하기 위해서는 학생회장의 도움이 절대적이다.

'이런 일에 대비해서 보험용으로 폴을 회장으로 만들려고 설계를 한 건데.'

MT에서 눈여겨보았던 폴을 학생회장으로 만들기 위해 자신의 위기를 기회로 바꿨다. 폴이 학생들 앞에서 당당하게 전 학생회장 루빈의 만행을 밝히며 시민 출신 학생들의 마음을 산 것이다.

하지만 황제도 자기가 싫으면 그만이라는 말이 있듯이 폴이 죽어도 선거에 나가기 싫다는데 강요할 수는 없었다.

'그 이후로 서로 한 마디도 안 했지?'

아카드는 구석 자리에서 수업 듣고 있는 폴을 힐끗 살펴보았다. 폴도 아카드의 시선이 의식되는지 얼른 고개를 돌렸다.

'은근히 불편하네. 이래서 내가 사적으로 인간관계를 안 맺으려는 거였는데. 뭔가 엉킨 실타래를 풀 수 있는 방법이 없을까?'

아카드와 폴이 서로 눈치를 보는 사이 지루했던 역사 수업은 끝이 났다. 모두가 자리에서 일어나려고 하는데 교수님이 좌우를 둘러보시더니 입을 여셨다.

"잠깐만. 오늘 공지 사항이 있습니다."

혹시 과제를 내주시는 건 아닌지 학생들의 가슴이 철렁했지만, 다행히 그건 아니다.

"오늘 중간고사 결과가 나왔습니다. 오전 중에 나온다고 했으니 곧 공개될 예정이에요. 학과 사무실 복도에 있는 알림판 공고에 전체 학년 성적과 학년별 성적이 뜰 겁니다. 전체가 다 공개되는 건 아니고 학생들 숫자가 많아서 상위 50등까지만 공개됩니다. 개인 성적은 따로 집으로 발송할 테니까 그때 확인하세요."

역사 교수님의 말이 끝나기가 무섭게 중앙 시계탑에서 종소리가 울렸다. 교수님께 인사 끝나기가 무섭게 모든 학생들은 자리에서 일어나 뛰어나갔다.

"얘들아! 대박 뉴스!"

한 학생이 호들갑을 떨며 학과사무실로 향하던 학생들의 발걸음을 잡았다.

"시민들의 영웅이자 전쟁을 승리로 이끈 연합군 총사령관 페드릭 장군의 비자금을 숨겨 둔 차명 계좌가 발견됐어!"

"뭐? 정말이야?"

"청렴하기로 유명한 페드릭 장군이 차명 계좌가 있다고?"

"그거 비자금 아닌가? 역시 높은 자리에 있는 사람이 다 그렇지, 뭐."

학생들. 특히 시민 출신의 학생들 사이에서 난리가 났다.

진 제국의 침략을 막아 내고 남부 연합군의 총사령관을 지낸 페드릭 장군은 시민들의 영웅이었다.

빈민가 출신으로 용병을 지내다가 현 노틸러스 제국의 황제인 팔라디오 2세가 황자일 때 눈에 띄어 황실 기사단장까지 오른 입지전적인 인물이다.

재산이 수도에 집 한 채뿐일 정도로 청렴하고 모든 기사들에게 존경을 받는 페드릭 장군의 비리 사실은 시민들에게는 충격적인 소식이 아닐 수 없었다.

"그럴 리가 없어! 어디서 잘못 듣고 와서 헛소문을 퍼트리는 거야!"

강의실을 나가던 한 남학생이 튀어나와 소문을 퍼트린 남학생의 멱살을 잡았다. 소란이 일어나자 학생들이 벌 떼처럼 모인다.

'싸움이 났나? 재밌겠는데?'

흥미를 느낀 아카드가 천천히 학생들 틈으로 들어갔다.

그런데 어딘가 낯이 익다.

역사 수업 시간에 아카드의 신경을 거슬리게 한 남학생이다. 곱슬머리에 항상 모두에게 밝은 표정으로 대하던 모습은 어디 가고 악귀 같은 모습으로 금방이라도 한 대 칠 것 같은 표정이다.

"폴?"

싸움 구경하러 왔던 아카드는 소란의 주인공인 폴을 바라보며 복잡한 표정을 지었다.

*　　　*　　　*

학과 사무실 앞 복도는 성적을 확인하러 온 학생들로 북적거렸다. 사람들이 너무 많아서 알림판이 잘 보이지 않는 작은 학생들은 까치발로 본다.

아카데미 알림판은 최신 유행을 따르는 마법공학 제품이다. 천장에 매달려 있는 수정으로 만들어진 프로젝터가 마법으로 벽에 알림 내용을 쏘아 비추는 식이다.

태양 충전식이라 소모될 일이 없고 어느 위치에서 보아도 선명하게 보이기 때문에 황실마법공학 연구소에서 기증받아 사용 중이다.

"별거 아닌데 긴장되네."

폴과 페드릭 장군에 대한 소식을 알린 학생의 다툼은 학생 주임교수의 등장으로 싱겁게 마무리되었다. 징계위원회에 회부될 거라는 학생 주임교수의 경고를 받은 폴의 힘없는 발걸음을 지켜본 아카드는 곧장 학과 사무실로 왔다.

"앞으로 가 볼까?"

아카드가 사람들의 숲을 헤치고 앞으로 몸을 밀어 넣을 때 몇몇 낯익은 학생들이 박수를 치기 시작했다. 아카드는 영문을 몰라 알림판을 쳐다보았다. 수많은 학생들의 이름이 성적순으로 위에서부터 나오기 시작했다.

전체 학년 성적 1등 아카드 폰 메디아. 총 1,000점 만점에 970점.

"우와! 역대 최연소 수석 아니야?"

"점수도 역대 최고 같은데? 아는 선배에게 듣기로 역대 최고 점수는 968점이라고 들었거든."

학생들의 웅성거림에 아카드는 살짝 눈을 크게 떴다.

'정령과의 계약 덕분인가?'

아카드는 정령사가 된 이후, 정신력의 확장으로 남들보다 몇 배 이상의 집중력을 가지게 되었다. 남들은 수십 번 읽어야 외울 수 있는 교과서도 2~3번 정도만 읽어 보면 외울 수 있었다.

'1학년 1등은 예상했지만 전체 1등은 예상외인데?'

—이게 다 이 실리안 님과 계약한 덕분이야. 싸가지, 알겠어? 넌 나한테 감사해야 해.

상단 사무실에서 자고 있을 거라고 생각했던 실리안이 자신 덕분이라며 잔뜩 잘난 체를 한다.

—어이, 싸가지. 오늘 저녁은 생선 뷔페로 해 줄 거라고 믿는다?

'너 정령 맞아? 내가 보기에 딱 고양이인 거 같은데?'

—어허잇! 이 망할 싸가지가 무슨 소리 하는 거야. 내가 생선을 먹는 이유는 인간의 행동을 잘 이해하기 위한 행동이지 절대 먹고 싶어서가 아니야. 알겠어?

꼴에 정령 자부심은 있는지, 아카드의 고양이 같다는 말에 펄쩍펄쩍 뛰면서 말하는 것이 훤히 보인다.

'그건 배 터지게 줄 테니까 걱정하지 말고. 그런데 너 내

가 보는 건 다 볼 수 있는 거냐?'

─멍청하긴. 정령은 계약한 인간의 모든 오감을 공유할 수 있다는 기초적인 상식도 없냐?

어라? 그렇다면 잠깐만.

나도 실리안과 오감을 공유할 수 있다는 건가?

아카드는 실리안과의 대화에 집중했다.

'그럼 나도 네가 있는 곳을 볼 수 있는 거야?'

─당연하지. 아직 그런 것도 몰랐냐? 이제 그만 물어. 나는 졸려서 자야겠다. 냐흠.

아카드는 머릿속에 기발한 생각이 떠올랐다.

'그럼 이 녀석만 있으면 상단 돌아가는 걸 다 알 수 있다는 거잖아? 토마스 방에 갖다 놓고 감시나 시켜야겠군.'

─뭐! 내가 그 음흉한 녀석 근처에 갈 것 같으냐!

'공짜로 밥을 먹으면 일을 해야지. 생선 먹기 싫어?'

─이이이! 어쩌다가 이런 사기꾼과 계약을 해서 내가 이런 취급을 받게 되었을까.

아카드가 바람의 정령과 투닥거리는 사이 누군가가 자신을 부르는 목소리가 들렸다.

"이런! 기뻐해야 할 수석 후배께서 얼굴이 왜 이러실까?"

한 학생의 등장에 운집해 있던 학생들이 길을 비켜 주었다.

귀족학생 동아리인 노블레스 클럽의 3학년 대표 케네스. MT때 많은 도움을 준 케네스가 아카드에게 다가오며 박수를 쳤다.

"감사합니다."

"한 턱 쏘셔야지? 따로 소개시켜 줄 사람도 있고."

케네스는 아카드의 어깨를 툭 치며 따로 만나자는 의사를 표시했다. 누구인지 바로 말을 하지 않는 것을 보아 중요한 인물인 것 같았다.

임시 회장 선거를 도와주기로 했던 노블레스 클럽은 폴이 불참 의사를 표시하자 재빨리 기사학부의 4학년 대표로 국방대신인 크레모어 백작의 아들 보리스를 후보로 내세웠다.

노블레스 클럽에서는 이번 기회로 골든 클럽에게 뺏겼던 아카데미 주도권을 완전히 가져오겠다는 의지가 대단했다.

'보나마나 선거 비용 기부해 달라는 이야기겠지.'

아카데미에서는 선거기간 동안 후보가 표를 얻기 위해 금전을 거래하는 것을 원천적으로 금지하고 있다. 자발적인 학생들의 동원과 아카데미에서 허가된 아르바이트를 통한 수입은 선거에 사용할 수 있지만 강요에 의한 기부는 막고 있다.

그러나 역대 회장들 중 원칙을 지키는 학생은 하나도 없었다. 대부분 당선된 모든 회장들은 엄청난 기부금으로 선거를 치른다.

당선 후 제출하는 선거비용 영수증도 대부분 상인의 아들이다 보니 조작하는 경우가 대부분이었다.

노블레스 클럽 후보가 회장 당선이 확실시된다면 무조건 손을 잡아야 했다. 아카데미에 납품하는 맥주의 재료 변경을 위해서는 학생회장의 도움이 절대적이기 때문이다.

하지만 아카드가 보기에는 딱히 노블레스 클럽의 후보가 당선될 것 같지 않아 보였다. 시민 출신 학생들 머릿속에 남아있는 귀족에 대한 거부감 때문이다.

루빈의 만행이 전해졌음에도 불구하고 귀족 편을 들 바에는 상인 출신 학생에게 표를 던지겠다는 말이 더 많았다.

"뭐. 따로 보면서 할 말은 없는 것 같은데……."

아카드는 별로 관심 없다는 투로 말하려고 하다가 끝말을 흐렸다. 저 멀리서 아카드가 가장 꺼리는 학생이 다가왔기 때문이다.

"아카드 님! 정말 축하드려요! 신입생이 수석이라니요!"

그녀는 빨간 머리를 휘날리며 아카드를 향해 일직선으로 다가왔다. 한 시민 출신 학생이 어깨를 툭 치고 지나가자 불같이 화를 낸다.

"미안해요."

"이 천한 것들이 어디서……! 흠, 흠. 잘 보고 다녀!"

아카드 앞이라 그런지 '어디서…….'라고 말을 흐리며

넘어간다.

"매직폰으로 약속 장소를 알려 주십시오. 대신 마로니에
양 좀 잡아 주시고요."

"아휴. 그렇게 어려운 일을. 어쩔 수 없지."

아카드의 약속을 받은 케네스의 표정은 밝았다. 하지만
마로니에를 향한 발걸음은 그 누구보다 무거워 보였다.

"마로니에, 잠시 이야기 좀 해."

"선배, 비켜! 지금 누구 앞을 막는 거야!"

케네스가 마로니에 앞을 막는 동안 아카드는 재빨리 빠
져나갔다.

'일단 당선될 가능성이 있는 후보들을 만나보는 것도 나
쁘지 않지. 대신 노블레스 클럽 후보는 절대 당선되면 안
되겠지만.'

회장에 당선될 후보는 반드시 자신을 원하는 인물이어야
했다. 그래야 맥주 문제를 해결하고 선거에 투자한 만큼 뽑
아낼 수 있기 때문이다.

'노블레스 클럽은 아니지. 돈 받고 입 싹 닦을 인물들밖
에 없거든.'

아카드는 길거리에서 차가운 음료수를 나눠 주며 자신의
후보를 열심히 홍보하는 학생들을 보며 복잡한 생각에 빠
졌다. 아무리 생각해도 조건에 딱 맞는 후보들이 보이지 않

는다.

"쟤 뭐야? 대낮부터 술 냄새 풀풀 나."

"MT에서는 괜찮다고 생각했는데, 오늘 싸우는 걸 보니 영……."

몇몇 학생들이 교문 근처 잔디에 누워 있는 남학생을 보며 수군거린다. 몇몇 여학생들은 손가락질하며 실망한 표정이다. 교문으로 향하던 아카드는 학생들이 힐긋거리는 방향으로 고개를 돌렸다.

'폴이잖아. 저 녀석 오늘따라 왜 저러지? 페드릭 장군과 무슨 관계라도 있나?'

아카드도 전쟁상인으로 전쟁에 참가했기에 페드릭 장군을 본 적이 있었다. 편지지로 폭리를 취하며 병사들의 월급을 쓸어 담던 아카드는 연합군 사령부에 소환되었다.

그곳에서 만난 페드릭 장군의 첫 인상을 한 마디로 표현하면 전형적인 원칙 주의자였다. 타협을 모르고 옳다고 믿는 자신의 소신은 절대 굽히지 않는 성격으로 보였다.

'그러니 황실의 충견 노릇을 할 수 있었겠지.'

아카드와는 아주 상극의 인물이라고 할 수 있었다. 그 때문에 가장 치열한 전장으로 쫓겨났고, 죽을 뻔한 위기도 많이 겪었다.

'저러다 말겠지.'

한쪽 팔목으로 자신의 눈을 가리고 누워 있는 폴을 외면하며 지나쳤다. 항상 그래왔던 것처럼 눈앞에 보이는 교문 밖으로 나가려고 했다.

그런데 머릿속에서 울리는 한 마디.

'그럼 우리 아직 친구인 건가?'
'뭐. 그렇겠지.'

당시 폴이 그 말을 했을 때 아카드는 건성으로 대답했다. 모든 인간관계는 필요에 의해서 맺어지고 깨진다고 생각했으니까. 인간관계를 지칭하는 수많은 단어들이 있지만 결국 적과 아군으로 나눌 수밖에 없다고 확신했다.

더 이상 아카드에게 학생회장이 아닌 폴은 필요한 사람이 아니었다. 오히려 자신에게 학생회장 선거에 나가지 않겠다고 선언한 이상 아군보다는 앞길에 걸림돌이 될 적에 가깝다고 생각했을지도 모르겠다.

하지만 '친구'라는 묘한 단어가 계속 아카드의 머리를 괴롭힌다. 전혀 자신에게 이익이 될 가능성이 없는데도 폴의 괴로워하는 모습에 관심이 가는 것을 부정하기 어려웠다.

"전쟁터에서 돌아온 지 얼마나 됐다고 벌써 감성적이 된 거야?"

아카드는 인상을 구기며 한숨을 쉬었다.

그러고는 말도 안 되는 핑계로 자신을 다독이며 왔던 길을 향해 되돌아갔다.

"일단 내가 친구라고 대답했으니까 약속은 지켜야겠지. 상인에게 신용은 생명이니까."

자신이 생각해도 어처구니가 없는 변명이지만, 아카드의 얼굴은 그 어느 때보다 편안해 보였다.

*　　　*　　　*

"야! 여기서 뭐 해?"

아카드는 주변을 보자마자 눈살을 찌푸렸다. 빈 병이 되어 버린 싸구려 위스키들이 폴 주변을 어지럽게 뒹굴고 있었다.

"잘하는 짓이군. 뒷골목 주정뱅이라고 해도 믿겠어."

아카드의 빈정거림에도 폴은 미동도 하지 않았다. 가까이 살펴보니 눈 주변에 눈물 자국도 보였다.

"폴. 일어나."

"놔둬! 날 좀 가만히 내버려 두라고!"

아카드는 미동도 하지 않는 폴을 흔들어 깨웠다. 그러자 폴이 격렬히 아카드의 손을 뿌리치며 소리를 질렀다.

"이런 등신을 첫 친구로 삼은 내가 한심하네. 하나만 명심해. 무슨 일인지 모르겠지만 불평만 한다고 해서 변하는 건 아무것도 없어."

말을 마친 아카드가 싸늘하게 등을 돌렸다. 저런 인간에게 연민을 가졌던 자신이 한심스러웠는지 아카드의 얼굴은 화가 잔뜩 난 표정이다.

"왜 내 주변 사람들은 다 불행해지는 거지? 왜 착한 사람들은 매번 불행한 일을 겪어야 하지? 난 아무것도 할 수 있는 게 없는데."

아카드의 발걸음이 딱 멈췄다.

폴의 마지막 말을 듣는 순간 숨기고 싶고 기억하기도 싫은 과거가 파노라마처럼 머릿속에 스쳐 지나갔다.

의문의 기사들이 쳐들어 와 마을 사람들을 죽이고, 나무 밑에 숨어 있던 엄마를 강제로 끄집어내 죽이던 모습.

엄마의 죽음을 지켜보던 어린 소년은 피눈물을 흘리고 있었다.

'내게 그놈들을 죽일 수 있는 힘만 있었다면.'

이상하게도 폴의 마지막 말이 아카드의 발목을 붙잡았다.

"세상에 할 수 없는 일은 없어. 시도도 하지 않거나, 할 수 있는 방법을 잘 모를 뿐이지."

"뭐?"

폴이 부스스한 자신의 얼굴을 닦으며 몸을 벌떡 일으켰다. 일어나는 폴의 몸에서 술 냄새가 진동을 했다.

"다시 말해 줘. 내가 할 수 있는 방법이 있다고?"

절망 가득했던 폴의 목소리가 밝아졌다. 아카드를 바라보는 눈빛도 부담스러울 정도로 희망적이었다.

"무슨 일인지 들어 보지 않아서 잘 모르겠지만, 시도도 하지 않고 빈속에 술만 마시는 건 비겁한 짓이 아닐까?"

"사실은 말이야……."

"잠깐."

아카드는 전후의 사정을 설명하려는 폴의 말을 끊었다. 그는 폴의 위아래를 훑어보며 한 손으로 코를 막았다.

"그 상태로 진지한 이야기를 듣기에는 부적절한 거 같은데? 일단 좀 씻는 것이 어떨까?"

폴도 자신의 옷 냄새를 맡아 보더니 인상을 와락 찌푸렸다.

"우욥! 내가 생각해도 심하긴 하네. 어디서 만날까?"

"나도 저녁에는 상단에 가 봐야 하니까 밤에 만나지. 저런 싸구려 술이 아니라 제대로 된 술이 들어가야 이야기가 술술 나오지 않겠어?"

아카드는 폴 주변에 있는 술병들을 바라보며 고개를 흔들었다.

"해적식으로?"

"그래. 제대로 된 해적의 주도를 알려 주지."

폴은 아카드의 모습에 피식 웃으며 원래의 모습으로 돌아왔다.

"그럼 나 먼저 간다. 밤에도 그 꼴로 나오면 술이 아니라 해적의 몽둥이맛을 보게 될 줄 알아."

"후후. 더 궁금해지는걸?"

"진짜 간다."

"아카드!"

아카드가 폴에게 손을 흔들어 주고는 마차에 올라타려고 할 때 다급한 목소리가 들렸다. 뒤를 돌아보니 폴이 상기된 표정으로 소리쳤다.

"왜?"

"우리 여전히 친구지?"

아카드는 잠시 망설이다가 입꼬리가 스윽 올라간다.

"하는 거 봐서."

"밤에 꼭 보는 거다. 조심해서 들어가."

폴이 세상을 다 가진 것처럼 환하게 웃고 있었다.

"정신 나간 놈."

중얼거리는 아카드의 얼굴도 폴과 마찬가지로 살짝 상기되어 있었다.

Chapter 6.
학생회장 선거

"그러니까 말이야, 페드릭 장군님은 절대 그러실 분이 아니라고. 내가 시민들 앞에 가서 해명할 거야."

벌써 이 말만 20번째.

아카드는 탁자에 고개를 처박고 했던 말을 계속하는 폴을 복잡한 표정으로 바라보았다. 탁자에는 스무 잔도 넘는 맥주잔과 빈 병이 되어 버린 20년산 양주병이 널브러져 있었다.

지금은 A&M 투자상단 1호 대리점으로 지정된 구시가지 라거의 선술집에서 만난 두 사람은 맥주로 시작하여 폭탄주까지 이르렀다.

라거는 신성한 맥주에 다른 술을 탄다고 불만이 가득했지만 해적의 방식이라는 말에 별말 하지 않았다.

밤 10시부터 시작된 대작은 새벽 3시가 넘어가는 시간까지 끝나지 않았다. 주변에 바글바글하던 술꾼들은 어느덧 사라지고 두 사람만이 낡은 탁자를 지키고 있었다.

'설마 했지만 폴이 페드릭 장군의 양자였을 줄이야. 문제가 상당히 복잡하게 되었네.'

'한 잔 더!'를 외치는 소리와 함께 폴이 고개를 들고 아카드를 쳐다보았다. 그의 눈빛에는 '아카드 너라면 이런 일도 해결해 줄 수 있겠지'라는 무언의 기대가 담겨 있었다.

'다음 주 귀국하자마자 치안대에 소환되어 조사받을 사람의 누명을 어떻게 풀어? 황실의 충견이라 불리는 페드릭 장군을 눈엣가시처럼 생각하는 원로원 귀족들이 가만히 있지 않을 텐데.'

폴에게 불가능한 일은 없다고 호기롭게 말은 했지만 해결하기가 쉽지 않아 보였다. 도무지 어디서부터 건드려야 할지 시작점조차 보이지 않는다.

'페드릭 장군의 조사가 시작되면 차명 계좌의 주인인 폴에게도 악영향이 미칠 테고 선거는 물 건너가는 건데. 이렇게 되면 노블레스 클럽에서 출마한 후보에게 선을 대야 하나?'

아카드 입장에서도 입시 학생회장 선거는 매우 중요했다. 보리 가격 폭등으로 어려움에 처한 상단의 위기를 넘길 유일한 방법이기 때문이다.

"그래. 아무리 너라도 페드릭 장군의 누명을 벗기는 것은 무리겠지. 미안해. 먼저 일어날게."

폴은 어금니를 꽉 깨물며 비틀거리는 몸을 일으켜 세웠다. 그의 눈빛은 아카데미 잔디밭에서 보았던 절망으로 다시 돌아갔다.

콰당!

입구로 걸어가던 폴이 다리에 힘이 풀렸는지 몇 발자국 걷지도 않았는데 맥없이 무너진다.

"내 손 잡아. 집까지 데려다 줄게."

아카드가 재빨리 다가가 폴에게 손을 내밀었다.

"비켜! 너도 결국 위선자였어. 겉으로는 친구인 척 희망을 주면서 결국 말만을 앞세워 속이는 상인들과 다를 게 하나도 없어."

폴은 희망이 다시 절망으로 바뀌자 실망감이 컸는지 거친 목소리로 고함을 쳤다. 그는 아카드의 손길을 뿌리치며 스스로 일어서려고 하다가 다시 넘어진다.

"일어나!"

아카드가 화난 표정으로 폴의 멱살을 잡고 일으켜 세웠

다. 그러고는 폴을 벽으로 밀어붙인다.

"왜? 버러지처럼 여기는 평민에게 이런 말을 들으니까 화나냐?"

폴은 그럴 줄 알았다는 표정으로 독설을 날렸다. 한 대 칠 테면 쳐 보라는 식으로 말하는 폴을 아카드는 이글거리는 눈빛으로 노려보았다.

"페드릭 장군 누명! 내가 벗겨 주지. 대신!"

아카드의 갑작스러운 행동에 폴은 놀랐는지 눈이 동그랗게 커졌다. 아카드의 몸 주변에서 일어나는 폭풍과 같은 기세에 완전히 눌려 버렸다.

"대신 너도 나를 도와야 해. 학생회장 선거. 목숨을 걸어서라도 찍어 눌러!"

폴은 아카드의 기세에 자신도 모르게 계속해서 고개를 끄덕였다.

'젠장. 회장 선거 문제 하나 해결하려다가 더 큰 문제를 떠안게 생겼네.'

아카드는 욱하는 바람에 마음에도 없는 말이 나와 버렸다.

다시 탁자에 앉은 두 사람의 입장이 180도 바뀌었다. 아카드는 폭탄주를 연속해서 들이키고 폴이 말리는 입장이 되어 버렸다.

＊　　　＊　　　＊

새벽인데도 A&M 투자상단 사무실의 불은 켜져 있다. 분주했던 직원들은 모두 퇴근하고 아무런 소리도 들려오지 않는 사무실에 한 사람이 있다.

가녀린 몸매에 금발의 미모. 여자라고 해도 믿을 정도로 턱수염이 어색한 청년이 고요한 분위기 속에서 책상에 앉아 펜을 돌리고 있었다.

"아, 잠 온다. 이제 장부 정리도 끝났고 기획서 쓰는 것만 남았는데 다 끝내고 갈까?"

테디는 책상 한쪽에 정리가 끝난 회계장부와 눈앞에 보이는 기획서를 번갈아 보며 고민에 빠졌다. 양 볼에 공기를 힘껏 넣어 부풀린 테디는 아카드를 떠올리며 열심히 펜대를 움직였다.

"오늘 사기꾼이 처음으로 예쁜 짓도 했는데 뭔가 도움이 될 만한 아이디어가 없을까?"

아카드가 티스 상단을 매입한 것이 립톤 상단주의 마음에 감동해서라고 착각한 테디는 열심히 머리를 짜내어 기획서를 작성했다.

"일단 최근 10년간 보리 수확량과 시세, 보리 매수 기관의 상관관계를 조사하면 농림부에 신고할 때 많은 도움이 될 거야."

아카드의 특별 명령에 의해 테디는 전체 비상 회의에 참석했다가 조기 퇴근 당했다. 그러다 보니 다른 종류의 보리를 사용하여 맥주를 만들기로 결정했다는 사실을 전혀 모르고 있었다.

테디는 보릿값 폭등으로 인한 일련의 사건을 농림부에 정식 항의할 생각으로 자료들을 정리했다.

"서식은 이 정도로만 하면 절대 꼬투리 잡힐 일이 없을 것 같고. 오빠라는 인간이 과제라고 던져 준 숙제를 여기서 써 먹을 줄은 몰랐네."

목이 말랐는지 오렌지 주스 한 잔을 가져온 테디는 책상에 앉아 도서관에서 빌려온 차(茶)에 관련된 자료를 펼쳤다.

"시원하다."

자신도 모르게 입에서 소리가 튀어나왔다. 어차피 아무도 없으니 남에게 들리지도 않았을 거다.

"벌써 5시네. 주말이니까 마무리만 끝내고 내일은 안나 불러서 신나게 놀러나 가야지."

테디는 자신이 정리한 차(茶) 종류와 상품 가치 분석표를 보면서 빠뜨린 건 없는지 위에서부터 살펴본다.

혼자만 있다는 안도감 때문일까?

테디의 긴 속눈썹이 자꾸만 아래로 내려온다. 똑바로 보이턴 글자들도 자꾸만 삐뚤어지는 것 같고 잠이 물밀듯이 밀려왔다.

"딱 5분만 자야지. 눈이 무거워서 저게 글자인지 그림인지 하나도 모르겠다."

상단에 아무도 없다고 생각했는지 테디는 머리 묶은 고무줄도 풀고 도서관에서 빌려 온 두꺼운 책에 머리를 기대고 눈을 감았다.

✽　　　✽　　　✽

"뭐야! 이 시간까지 일하는 직원이 있어?"

아카드는 폴과의 대작을 끝낸 후 거처로 가지 않고 상단 사무실로 왔다. 마차를 타고 집으로 가는 길에 사무실에 불이 켜져 있는 것이 눈에 띄었기 때문이다.

"역시나 아무도 없네. 토마스 이 자식은 불도 안 끄고 퇴근했단 말이지. 다음 달 월급날 두고 보자."

일하는 직원에게 보너스라도 챙겨 주려던 아카드는 이내 실망한 표정을 지었다.

"오늘은 여기서 자고 가야겠다."

슬슬 술기운이 올라오자 아카드는 자신의 집무실을 향해 걸어간다.

"저건 뭐야?"

뭔가를 발견했는지 아카드의 발걸음이 사무실 구석으로 향했다.

그곳에서 테디는 책에 머리를 기대고 새근새근 잠들어 있었다.

"야! 일어나."

얼마나 잠에 깊이 빠졌는지 아카드가 흔들어도 꼼짝도 하지 않는다.

"오호. 이래 놓고 에레나 선배에게 밤새 야근시켰다고 이르시겠다?"

아카드의 시선이 책상을 향했다. 회계 장부부터 두꺼운 책들이 어지럽게 흐트러져 있다.

"꼭 일 못하는 것들이 책상에 자료만 잔뜩 펼쳐 놓지. 책상이 이게 뭐야?"

아카드는 한쪽 무릎을 꿇고 책상 주변에 떨어진 책들을 올려놓기 위해 고개를 들었다. 하필 얼굴이 테디의 자는 얼굴과 부딪힐 정도로 가까이 있었다.

"아, 깜짝 놀랐네. 사내놈이 왜 이렇게 머리카락이 길어. 남들이 보면 여잔 줄 착각하겠네."

금발의 머리칼과 긴 속눈썹, 붉은 입술과 남자라고 믿기지 않는 작은 얼굴이 아카드에 눈에 쏙 들어온다. 술기운

때문인지 평온하게 자고 있는 테디의 얼굴을 보고 있으니 쌓였던 앙금이 사르르 녹는 기분이다.

"쯧쯧. 누가 보면 에레나 선배랑 오누이라고 해도 믿겠다. 시험 기간도 끝났는데 뭐 하러 나와서는."

최근 테디가 피곤해하는 모습을 자주 보였다. 점심시간에도 어지간하면 책을 볼 정도였으니까.

"얘는 안 보이면 걱정되고, 보이면 짜증 나고. 너란 인간도 참."

테디의 안타까운 사연을 에레나에게 들어서일까? 그는 자신도 모르게 손을 뻗어 테디의 이마로 향했다.

아카드의 긴 손가락이 테디의 이마에서부터 정수리까지 가르며 올라간다.

비단처럼 부드러운 테디의 금색 머리칼이 아카드의 손가락 사이를 바람처럼 스쳐지나갔다.

"음냐."

아카드의 손길이 좋은지 아니면 재밌는 꿈을 꾸는지 테디는 눈을 감은 채 입꼬리가 올라갔다. 자신도 웃고 있다는 사실을 모른 채 테디의 얼굴을 살펴보던 아카드가 갑자기 고개를 흔들었다.

"내가 미쳤나? 뭐하는 거지?"

짝! 짝!

아카드는 양손으로 자신의 뺨을 세차게 두들겼다. 뭔가 홀린 표정이다.

"그래. 새벽까지 폴이랑 먹은 술이 덜 깨서 그럴 거야."

자리에서 일어난 아카드는 테디의 책상에서 뭔가를 발견했다. 밤새도록 작성한 보리 관련 보고서다.

"꼭 시키는 일은 안 하면서 시키지도 않는 짓은 잘하지."

투덜거림과는 반대로 아카드의 눈빛은 깊어졌다. 농림부에 항의할 보고서를 본 것이다.

직원들과의 회의에서 결정된 내용과는 관계가 없는 보고서지만 써 먹을 데가 생각났다.

"히든카드는 아니라도 뻥카로는 써 먹을 수 있겠는데?"

"추우우워."

술기운을 없애려고 바람을 일으켰더니 자고 있는 테디는 추운지 몸을 웅크린다.

"이걸 여기서 재울 수도 없고. 아휴."

부르르 떠는 테디를 보고 아카드는 집무실에서 이불을 가져다 덮어 주고 걸어갔다.

그런데 뭔가 마음에 안 드는지 다시 돌아온다.

"이러다가 감기 걸리면 내 책임이라고 우기겠지?"

한참을 망설이던 아카드는 책상에 얼굴을 대고 있는 테디를 안았다. 남자치고는 믿기지 않을 정도로 가벼운 무게에 피식 웃고는 테디를 집무실의 가죽 소파에 눕혔다.

다시 평화롭게 울리는 테디의 숨소리.

아카드는 테디의 얼굴을 조심스럽게 살펴보고는 맞은편 소파에 누웠다.

두 사람은 서로 마주 본 채 달게 잠을 잤다.

토요일 점심이 될 때까지.

*　　　*　　　*

툭.

'누가 내 볼을 건드리는 거야.'

툭. 툭.

'뭐야. 피곤해 죽겠는데 누구야.'

테디는 너무 귀찮아서 자신도 모르게 휙 밀쳐 냈다. 그랬더니 물컹한 것이 배에 올라타 쿡쿡 찌른다.

'조금만 더 자고 자료 정리할 거야. 응? 자료 정리?'

테디는 깜짝 놀라 눈을 뜨고 고개를 들었다. 흐릿한 시야 사이로 회색 털과 초록색 눈동자가 보인다.

저건 분명히 고양이 같은데?

테디는 멍한 눈동자로 몸을 일으켰다.

"여긴 어디지? 익숙한 곳인데."

냐아옹.

얼굴이 동글동글한 고양이가 테디의 품에 폴짝 뛰어들었
다.

"우우웅. 우리 나비 잘 있었어? 새벽에는 안 보이던데."

냐아앙.

회색 고양이는 토마스 방을 가리키며 기분 좋은 울음소
리를 냈다.

"상단주님 방에 있었어? 그런데 내 말 알아들어?"

냐아앙.

"우와! 굉장히 똑똑한걸?"

테디가 나비의 목 주변을 간질이자 배를 깔고 누워 그르
릉거린다. 전형적인 고양이가 기분 좋을 때 내는 소리다.

"그런데 여기가 어디……? 깜짝이야."

저 사기꾼이 왜 여기서 자고 있어?

깜짝 놀라 정신 차리고 주변을 살펴보니 아카드 집무실
이다.

"나는 분명히 내 책상에서 자고 있었어. 어떻게 여기까
지 왔지?"

이런저런 생각을 하다가 황급히 자신의 몸을 살펴보았다.

휴우. 별일은 없었나 보네.

테디는 뒤꿈치를 들고 고양이 걸음으로 조용히 집무실

손잡이를 돌리려고 했다.

그때였다.

"남의 방에서 잤으면 인사는 하고 가야지."

윽. 저 사기꾼 벌써 일어났나? 나를 여기 데려왔다면 분명히 나보다 늦게 잤다는 소린데. 하여간 독해. 인간미가 전혀 없어.

테디는 화들짝 놀랐지만 내색하지 않고 어색한 웃음을 지었다.

"고문님, 감사합니다. 저는 이만."

"일단 씻고 밥 먹자. 밤새 술을 먹었더니 속 쓰려."

"저 앞에 토마토 수프 잘하는 집 있거든요? 거기서 드시면 금방 풀릴 거예요."

"기다려. 나 길치라서 말로 알려 주면 잘 못 찾아."

"7살 아이도 알 수 있도록 상세하게 그려 놓고 갈게요."

"거 참. 밥 먹자니까 뭔 말이 그렇게 많아. 기다려."

아카드는 테디 앞에서 웃통을 벗어 던졌다.

'저 인간이 미쳤나. 왜 저래?'

테디는 순간적으로 양손으로 눈을 가렸다.

"뭐하는 거야? 남자끼리 목욕탕 안 가 봤어?"

아카드는 대수롭지 않다는 듯이 책상 서랍을 열어 수건을 꺼냈다. 하나를 꺼내더니 잠시 망설이다가 하나를 더 꺼내 테디에게 던졌다.

"너도 씻을 거지?"

"아…… 아니요!"

테디는 떨리는 목소리로 고함쳤다.

"남자 몸 처음 보냐? 먼저 씻는다."

아카드는 집무실에 딸린 샤워실 문을 열고 들어가 버렸다.

두근두근.

문 닫는 소리가 들리자마자 테디는 털썩 주저앉았다. 가슴은 왜 이렇게 뛰는지 주먹으로 두들겨 보아도 멈추질 않는다.

"어머, 모르고 봐 버렸어."

테디의 얼굴이 홍시처럼 새빨갛게 변했다.

*　　　　*　　　　*

"네? 아카데미 선거운동에 대해 조사해 보라고요?"

"상단의 운명이 걸린 문제니까 반드시 이길 수 있도록 당선된 학생회장들의 정책과 선거운동 전략 같은 거 조사해 봐. 3학년이니까 웬만큼은 알 거 아냐."

아카드와 테디는 사무실 맞은편에 위치한 레스토랑에서

간단한 브런치를 먹고 있었다. 맛집으로 소문난 곳으로 신시가지에 오면 꼭 한번 들러야 할 정도로 유명한 레스토랑이다.

아카드는 수란을 곁들인 토마토 수프를, 테디는 초콜릿으로 만든 컵케이크와 녹차를 시켰다.

"너는 아침부터 케이크가 목에 들어 가냐? 여자도 아니고 말이야."

"어때서요. 맛있으면 그만이죠. 으흠. 행복해."

초콜릿으로 만든 스펀지케이크를 스푼으로 푹 떠서 입에 넣었다. 달달하고 사르르 녹는 부드러운 질감에 테디는 눈을 질끈 감았다.

"그런데 후보는 누구를 밀 건가요?"

"폴."

"1학년 폴 말인가요? 안 나간다고 들었는데."

"그렇게 됐어. 머리 복잡하니까 묻지 마."

"치이!"

"너! 그런 거 좀 하지 마!"

갑자기 아카드가 눈을 크게 뜨면서 목소리를 높였다.

"아니, 제가 뭘 했다고 그러세요. 괜히 트집이야."

"여자애 같은 소리 내 앞에서 금지야."

"와. 지금 발언 성차별인 거 아세요?"

"왜? 에레나 선배에게 또 고자질하려고? 이번에 그랬다 가는 정말 해고야."

"할 말 없으면 맨날 해고래. 에레나에게 고자질 안 할 거 니까 걱정 마세요."

테디의 입술이 삐죽 튀어 나왔다.

"야! 그런 거 하지 말라니까?"

"사람이 왜 그래요? 나 안 먹어!"

테디가 벌떡 일어났다. 화가 난 표정으로 아카드를 노려 보았다.

"야! 사람들 보는 앞에서 이 무슨 추태야. 일단 앉아."

"저 갈래요."

"알았어. 화 안 낼게."

"한 번만 더 소리치면 정말 갈래요."

아카드는 당황하며 테디를 일단 자리에 앉혔다.

'내가 아직 술이 덜 깼나? 왜 이렇게 가슴이 울렁거리지?'

아카드는 가슴이 두근거리는 것을 술 때문에 울렁거린다 고 단정 지었다. 테디의 눈치를 살피는데 앞의 케이크가 비 워진 것이 눈에 들어왔다.

'성질은 내면서도 케이크는 다 먹었네. 아침부터 저렇게 단 걸 먹고 괜찮나?'

테디는 더 먹고 싶은지 레스토랑 중앙 케이크 진열대에

서 눈을 떼지 못했다.

스푼을 입에 물고 진열장을 물끄러미 바라보는 것이 꼭 아이가 장난감 사 달라고 조르는 표정 같아서 아카드의 얼굴에 웃음이 절로 나온다.

오른손을 살짝 올렸다.

카운터에 서 있던 웨이터가 테이블로 다가왔다.

"왜요? 더 시키게요?"

"너 시켜 줄라고. 하나 더 시켜 줄까?"

아, 오늘 이 인간이 왜 이러지? 평소에는 못 잡아먹어서 난리더니 갑자기 왜 이렇게 잘해 주는 거야? 조금 더 시켜 달라고 할까? 더 먹으면 살찌는데.

맛집으로 유명하기도 하지만 케이크 하나당 2골드라는 살인적인 가격을 자랑하는 곳이라, 안나와 둘이 놀러올 때도 반값 세일하는 평일 점심 특선 메뉴만 먹어 본 곳이다.

"그럼 잠시만요."

테디의 눈이 케이크 진열장에 집중되었다.

'케이크 진열장에서 황금색의 치즈 케이크가 유혹하네. 아니야, 녹차 케이크로 시킬까? 딸기 타르트도 먹고 싶고.'

50가지나 되는 케이크 중에서 하나를 고르려고 하니 입에서는 침이 마르고 머릿속이 복잡해진다.

'여러 가지 다 먹고 싶은 모양이네.'

어느 때보다 케이크에 집착하는 테디를 바라보며 아카드는 속으로 웃었다. 어떤 것을 선택해야 할지 신중하게 고민하는 모습이 8살 아이처럼 귀여웠다.

"저기 있는 거 하나씩 가져다주세요."

아카드는 종업원을 불러 진열장을 손가락으로 가리켰다.

"네? 전부요?"

여종업원은 놀란 얼굴로 재차 확인한다. '두 사람이 저걸 다?'라는 표정이다.

"고문님! 미쳤어요? 저걸 어떻게 다 먹어요. 이 사람 지금 농담이에요. 진열장 제일 위의 칸에 있는 치즈케이크…… 우웁!"

아카드는 테디의 입을 손으로 막았다.

"남는 건 친구들이랑 먹으면 되잖아. 전부 얼맙니까?"

"케이크 종류별로 하나씩 담으면 100골드입니다. 브런치까지 포함하면……?"

"여기 쿠폰이요. 쿠폰 30장 찍으면 브런치 식사권 무료로 먹을 수 있는 거 맞죠?"

"네? 네……."

"제 쿠폰에 도장 10개 찍혀 있으니 케이크 50개 시켰으면 브런치 가격은 빼 주셔야죠."

야무진 테디의 목소리에 여종업원은 쩔쩔매는 소릴 한다.

'제법 야무진데도 있어. 잠깐, 내가 뭘 생각을 하는 거지?'

아카드는 흐뭇하게 바라보다가 고개를 흔들었다.

"저쪽으로 가져다주세요."

종업원이 바퀴 달린 왜건에 레스토랑에서 만든 모든 케이크를 하나씩 담아왔다.

아카드는 종업원에게 테디를 가리키며 손짓했다.

"우와."

테디는 두 손을 모아 행복한 눈으로 케이크에서 눈을 떼지 못한다.

"어느 걸 먼저 먹지? 음…… 저쪽 딸기 타르트부터 주세요. 고문님은 어떤 걸 드시고 싶으세요?"

"난 됐어."

종업원은 테디 앞으로 고급스러운 사기그릇을 놓았다. 그 위에 올려놓은 딸기 타르트.

테디는 아카드에게 미소를 한 번 지어 주고는 열심히 먹기 시작한다.

'꼭 병아리 같네. 모이 먹는 금색 병아리.'

테디의 스푼질은 컵케이크 하나를 더 비우고서야 끝이 났다.

"아! 배부르다. 아가씨, 나머지는 포장 부탁해요."

"맛있냐?"

"완전 맛있어요. 입에서 사르르 녹아요."

잠시 후 종업원은 센스 있게 달달한 입안을 진정시키라고 캔디라고 불리는 홍차 두 잔을 서비스로 갖다 주었다.

"고문님, 이 홍차는 캔디라고 하는 건데 티스 상단이 서쪽 다인 왕국에서 수입해 판매하는 거예요."

"그래?"

"열대우림 기후인 다인 왕국에서도 저지대에서 생산된 차라 가격은 싸지만 비슷한 가격대의 다른 홍차에 비해 부드럽고 떫은맛도 적어요. 드셔 보세요."

아카드도 테디의 설명을 듣고 찻잔에 입을 가져다 댔다.

"확실히 부드럽네."

테디는 아카드의 반응에 보조개를 보이며 웃었다. 그러다가 뭔가 생각났는지 손바닥을 마주쳤다.

"고문님께 고백할 거 있어요."

"뭔데?"

아카드가 뜬금없이 긴장된 표정일 지었다.

"고맙고 미안해요."

"갑자기 뜬금없이 무슨 소리야? 알아듣게 이야기해."

"티스 상단을 매입해 주셨잖아요. 덕분에 그쪽 직원들도 좋은 직장을 잃지 않아도 되고. 그동안 직원들 막 부려 먹고 남의 심리 이용해서 자기 이기심밖에 채우지 않는 사람으로 오해했거든요."

오해해서 미안한 건지, 아니면 이런 말을 한다는 것 자체가 수줍어서인지 테디는 미소를 띤 채로 고개를 숙이며 말을 이어나갔다.

"그런데 어제 모습을 보고…… 아니, 어제 에레나에게 고문님이 립톤 상단주님과 만났다는 이야기를 듣고 '아, 겉으로는 저렇게 말해도 마음은 다른 사람이구나.' 라고 느꼈어요."

말을 마친 테디가 자리에서 일어났다. 그러고는 아카드를 향해 고개를 꾸벅 숙였다.

"그동안 오해해서 정말 죄송합니다."

그 모습을 지켜보는 아카드의 표정은 마치 바람 빠진 풍선처럼 시들해진다.

'얘 뭐라는 거야? 지금 날 자선 사업가로 생각한 거야?'

아카드의 양 볼이 실룩거리며 어깨도 들썩인다. 마치 너무 웃고 싶은데 꾹 참고 있는 표정 같아 보인다.

"저기. 고문님? 지금 웃고 있는 것으로 보이는데 제가 잘못 본 거죠?"

"크크큭. 푸하하하하하. 너 정말 어리숙하구나."

"네?"

아카드는 찻잔을 탁자에 내려놓고 배를 잡고 웃는다.

"내가 정말 동정심에서 티스 상단을 매입했다고 생각하는 거야?"

"당연하잖아요. 그럼 무엇 때문에 어마어마한 돈을 쓰면서 상단을 매입하겠어요?"

"지금 티스 상단을 매입한다는 소문이 퍼지자마자 너 때문에 일 많이 시킨다고 악명 높았던 우리 상단 이미지가 얼마나 좋아졌는데."

"예? 설마 그걸 노리고 매입한 거예요?"

아카드는 느긋하게 차를 한 잔 마신 후 티스 상단을 매입한 이유를 설명하기 시작했다.

"그런 이유도 있지만 더 중요한 이유가 있지."

"더 중요한 이유?"

"지금 상단의 위기가 뭐 때문이라고 생각해? 보리 가격 폭등? 그것도 문제가 될 수 있지. 하지만 근본적인 원인은 다양성이 없다는 거야. 투자를 할 목적으로 상단을 만들었지만 상품이라고는 맥주 달랑 하나잖아. 그러니 상대의 단순한 공격 한 번에 휘청거릴 수밖에 없지."

"단순히 사업적인 이유만으로 매입했다는 거네요."

"당연하지. '경영자는 머리는 차갑게, 가슴은 뜨겁게' 라는 말 몰라? 다 우리 상단의 미래를 위한 일이지."

그래. 이 인간이 그러면 그렇지. 가슴이 뜨거워? 집무실

에서 벗은 모습 보니까 완전 얼음이드만. 갑자기 얼굴은 왜
이렇게 달아오르지?

테디는 헛기침을 몇 번 하고는 얼른 차를 마셨다.

"그것보다 더 중요한 이유가 뭔지 알아? 시장에서 물건
을 언제 가장 싸게 팔지?"

"그거야 마칠 때가 가장 싸죠. 설마?"

"그렇지! 상단은 망하기 직전이 가장 싸단 말씀. 거기다
가 티스 상단처럼 탄탄한 인재들이 모여 있는 곳은 드물지.
새로운 사업을 하면서 직원들을 교육시킬 시간과 돈을 절
약할 수 있지. 마음껏 부려 먹어도 착착 해낼 수 있는 인재
들이란 말이지."

쾅!

테디는 탁자를 치고 일어났다.

입술을 꽉 깨문 것이 화가 잔뜩 난 표정이다.

'잠시라도 저 사기꾼이 따뜻한 인간이라고 생각한 내가
미쳤지. 인간이 어디 쉽게 변하겠어?'

아카드가 고개를 갸웃한다.

"왜? 더 먹지 않고?"

"혼자 많이 드세요. 이 사기꾼. 변태야!"

테디는 씩씩거리며 그대로 밖으로 나가 버렸다.

"케이크 다 버린다? 48개나 남았는데?"

저 인간이 뭘 버려? 오냐오냐 곱게 자라서 음식 귀한 줄 모르지.

테디는 다시 돌아와 포장된 큰 상자 두 개를 양손에 하나씩 들어올렸다.

무겁다. 먹을 때는 작은 케이크지만 상자당 24개가 들어 있는데 테디의 힘으로 쉽게 들 수 있을 리가 없다.

아카드가 실실 웃으며 다가와 허리를 숙였다.

"들어 줄까?"

"됐거든요!"

사람이 분노하면 없던 힘도 생겨나는 것일까?

테디는 팔에 힘줄이 드러날 정도로 번쩍 들었다. 그러고 는 아카드에게 보란 듯이 씩씩하게 걸어간다.

"크큭. 배달해 달라고 하면 될 텐데. 하여튼 놀리는 재미 가 있어."

아카드는 테디의 뒷모습을 바라보며 홍차를 단숨에 비웠 다.

"그런데 왜 변태라고 한 거지? 샤워한다고 남자 앞에서 옷 벗었다고 그러는 건가?"

아카드는 전혀 모르겠다는 표정으로 의자에서 일어났다.

Chapter 7.

도우미를 포섭하라

　"정말 내가 당선될 수 있을까? 선거운동도 늦었고 다른
후보에 비해 뛰어난 점이 하나도 없는데."

　"나만 믿어. 돈 앞에 장사 없어. 문제는 선거를 도와줄
학생들이 필요한데."

　아카드와 폴은 아카데미 본관 문을 나섰다.

　임시 학생회장 선거에 폴을 후보로 등록시키고 나오는
길이다.

　폴은 아카데미 곳곳에 걸린 선거 플랫카드와 자신의 후
보를 위해 전단지를 돌리는 학생을 보며 어두운 표정을 지
었다. 운 좋게 후보 등록기간 마지막 날에 신청하긴 했는데

영 자신 없는 표정이다.

"혹시 신문 동아리에 머리 좋은 학생들 없어? 그쪽 핵심 멤버만 데려올 수 있어도 시민 출신 학생들 표는 반 이상 따 놓은 거나 마찬가진데."

"벌써 다른 후보 진영에서 뛰고 있지. 선거운동이 시작된 지가 언젠데."

"너 황실파잖아. 황실파 학생들 중 인맥 넓은 애들 없어?"

"황실파는 힘없는 지방 귀족들과 기사 집안의 자제들이 대부분이라 아카데미 입학하기도 힘들어."

"완전 빛 좋은 개살구네. 이러니 원로원과 제국은행의 밥이라는 소리를 듣지."

"말조심하지? 날 욕하는 건 참을 수 있어도 황실을 욕하는 건 듣기 힘들어."

황실을 비꼬는 아카드의 언행에 폴은 정색을 했다. 황제에게 충성을 다하는 페드릭 장군 곁에서 자랐기에 아카드를 쏘아붙였다.

"애국자 나셨네."

"아카드!"

"하아. 믿을 만한 사람을 어디서 뽑지?"

두 사람은 아카데미에 마련된 카페에 앉아 고민에 빠졌다.

인맥과 자본.

선거를 이기기 위해서는 이 두 가지가 필수적이다. 자본은 충분한데 인맥이 전무한 상황에 봉착한 두 사람은 심각한 표정을 지었다.

"포기할까? 이번에는 힘들 것 같은데."

"그래서 페드릭 장군을 포기하자고?"

"선거해야지."

폴은 한마디 했다가 바로 꼬리를 내렸다.

"어쩔 수 없지. 썩 내키지는 않지만 그쪽에 부탁하는 수밖에."

"누구 아는 사람 있어?"

아카드는 대답하지 않고 한숨만 푹 쉬었다. 인상을 찌푸리는 것이 썩 내키지 않는 표정이다.

"별수 있나. 목마른 놈이 우물 파야지. 따라와!"

말을 마친 아카드가 앞장섰다.

폴은 영문도 모른 채 아카드 손에 잡혀 엉거주춤 따라가면서 중얼거렸다.

"저쪽은 동아리 건물밖에 없는데."

*　　　*　　　*

"아카드 군, 어서 와요. 안 그래도 부를 참이었는데. 폴

군도 왔네요. 여기 앉아요."

"나도 할 이야기가 있는데."

아카드가 폴을 끌고 온 곳은 요리 동아리실.

문을 열자마자 피오라를 제외한 동아리 학생들이 탁자에 앉아 뭔가 열정적으로 논의 중이었다.

"무슨 이야기들 중이야?"

"뭐긴요. 중간고사도 끝났고 곧 봄 축제잖아요. 선거랑 겹쳐서 흥은 덜 나지만 할 건 해야죠."

에레나는 매우 흥겨운 표정으로 이야기했다. 학교 축제가 매우 기대되는지 에레나의 얼굴에는 즐거움이 가득했다.

"뭐 할 건데?"

"일 년 동안 갈고 닦은 요리 동아리의 결과물을 학생들에게 내놔야죠."

"오크 힘줄 찜이나 식인 생선 푸딩 요리 같은 거 내놓을 생각은 아니겠지?"

"서…… 설……마요."

"맞네. 분명히 제이나 선배와 케리 선배가 부추겼을 거고. 그렇지?"

아카드의 말을 듣던 케리와 제이나가 움찔한다. 너무나 정확한 지적에 서로를 보며 놀란 표정이다.

"한마디로 노점상 하겠다는 거지?"

"당연하지. 아카데미 축제의 꽃은 노점상 아니겠어? 자고로 축제는 음식이 짱이야."

안나가 에레나의 어깨에 팔을 올리며 가세했다.

탄탄하면서도 육감적인 몸매의 안나는 대식가다. 요리 동아리에 들어 온 계기는 아카드 때문이지만 진짜 이유는 음식을 마음껏 먹을 수 있어서다. 오죽하면 기사학부 특별 훈련 기간에는 남자 기사 지망생보다 훨씬 많이 먹는 것으로 소문났다.

"다들 한 가지씩 역할을 맡았는데 아카드 군과 안나만 남았어요. 두 사람도 이번 노점상 성공을 위해 꼭 한 축을 담당해 줬으면 좋겠어요."

에레나가 준 종이를 살펴보니 남은 역할은 두 가지다.

호객 행위와 노점상에서 만들 음식 재료 공수.

"야! 난 호객 행위 같은 건 죽어도 못 해. 기사학부생이 호객 행위라니 말이 되는 소리야! 차라리 음식 재료를 내가 나를게."

"그게 좋겠네요. 가만히 서 있어도 품위가 철철 넘치는 아카드 군이니 노점상 앞에만 있어도 여학생들이 몰려올 것 같네요."

호객 행위에 대해 강한 거부감을 보이는 안나의 행동에 케리가 나서며 두둔한다. 평소에는 품위 어쩌구 하면서 상극인 두 사람이 어쩐 일인지 죽이 잘 맞다.

"다 좋은데 우선 할 말이 있어. 폴 이리 와."

아카드는 폴을 손짓으로 불러 옆에 앉혔다. 폴은 아카데미에서 가장 인기 높은 여학생들 틈에 있어서인지 쑥스러운 표정을 짓는다.

"여기 있는 폴이 학생회장 선거에 나가게 됐어. 그런데 아무리 둘러봐도 주변에 선배들만 한 인재를 찾을 수가 없네. 그래서 말인데……."

"아카드 군."

갑자기 에레나가 아카드의 말을 끊어 버렸다. 뭔가 안 좋은 기억을 떠올린 사람처럼 정색을 한다.

"아카드 군은 저희 동아리의 아끼는 후배고 폴도 MT에서 저를 도와준 고마운 후배지만, 저희는 선거에 나가지 않습니다."

아카드의 의도를 훤히 꿰뚫고 있는 에레나는 레스토랑에서의 일을 상기하며 차갑게 거절했다.

"중도와 정의를 지향하는 기사 지망생으로 선거에 뛰어드는 건 좀…… 기사학부 선배들 대부분이 노블레스 소속이라 다른 후보 진영에 들어가는 것도 그렇고. 이번만은 이해해 주라."

"품위 없이 앞에 나서는 건 별로라 썩 내키질 않네요. 두 후배분들 미안해요."

반대는 이미 예상했다.

하지만 바늘 하나 들어가지 않을 정도로 틈을 주지 않는 선배들을 보자 지금은 타이밍이 아니라고 여겼다.

"알겠어. 오늘 이야기는 여기까지 하자."

"아카드. 아직 아카데미 축제에 대한 회의는 끝나지 않았어."

"안나 선배. 그것도 다음에."

아카드는 힘없는 표정으로 폴을 데리고 동아리실을 빠져나갔다.

'사기꾼. 모든 사람들이 네 마음대로 될 것 같아? 속 좀 탈 거야. 호호호.'

에레나는 아카드의 등을 바라보며 한마디 했다.

"아카드 군. 모든 사람이 당신 맘대로 될 거라는 생각은 버려요."

*   *   *

"아우. 이게 다 테디 때문이야!"

"아카드."

"잠깐만. 잠깐만 이대로 있자."

아카드는 동아리 실을 나오자 분통을 쏟아냈다.

'테디? 에레나 선배를 이야기하는 것 같은데? 아직까지 모르고 있나?'

폴은 안나로부터 테디가 에레나의 가명이라는 정도만 알고 있었다. 아카드에게 말해 주려고 했지만 저렇게 화를 내니 말을 할 수가 없다.

"내가 신문 동아리 가서 남아 있는 사람이라도 데려와야겠군."

"헛수고하지 말고 앉아! 도움도 안 되는 사람이 있어 봤자 소용없어."

"고귀하신 귀족 출신이라 천한 것들하고는 함께 있기 싫은 것은 아니고?"

아카드의 말에 비위가 상한 폴이 한마디 쏘아 붙였다. 자신이 원한 선거도 아니고 도움이 될 만한 사람을 데려오겠다는데 시민 출신 학생들을 비하하는 아카드에게 화가 났다.

"불만만 많은 어리버리한 친구, 잘 들어! 선거는 철저히 계산적으로 접근해야 해. 지금 시민 출신 후보와 상단 출신 후보…… 아니다, 단순하게 시민 출신 학생 후보가 몇 명이냐?"

"5명."

폴은 아카드의 말에 화를 꾹 눌러 담아 대답했다.

"멍청아! 너까지 뛰어들었으니 6명이지. 아카데미 학생들 중 시민 출신 학생들이 전체 학생들 400명 중 100명도 안 되는 거 알지?"

"귀족들과 상인들처럼 부유한 환경에서 자라지 못했지만 그 정도만 해도 대단하다고 생각해."

"그건 내 알 바 아니고, 정확하게 숫자로만 이야기하자."

아카드는 답답한 표정으로 폴을 바라보았다.

지금이라도 늦지 않았으니 기존의 다른 후보를 밀어야 하나 속으로 갈등 중이다.

"노블레스 클럽에서 가져갈 표는 최소 150표. 루빈이 아무리 대형 사고를 쳤다고 해도 귀족에 대한 반발심 때문이라도 골든 클럽은 최소 100표는 가져갈 거야. 남아 있는 표는 150표. 50표는 휴강이라고 투표 안 할 학생들의 사표(死票)라고 치자. 넌 이 상황에서 선거에서 이기려면 어떻게 해야 할까?"

"이론상으로는 남아 있는 150표를 최대한 가져와야겠지."

"장난하냐? 선거 안 하는 애들 집에 일일이 찾아가려고? 그거 불법이야."

"……."

"뺏어야지. 귀족이고 상인이고 가릴 것 없이 다 뺏어야 네가 이길 확률이 높아져."

"그럼 네가 선배를 선거운동에 참여시키려는 이유가 표를 뺏어오기 위해서야?"

"당연하지! 학생들은 정책 따위에 관심도 없어. 왜냐? 어차피 지켜지지 않을 거기 때문에. 대신 후보나 주변 사람을 보며 뽑지. 너도 잘 알잖아."

"그렇지. 너무나 잘 알지."

폴은 과거를 연상하며 씁쓸하게 대답했다.

"그래도 선배들이 저렇게 안 하겠다고 난리인데, 다른 사람이라도 모아서 학생들을 설득하는 게 좋지 않을까?"

"답답한 소리 하네. 내가 이 선거에만 올인할 정도로 시간이 남아도는 거 같아? 페드릭 장군 문제만 해도 머리아파 죽겠는데."

페드릭 장군 이야기가 나오자 폴의 안색이 어두워진다. 선거와 페드릭 장군에 대한 일 중, 자신이 할 수 있는 일이 아무것도 없다는 것에 무기력함을 느꼈다.

자신에 일에 발 벗고 나서는 아카드에게도 미안했다.

"친구. 미안하고 고맙다."

"미안하면 목숨 걸고 선거에서 이겨. 이번 선거에서 지면 절대 안 봐!"

아카드는 폴의 축 처진 어깨를 두들겼다.

'너무 몰아붙였나? 하지만 그만두기에는 판이 너무 커졌

어. 너도 나도 이번 일에 목숨 걸어야 해.'

폴의 모습을 보니 아카드의 마음도 약해졌다.

하지만 더 독해져야 상단 식구들도 살고 페드릭 장군도 산다.

"이번에 한 방 제대로 먹여 주자. 페드릭 장군을 음해한 상단 자식들에게도, 거기에 동조하는 귀족 자식들에게도."

아카드의 파이팅에 폴은 그제야 표정이 풀렸다. 그리고 미안함을 넘어 죄책감도 느꼈다.

　　'메디아 가문의 백작의 후계자 아카드 군 곁에서
　　머물러라. 그리고 어려울 때는 도와주거라. 부족한
　　게 있으면 황실에서 지원할 것이다.'

폴은 황실에서 심어 둔 아카드의 감시자다. 어렸을 때는 페드릭 장군에게 선택받아 황실 기사로 내정되었다.

외부적으로는 페드릭 장군의 종자로 알려졌기 때문에 제국 아카데미를 졸업하지 않아도 충분히 기사가 될 자격을 갖추었다.

매일 반복된 기사 훈련을 받던 폴은 전장에 나가 있는 의부 페드릭 장군에게 편지를 받았다. 요주의 가문으로 황실이 주시하고 있는 메디아 가문의 후계자가 아카데미에 입학하니 친분을 다지라는 명령이었다.

대놓고 말하지는 않았지만 감시하라는 말이었다.

'의부님은 주변의 누구도 믿지 말라고 하셨지만, 저는 이 친구를 한번 믿어 보렵니다.'

자신의 문제 때문에 고민하는 아카드를 보며 폴은 마음속으로 몇 번이고 다짐했다.

＊　　　＊　　　＊

차일드 상단의 최상층.

상단주의 집무실에서 루이스 상단주는 부상단주의 보고를 받고 있다.

"잘되어 가고 있겠지?"

"정확하게 삼 일 후에 티스 상단의 어음 만기일이 다가옵니다."

"어음이 얼마 정도지?"

"삼 일 후에 돌아올 어음은 50만 골드입니다. 일주일 후 나머지 50만 골드의 어음이 들어갈 겁니다."

루이스 상단주는 티스 상단의 채권을 매입하자마자 원금을 상환하라고 통보했다. 연장해 달라는 요청이 들어왔지만 가차 없이 잘라 버렸다.

"겁 없이 날뛰는 A&M 투자상단 녀석들은 어떻게 됐지? 그 녀석들이 보유하고 있는 보리 재고량이 얼마 남지 않았을 텐데?"

부상단주는 안경을 매만지며 고개를 흔들었다.

"어디에서도 보리를 사 갔다는 소식이 없습니다. 그런데 이상한 소문이 돌고 있습니다."

"이상한 소문?"

부상단주는 신문 한 장을 내밀더니 아래쪽을 가리켰다.

"그 녀석들 돈이 말라 가는지 투자자를 모집하고 있습니다."

"크하하하하. 뭐야, 이거?"

신문 아래에는 A&M 투자상단에서 보낸 광고가 실려 있었다. 대상은 나와 있지 않지만 새로운 상단을 매입하기 위해 함께 투자할 시민들을 모집한다는 광고였다.

"이놈들 보리 가격이 오르니까 똥줄이 탔나 보군."

"그렇습니다. 천정부지로 오른 보리를 구매하기 위해 이런 식으로 자금을 모을 줄은 상상도 못 했습니다. 투자한 시민들도 제법 있다는 소문입니다. 어떻게 할까요?"

"놔둬. 이놈들이 투자자를 많이 모아야 보리를 많이 살 테고, 비싼 가격에 보리를 많이 사 줘야 우리가 이득 볼 거 아닌가? 하하하."

루이스 상단주는 자신의 계략이 먹혔다는 생각에 큰 소리로 웃었다.

"이놈들 보리를 구매하긴 했나?"

"아직 보리를 사 갔다는 보고는 듣지 못했습니다."

"비싼 값에 보리를 구매하려니 손해 볼까 봐 망설이는 모양이군. 그놈들 비축량이 얼마나 되나?"

"아카데미 납품할 맥주를 생각하면 한 달 정도는 버틸 수 있다고 보고받았습니다. 어떻게 할까요?"

"신경 쓸 필요 있나? 한 달 후면 내 손에 들어올 상단인데. 보리 가격이나 신경 써. 혹시나 몰래 파는 놈 없게 단속 확실히 해. 페드릭 장군의 일은 어떻게 진행되고 있나?"

"법무부 놈들이 미친개처럼 파헤치고 나섰습니다. 그들의 행동을 보면 없는 죄를 만들어서라도 구속할 기세입니다."

"원로원 놈들이 황실파의 실세를 쳐낼 기회를 놓칠 리가 없지. 우리에게는 별말 없던가?"

"이번 보리 가격 폭등은 눈감아 준답니다."

잘 풀려도 이렇게 잘 풀릴 수 없다.

루이스 상단주는 모든 상황이 자신의 뜻대로 흘러가자 흐뭇한 표정을 감추지 않았다.

"쪼잔한 새끼들. 원로원과의 관계는 그 정도면 됐고, 루빈이 죽고 난 이후 아카데미는 어떻게 돌아가나?"

"다음 주에 임시 회장 선거를 실시한답니다. 우리 쪽 인물로 손을 좀 써 볼까요?"

"적당히 우리 상단이 조종하기 편한 놈에게 돈 좀 찔러 줘. 그래야 애송이 상단 놈들의 숨통을 확실히 끊어 놓을 수가 있지."

"조사해서 보고 드리겠습니다."

"내년에 우리 아이도 입학하니까 잘 골라."

"도련님의 꼭두각시 노릇을 제대로 해 줄 인물들로 찾아보겠습니다."

"그래, 수고했어. 나가 봐."

부상단주가 나가자마자 루이스 상단주의 얼굴이 확 풀렸다. 변수가 없는 한 티스 상단과 A&M 투자상단이 자기 손에 들어올 거라고 확신했다.

"하루하루가 요즘 같으면 걱정할 일이 없겠어. 이제 대륙 곳곳에 루이스 상단의 깃발이 꽂히는 것을 구경할 날만 남았군."

*   *   *

"선배의 검술은 일품이네. 웬만한 기사들은 선배 앞에서 칼 두 번만 부딪히면 쓰러지겠어."

"우리 사랑스러운 후배가 검술에도 관심 있는지 몰랐는데?"

아카드가 서 있는 곳은 기사학부 내에 위치한 개인 연무장이다. 그는 요리 동아리 선배들에게 거절당한 다음 날, 수업이 끝나자마자 시원한 주스를 들고 안나를 찾았다.

"한 가지 아쉬운 점은……."

"응? 내 검술 동작에 잘못된 점이라도 눈에 띈 거야?"

"검술은 완벽한데……."

"뭔데? 내 동작의 어디가 허술한데?"

아카드는 말끝을 흐리며 안나의 애간장을 태웠다. 행정학부생에게도 허점이 보일 정도면 밤을 새서라도 고치겠다는 열정으로 아카드를 재촉했다.

"검이 검술을 못 따라가네. 그거 하나가 아쉬워. 선배의 검이 선배를 못 받쳐 준다고 해야 하나?"

"우리 후배 농담이 심하네. 아카드 너 검술 할 줄 알아?"

"우리 아버지가 누군지 몰라?"

"아하. 모건 백작님."

안나는 의외로 쉽게 수긍했다.

모건 백작이 제국으로 귀화했을 때 확인되지 않은 소문 하나가 기사들 사이를 휩쓸었다.

황실 최고의 기사로 알려진 페드릭 장군이 모건 백작의

칼질 한 방에 기절했다는 소문이다. 당시에는 이 소문으로 기사들의 의견 충돌이 치열했다.

대륙에서 최고의 악명을 떨친 모건 백작이니만큼 검술도 그만큼 뛰어나지 않을까, 라는 의견과 헛소리라고 치부하는 자들 사이에서 칼부림이 일어날 정도였다.

지금이야 시간이 많이 흘러 잠잠해졌지만, 기사들에게 선망의 대상으로 꼽히는 페드릭 장군이 한 칼에 졌다는 소문은 기사들 사이에 엄청난 소란을 일으킬 정도였다.

특히 소문의 장본인인 페드릭 장군과 황실도 침묵을 지키고 있었기에 소문은 타국에도 퍼질 정도였다.

안나는 수도 치안감인 아버지에게 소문의 진위를 알려달라고 졸랐다. 당시에 페드릭 장군을 치료소로 옮긴 인물이 자신의 아버지였기 때문이다.

"졌다. 특급 비밀이니 더 이상은 묻지 말거라."

황제의 명령으로 두 사람의 대결 결과는 절대 밝혀서는 안 될 비밀이었다. 그러나 딸의 애교에 넘어간 치안감은 절대 비밀로 할 것을 약속받고는 결과를 알려 주었다.

'페드릭 장군을 이긴 모건 백작님 후계자의 말이라면 고려해 볼 가치가 있지 않을까?'

농담으로 치부하던 안나의 표정은 심각해졌다. 아카드의 말을 들으니 아카데미 검술 대회에서 번번이 4강에서 물

먹은 원인이 무기인 것 같기도 하다.

"미스릴을 코팅한 이 검도 비싼 건데……."

안나는 자신의 검을 앞뒤로 살펴보며 축 처진 목소리로
대답했다.

"선배 검술 정도면 검 전체가 미스릴로 만들어진 것을
써야 하는데."

"전체를 미스릴로 만든 검은 내 용돈으로 살 수 없다고."

"돈이라면 내가 벌게 해 줄 수 있지."

"또 선거 이야기야? 친구들이랑 선거에는 참여 안 하기
로 약속했는데……."

흔들리긴 흔들리는 모양이다. 보통 같으면 칼같이 거절
했을 텐데 지금은 틈이 보인다.

"노점상과 선거를 함께하면 어떨까?"

"그게 가능해?"

"선배들 회의에서 무슨 음식 만들기로 했어?"

"식인 고기 꼬치구이."

아카드는 순간적으로 휘청거렸다. 설마 했지만 역시나
몬스터 음식을 선택했다.

"잘 팔릴 거 같아?"

"지금껏 흑자인 적이 한 번도 없었다고 들었어. 그래서
이번 축제에 대한 애들 각오가 대단해."

"안나 선배 생각을 물어 본 거야. 흑자가 될 것 같아?"

"맛은 있는데 재료를 가르쳐 주면 또 적자겠지."

"거기에 맥주가 더해지면 어떻게 될까?"

"에이, 맥주는 무리야. 식인 고기만 해도 예산이 빠듯하다고."

아카드는 안나 곁에 바싹 붙어 그녀의 어깨를 감쌌다.

"우리 상단에서 새롭게 발명한 맥주를 제공해 줄게. 대신 금액은 판매된 것만큼만 받을게. 꼬치에는 뭐니 뭐니 해도 맥주가 있어야 잘 팔리지. 어때?"

안나는 움찔했지만 가만히 아카드의 말에 귀 기울였다. 그녀의 마음속에는 검을 바꾸고 싶다는 마음밖에 없었다.

"꼬치를 구매한 고객에게만 맥주를 파는 거지. 대신 아카데미에서 판매하는 것보다 10% 싸게 판매하도록 조치할게."

"그렇게만 된다면 확실히 흑자가 날 것 같기도……."

"그럼 선배는 동의한 거다."

"잠깐만. 아이들이 찬성하면 나도 거기에 따를게."

"좋아. 나는 다른 선배들을 만나러 갈게. 고마워."

"아카드. 나도 고마워."

안나는 자신이 무슨 말을 하는지도 몰랐다. 그녀의 머릿속에는 은색의 휘황찬란한 검을 들고 검술 대회에 나서는 자신의 모습이 가득 차 있었다.

* * *

"아카드 군이 이렇게 품위 있는 레스토랑을 알고 있을 줄은 몰랐네요. 맛있게 먹을게요."

"내가 쏘는 거니까 선배 먹고 싶은 거 마음대로 시켜."

"그래도 품위가 있는데 이것저것 시킬 수는 없죠. 레스토랑 추천 메뉴인 딸기 타르트 세트 메뉴로 주세요."

"전 수란을 곁들인 토마토 수프."

아카드는 테디와의 식사를 생각하며 속으로 웃었다. 자꾸만 화내면서도 컵케이크가 48개나 들어 있는 큰 상자를 낑낑거리면서 들고 가던 테디의 모습이 떠오른다.

'아우. 내가 미쳤나? 아직도 술이 덜 깼나?'

케리는 혼자 히죽대다가 고개를 흔드는 아카드를 이상하게 쳐다봤다. 평소에는 볼 수 없는 처음 보는 표정이다.

"뭔가 기분 좋은 일이 떠올랐어요? 평소의 품위 있는 아카드 군과 조금 다른 모습인데요?"

"그런가? 난 잘 모르겠는데."

"지금 모습은 평소보다 '좀 더 다정하다'라고 해야 하나? 항상 차갑고 바늘 찔러도 피 한 방울 안 나올 것 같은 아카드 군의 모습과는 달라 보이네요. 어차피 아카드 군의 마음속에는 다른 사람이 있을 테고……. 용건부터 들어 볼까요?"

"무슨 소리를 하는지 잘 모르겠지만 부탁이 있어서."

"선거에 관한 이야기만 아니라면 좋겠네요. 친구들끼리 내부적으로 절대 특정 후보 진영에는 참여하지 않기로 약속했거든요. 축제 노점상 판매 1등이라는 목표에 전념하기로 이야기가 끝났어요."

꿈도 크셔라. 뒤에서 1등할 것 같은데.

아카드는 터져 나오는 웃음을 참고 안나에게 썼던 방법과는 다른 작전을 쓰기로 마음먹었다.

"선배에게 도와 달란 소릴 하려는 건 아니고. 혹시 선배처럼 품위 넘치는 인물이 있으면 좀 추천해 달라는 부탁을 하려고 이렇게 불렀어."

"잉?"

케리는 아카드의 갑작스러운 부탁에 눈을 크게 떴다. 선거를 도와 달라고 부탁할 줄 알았기 때문이다.

'도와 달라고 할 줄 알았는데 소개해 달라니? 무슨 꿍꿍이지?'

케리는 당황스러운 마음을 진정시키고 차분한 표정을 유지하며 물어보기로 했다.

"선거운동에 대해 자세히 들어 볼 수 있을까요? 그래야 거기에 맞는 인물을 소개시켜 주죠."

"선거 전략이라 비밀인데."

"그럼 저도 소개 못 시켜 줘요."

"선배. 잠시 귀 좀 빌릴게."

아카드는 잠시 뜸을 들이더니 상체를 숙여 귓속말로 설명했다.

"교양 넘치는 선배니까 말해 주는 거야. 이번 선거의 컨셉은 노점상이야. '투표할 학생들과 좀 더 가까이 다가가는 후보. 맛있는 선거.' 이번 선거의 핵심 전략이야. 우리 상단에서 새롭게 개발한 기가 막힌 맥주가 있는데 닭 꼬치와 함께 팔면서 선거운동을 할 생각이야."

"요리 동아리에서 축제 때 노점상을 한다는 거 듣지 않았나요? 그런데도 저희랑 경쟁하겠다고요?"

"에이, 설마. 우리는 새로운 역사를 만들고 싶을 뿐이야."

"새로운 역사라니요? 알아듣게 설명해 주세요."

"지금껏 학생회장 선거를 조사해 보니 거의 아랫사람만 힘들게 홍보하더라고. 정작 본인은 유권자인 학생들보다 인맥이 넓은 특정 학생들에게 관심을 보이며 돈이나 뿌리고 있고."

케리는 고개를 끄덕이며 아카드의 말에 동의했다. 선거

에서 당선되는 가장 쉬운 방법이다. 어떻게 보면 비열한 짓이고 아카데미의 교칙을 어기는 일이지만 관례라는 방패에 숨어 정당화시켰다.

부정한 방법에 대해 알려도 다들 대수롭지 않게 여기는 분위기다.

"이번에 새롭게 선거운동을 하려고 해. 노점에서 버는 돈으로 투명하게 선거 비용을 충당하고, 후보가 유권자인 학생들에게 다가가 아카데미의 미래를 이야기하는 그런 운동을 하려고 해."

케리의 말문이 딱 막혔다.

'안 돼! 아카드의 노점상과 경쟁하면 절대 못 이길 거야. 아카드의 상단을 운영하는 노하우와 외모가 더해지면 여학생들이 지갑을 마구 열 거야.'

케리가 자다 깬 것처럼 고개를 마구마구 흔들었다. 이번에는 정말 야심차게 메뉴를 준비했는데 또 망할 수는 없다.

"아카드 군이 신입생이라서 잘 모르는 모양인데, 축제 목적을 제외한 아카데미 내 상행위는 금지되어 있답니다."

"물론 알고 있어. 하지만 총장님께 이런 건전한 선거운동에 대한 취지를 잘 설명드리면 허락해 주시지 않을까?"

케리의 안색이 창백해졌다. 자신이 생각해 보아도 평등과 정의를 신조로 삼고 있는 총장님이라면 아카드의 노점상 선거운동을 허락해 줄 것 같았다.

"그런데 소개는 왜 필요해요?"

케리는 떨리는 목소리로 물어보았다.

"선거운동을 하려면 본부의 얼굴이 필요한데 선배처럼 기품 넘치는 여학생을 만날 수가 없네요. 학생들에게 확실한 믿음을 주고 품위 있게 저희의 전략을 설명해 줄 여학생이 반드시 필요하거든요."

'본부의 얼굴? 기품 넘치는 여학생?'

노점상 경쟁 때문에 창백했던 케리의 안색에 생기가 돈다. 자신이 학생들에게 폴에 대해 설명하고 공약 등을 알리는 모습을 상상해 보았다.

"꽤 재밌을 거 같은데? 이러지 말고 합치는 건 어떨까?"

케리의 머릿속에 요리 동아리실에서 선거에 참여 안 하겠다는 에레나와의 약속은 벌써 저 멀리 날아가 버렸다.

'여기도 벌써 넘어왔군. 다음 차례는 제이나 선배인가?'

아카드는 케리가 기분 좋게 상상하는 모습을 보며 또 한 명의 인재 포섭이 성공했음을 확신했다.

설득하는데 애를 먹을 것으로 생각된 제이나 선배는 너무나 간단히 설득되었다.

고양이 모습으로 변한 바람의 중급정령 실리안을 데려갔더니 한눈에 반해 무조건 고개를 끄덕였다.

제이나는 마법사답게 실리안이 일반적인 고양이와 다르다는 것을 한눈에 알아챘다. 손에서 느껴지는 자연의 기운을 바로 느낀 것이다.

　제이나는 아카드의 수업 시간에 실리안을 돌본다는 조건으로 무조건적인 협조를 하겠다고 했다.

　'이 사기꾼아! 너와의 계약은 무효야! 해지해!'

　하루 종일 아카드의 머릿속에 고함치는 실리안의 발악이 있었지만 모른 척했다. 나중에는 두통이 날 지경이었지만 한 달간 원하는 생선을 마음껏 무조건 사 주는 조건으로 겨우 진정시킬 수 있었다.

　피오라 선배도 매직폰을 통해 동참을 약속했다. 대신 의외의 조건을 걸었다.

　"아버지께서 평생 동안 일군 상단이 넘어가는 걸 손 놓고 바라만 볼 수 없으니 방학 동안만이라도 인턴 직원으로 고용해 줘. 대신 일 못 한다고 판단되면 잘라도 좋아."

　높은 자리를 요구했다면 가차 없이 거절했겠지만 능력을 보고 써 달라는데 거절할 수 없었다.

　"이제는 에레나 선배 한 명 남았나? 지금쯤이면 꽤 당황하겠는걸? 선배도 한번 당해 보라고. 하하하."

　폴을 만나러 가는 아카드의 웃음소리는 왠지 짓궂어 보였다.

"폴의 선거운동을 돕자니! 약속이랑 틀리잖아!"

에레나는 동아리 방에 모인 친구들을 바라보며 소리를 높였다. 나머지 네 명의 여학생은 에레나의 시선을 피하며 딴청을 피웠다.

"뭐야! 나랑 그렇게 약속해 놓고 전부 아카드 군에게 넘어간 거야?"

"에레나 양. 목소리 낮추고 품위 있게⋯⋯."

"케리 너도 그러는 게 아니야. 품위라는 건 목에 칼이 들어와도 한번 했던 약속은 끝까지 지키는 거 아닐까?"

"흠. 흠."

에레나의 날카로운 지적에 케리는 헛기침을 하며 아무말도 하지 않았다.

"그래. 피오라는 상단 일 때문에 설득당할 수밖에 없는 상황이라고 쳐. 안나 너!"

"에이, 화 풀어라. 좋은 게 좋은 거라고⋯⋯."

안나는 에레나에게 다가가 와락 껴안으며 장난스럽게 말했다. 하지만 에레나는 안나의 팔을 싸늘하게 걷어 냈다.

"그걸 말이라고 해? 남의 도움을 받지 말고 우리 힘으로 하자고 내가 몇 번이나 말했잖아. 남의 도움을 받아서 성공했다고 해서 우리의 성공이라고 할 수 있어?"

"그래, 잘났다. 잘났어. 난 아카드가 학교에 납품하는 맥주보다 더 뛰어난 신제품 맥주를 제공해 준다기에 좋은 기회다 싶어서 설득당했다. 이제 속이 시원해?"

에레나의 말을 듣던 안나는 기분이 상했는지 맞받아쳤다. 그녀는 말을 마치자마자 가방을 들고 휙 하니 밖으로 나가버렸다.

갑자기 동아리 방 분위기가 냉랭해진다. 서로 말이 없어지고 표정들도 굳어 있다.

"제이나 넌, 뭐 때문에 넘어갔어?"

"난 아카드 고양이 좋아. 시원한 고양이 좋아."

"아휴. 이제 별걸 다 이용하네. 인간이 얍삽해."

가만히 보고 있던 피오라가 조용히 일어섰다. 그녀는 에레나에게 다가가 마주섰다.

"난 그날 상단 일이 바빠서 무슨 일이 있었는지 잘 몰라. 하지만 오늘 들어 보니 에레나 너 평소와 달리 너무 흥분한 거 같아."

"피오라."

"내 말 아직 안 끝났어. 우리는 이제 3학년이야. 4학년이 되면 각자 정해진 진로를 가기 위해 많이 바쁠 거야. 그렇게 보면 이번이 마지막 축제라고 봐야겠지."

"그래서 하고 싶은 말이 뭔데?"

"안나나 케리, 제이나가 뭘 그리 잘못했는데? 마지막으로 즐길 수 있는 축제에 흑자 한번 내보자고 아카드의 도움을 받는 것이 그렇게 잘못한·일이야? 아카드는 우리 동아리 사람 아니야? 우리가 무슨 죄를 지었다고 너에게 이렇게 미안해야 하니?"

"순수하게 도움 주겠다는 게 아니잖아. 목적이 있으니까 돕겠다는 거잖아. 정말 몰라서 물어?"

"너처럼 귀하게 자란 공작가의 영애는 잘 모르겠지만 평범한 사람들은 모두 타협하면서 살아. 힘없는 사람들은 힘 있는 사람에게 무릎을 꿇기도 하고 빌기도 해. 그런데 넌 뭐가 그리 고고해서 남의 속마음도 들어 보지 않고 판단하는 건데."

두 사람의 살벌한 분위기에 케리는 어쩔 줄 몰라 했다. 이 난리 통에도 옆에서 꾸벅꾸벅 졸고 있는 제이나를 흔들었다.

"쟤들 좀 어떻게 말릴 방법 없을까요? 무서워."

"애들은 싸우면서 크는 거야."

제이나는 무심하게 한 마디 뱉고는 다시 꿈나라로 빠져들었다.

"피오라 네 말은 내가 모두 잘못한 거네. 그래, 너희들 맘대로 해."

에레나는 몸을 돌려 소매로 눈가를 훔쳤다. 순수하게 축제를 재밌게 즐기고 요리로 성공해 보자는 자신의 의도를 몰라주는 친구들이 야속했다.

"먼저 갈게."

에레나는 가방을 집어 들고 동아리 방을 나갔다.

그 모습을 지켜본 피오라는 의자에 주저앉았다.

"이게 뭐야. 왜 우리가 이런 걸로 마지막 축제를 망쳐야 하는데."

피오라의 눈가도 촉촉하다.

에레나의 순수한 마음을 받아들였기에 3년 동안 말하지 못하고 참아 왔던 것들이 한순간에 폭발해 버렸다.

"속이 시원할 것 같았는데 왜 눈물이 나지?"

"피오라, 괜찮아?"

"나도 먼저 갈게. 케리, 제이나, 미안해."

피오라도 가방을 들고 동아리 방을 벗어났다.

폭풍이 휩쓸고 지나간 동아리 방에는 레시피에 대해 토론하는 목소리도, 웃고 즐기는 목소리도 들리지 않았다.

케리의 한숨 소리와 제이나의 잠꼬대만 동아리 방에 사람이 있음을 알리고 있었다.

"실리안, 같이 놀자. 응?"

*   *   *

에레나는 공작가에 들러서 마법으로 변장하고는 상단으로 출근했다.

"테디, 어서 와!"

"테디 왔어?"

직원들의 반기는 말에도 에레나는 아무런 대답도 안 했다. 그냥 고개를 숙여 인사를 한 후 곧바로 자신의 자리로 가 앉았다.

"평소와는 다르지?"

"오늘 그날인가?"

탁!

"그로세 팀장, 아프다."

"성희롱 죄로 잡혀 가고 싶어요?"

옆에 있던 그로세가 팀장들의 팔을 매섭게 때렸다. 그녀의 째려보는 눈빛과 말 한마디에 주눅 들은 팀장들이 조용히 자신의 자리로 돌아갔다.

"자기 왔어?"

"네. 팀장님."

평소 같으면 환하게 웃으며 인사했을 테디는 식품팀장 그로세를 향해 말없이 고개만 숙였다.

'무슨 큰일이라도 생겼나?'

그로세는 잠시 테디를 관찰했다. 테디는 내색하지 않으려고 고개를 푹 숙이고 있지만 회계장부를 만지는 손끝이 미세하게 떨리고 있었다.

"자자자. 퇴근할 사람들은 얼른 준비하고 일 남은 사람들은 저녁 먹고 와. 테디, 저녁 먹었어? 안 먹었으면 같이 먹을까?"

토마스는 테디가 풀이 죽은 채 고개를 숙이고 있는 모습에 걱정이 되어 다가갔다. 몇몇 직원들이 토마스에게 고개를 흔들며 신호를 보냈다.

"테디. 잠시 나 좀 볼까?"

토마스는 당장 조금 달래는 것으로 해결되지 않는다고 생각했는지 발걸음을 멈췄다. 그러고는 테디를 자기 집무실로 불렀다.

"왜? 무슨 일 있어?"

"……."

"혹시 고문님이 또 뭐라고 한 소리 한 거야? 그 양반 참 내가 상단주로서 너 괴롭히지 말라고 경고했는데도 말을 안 듣네. 착한 네가 이해해. 질풍노도의 시기잖아."

토마스는 누가 들을까 봐 허리를 숙여 테디에게만 들으라는 말투로 속삭였다.

"사춘기라서 그래. 워낙 힘들게 살아온 양반이라 요즘 따라 더 심하네. 얼마 전에는 어떻게 알아챘는지 내가 천장에 숨겨 둔 소장판 도서도 찾아내더라고. 귀신이 곡할 노릇이야."

"풉. 야한 소설 보세요?"

"어헙! 큰일 날 소리! 야한 소설이라니. 얼마나 심오한 면이 담겨 있는 작품인데 야한 소설이라니."

"야한 소설 맞네."

테디는 오늘 사무실에 도착한 이후 처음으로 웃음을 보였다.

"이제 기분 좀 풀렸어? 웃으니 얼마나 예뻐?"

"놀리지 마요."

"고민이 있으면 말해 봐. 힘든 일은 나누면 금방 풀린다."

"……."

테디가 입을 꾹 다물었다. 이야기를 해도 될지 고민하는 모양이다.

"지금 말하기 힘들면 나중에 이야기해 줘. 대신 공적인 업무 시간에는 조심해 주고. 요즘 상단 일이 매우 바쁘거든."

"그러고 보니 보리 가격 폭등은 어떻게 해결할 생각이세요?"

"아, 맞다. 넌 잘 모르겠구나. 이참에 너한테도 물어봐야겠다. 이번 아카데미 임시 회장 선거에서 누가 될 거 같니?"

토마스는 비상소집 때 회의했던 내용을 설명했다.

테디가 소외감을 느끼지 않도록 직원들이 어떤 의견을 냈으며 왜 이 의견이 채택되었는지 비교적 상세하게 이야기했다.

'아, 그래서 그 사기꾼이 선거에 집착했구나.'

동시에 테디의 머릿속에 피오라의 마지막 말이 떠올랐다.

'넌 뭐가 그리 고고해서 남의 속마음도 들어 보지
않고 판단하는 건데.'

가슴이 아파 온다.

'내가 잘못했네. 그때 그렇게 보내는 게 아닌데.'

동아리 방에서 아카드와 폴이 왔을 때 냉정하게 거절한 게 후회된다.

좀 더 자세히 들어 보고 결정했으면 어땠을까 시간을 돌리고 싶어진다. 무조건 아카드가 친구를 이용해 사적인 이익을 챙기려고 한다고 단정 지어 버린 자신이 한없이 부끄러워진다.

피오라도 바로 이런 점을 지적한 건 아니었을까?

테디는 부끄러워졌다. 자신의 이기심 때문에 친구들한테까지 화를 낸 거 같아 한없이 미안하다.

"사실은요, 정말 제 친구 이야기거든요."

테디는 아카드와 폴이 방문했을 때부터 오늘까지의 일을 가명을 쓰며 털어놓았다. 토마스는 고개를 끄덕이며 이야기를 잘 들어준다.

"이렇게 된 거예요. 그 친구 참 나쁜 아이죠?"

"꼭 그렇게 생각할 필요는 없지. 사람의 가치관은 서로 다른 법이니까. 단."

토마스는 테디를 똑바로 바라보았다. 장난스러운 눈동자가 아닌 상단주로서의 신중한 눈빛이다.

"그 친구가 생각을 유연하게 할 필요는 있다고 생각해. 소신을 지키기 위해서는 다른 사람의 의견도 수용할 줄 알아야 하거든. 자기 생각만 옳다고 생각하는 건 굉장히 위험한 발상이지. 아집에 빠진 인물이 얼마나 무서운지 역사만 공부해도 알 수 있잖아."

"상단주님 말씀을 들어 보니 그 친구 생각이 짧았던 것 같아요."

토마스는 그제야 다시 장난스러운 표정으로 바뀌었다. 테디가 제대로 자신의 조언을 가슴에 새긴다고 생각하니 흐뭇해졌기 때문이다.

"그 친구랑 싸운 친구도 대단하네. 꽤 성깔 있는데?"

"어머니가 일찍 돌아가시고 아버지는 상인이시라 집안 일은 자기가 다 도맡아 해야 했거든요. 아카데미에서는 장난스럽게 행동하는 것처럼 보이지만 자기 일은 철두철미한 아이예요."

"그럼 화해만 하면 테디의 고민은 끝이네?"

"제가 잘못했으니 먼저 사과해야죠. 상단주님 말씀이 큰 도움이 되었네요."

토마스는 자리에서 벌떡 일어났다. 그는 배를 살살 문지르며 힘없는 표정을 지었다.

"이제 궁금한 점 없지? 배고프다, 밥 먹으러 가자."

"딱 하나만 더요."

"뭔데?"

토마스는 쓰러져 죽을 것 같은 표정으로 소파에 털썩 주저앉았다. 빨리 대답하고 저녁 먹으러 가고 싶은 생각밖에 없었다.

"고문님도 자신의 소신을 굽히고 남들에게 무릎 꿇어 본 적 있으세요?"

토마스는 소파에 똑바로 앉았다. 그러고는 잠시 생각하더니 아련한 눈빛으로 창문을 바라본다.

"당연히 있지."

"정말요? 그 사기꾼이 남들에게 무릎을 꿇어요? 얼마나 대단한 걸 얻으려고 그랬대요?"

"그러게. 왜 그러셨을까? 나에 대해 뭘 믿고 무릎까지 꿇으셨을까?"

"네? 상단주님 때문에 무릎을 꿇으셨다고요?"

테디는 깜짝 놀란다. 그 사기꾼이 남을 위해 무릎을 꿇었다고는 상상도 하지 못했다.

"내가 전쟁에서 칼에 찔리고 화살에 맞아 죽을 뻔했던 적이 있었거든. 진 제국과 코 닿을 만큼 가까운 위치라 치료사는커녕 붕대나 약도 부족한 실정이었지."

토마스는 그때의 기억이 떠오르는지 몸을 부르르 떨었다. 그때의 상처가 갑자기 쑤셔오는 것 같았다.

"사경을 헤매고 누워 있는데 밖을 지키는 병사들의 이야기 소리가 들리더라고. 마법 연락 구슬을 사용하기 위해 고문님이 사령부의 장교들 앞에서 무릎을 꿇었다고 하더라고."

"너무해요. 그깟 마법 연락 구슬 한 번 쓰는 게 뭐 그리 대단한 거라고."

"그때만 하더라도 고문님과 사령부 사이가 최악이었거

든. 고문님이 대형 사고를 몇 번 치시는 바람에 사령부 장교들이 고문님께 이를 갈고 있었는데 복수할 기회가 온 거지. 이 이야기는 비밀이다?"

토마스는 씁쓸한 표정으로 엄지를 입술에 갖다 대었다. 토마스의 눈빛에는 아카드를 향한 존경과 충성이 가득 담겨 있었다.

"이제 밥 먹으러 가자. 저녁 시간 끝나겠다."

"그럴까요?"

비밀을 공유한 토마스와 테디는 홀가분하게 자리에서 일어났다. 토마스가 즐거운 표정으로 손잡이에 손을 갖다 대려고 할 때 쾅 하고 문이 열렸다.

"토마스 이 자식!"

"고문님."

문을 열고 들어온 사람은 아카드다. 그는 화가 잔뜩 난 표정으로 토마스를 노려보았다.

"왜 이러십니까? 제가 또 뭘 잘못했다고?"

"내가 너 입조심하라고 했지? 애 앞에서 할 이야기가 있고 안 할 이야기가 있지, 과거 이야기는 왜 꺼내."

"설마 엿들으신 겁니까? 그건 사생활 침해라고요!"

"뭔 소리야. 지금 막 들어왔는데."

"거짓말 마세요. 그럼 어떻게 제가 한 이야기를 알고 있는 겁니까?"

"네 얼굴 보면 다 드러나. 거울 좀 봐라."

"거짓말!"

아카드는 테디의 팔목을 잡더니 토마스와 떼어냈다. 그는 손에 쥐고 있던 종이를 토마스에게 던졌다.

"오늘 이 종이에 아카데미 선거에서 이길 수 있는 전략이나 가득 채워 놔. 내 책상에 전략 보고서를 올려놓기 전까지는 퇴근할 생각 하지 말고."

"이런 법이 어디 있습니까? 저녁은 먹고 해야죠."

"테디 저녁은 내가 먹일 거니까 알아서 시켜 먹든지."

"잠깐만요!"

아카드는 테디의 팔을 잡아당긴 후 상단주 집무실의 문을 가차 없이 닫아 버렸다.

"으아아! 전쟁터에서 만나지 말아야 했어!"

아카드와 테디 등 뒤에서 토마스의 절규가 들려왔다. 하지만 아카드는 신경도 쓰지 않고 테디를 끌고 밖으로 나왔다.

—한 건 했으니 오늘은 연어 한 마리 추가해라.

'계약 성립.'

절규 가득한 토마스의 집무실에는 회색 고양이 실리안의 기분 좋은 울음소리가 나직하게 울려 퍼졌다.

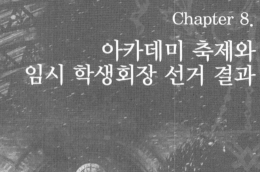

Chapter 8.
아카데미 축제와
임시 학생회장 선거 결과

"아, 졸려."

"밤새도록 꼬치에 고기만 꽂았더니 손마디가 다 쑤시네. 칼 휘두르는 거보다 훨씬 힘들어."

노점상 개시 5시간 전.

오전에 요리 동아리 방에서 피곤에 절어 있는 제이나와 안나의 한숨 소리가 들렸다.

전날 오전부터 천 개에 달하는 꼬치를 만들기 위해 생선을 다듬고 나무 꼬치에 끼우고 미리 만들어 둔 양념에 재우느라 요리 동아리 여학생들의 눈에 다크서클이 가득하다.

"다들 뭐해. 복잡해지기 전에 미리 옮겨 놔야지."

"에레나 양, 교양 있게 차 한 잔만 하고……."

"케리, 우리 시간 없거든."

천 개에 달하는 꼬치는 물론이고 휴대용 화로, 석쇠, 부싯돌 등등 요리 동아리 방에 옮겨야 할 짐들이 산더미다.

"에레나, 걱정하지 마. 피오라가 상단일 때문에 내일부터 참석한다고 대신 짐꾼들 몇 명을 보내 주기로 했어. 괜찮겠어?"

안나가 조심스럽게 에레나의 의중을 물었다. 혹시나 거절하면 어떻게 하나 눈치를 살폈다.

"그랬구나. 고마운 일이네."

"응? 너 괜찮아?"

"뭐가? 피오라가 도움 주면 고마운 거지."

케리와 안나, 제이나까지 의외라는 눈빛으로 에레나를 바라보았다. 평소 같으면 남의 도움 받는 것을 꺼릴 텐데 오늘은 기분이 좋아 보인다.

"우리 준비는 다 된 거 같고, A&M 투자상단에서 보내기로 했던 신제품 맥주는 어떻게 됐어?"

"아카드 군은 벌써 준비를 마쳤답니다. 노점상도 품위 있고 격조 있게 꾸며놨답니다."

케리가 뭐가 그리 좋은지 예쁜 옷을 차려입고 호들갑을 떤다. 에레나는 피식 웃으며 케리를 위아래로 한 번 훑어보

앉다.

"오늘 케리 참 예쁘다. 남학생들이 케리만 쳐다보겠네."

"어…… 어…… 그런가요?"

"그럼 밑에 내려가서 한 번 더 확인하고 올게."

에레나가 동아리 방을 벗어나자마자 안나와 케리는 서로 마주 보았다. 똑같이 눈을 비비며 자신이 본 것을 의심한다.

"에레나 어디 아파? 오늘 왜 저래!"

"에레나 양이 이상해졌어요."

계단을 내려오는 에레나의 표정이 환하다. 마치 무거운 짐을 내려놓은 사람처럼 몸놀림이 가볍다.

'나를 내려놓으니 이렇게 편한걸. 얼른 피오라가 보고 싶네.'

*　　　*　　　*

"축제를 시작하겠습니다. 교내 학생은 물론이고 외부에서 오신 손님들도 재밌게 즐기시기 바랍니다. 대신 자기의 쓰레기는 꼭 챙겨가 주시기 부탁드립니다. 만약 쓰레기를 버리고 가는 사람 나한테 걸리면 미워할 거야!"

마법 확성기에서 레이놀드 총장의 정정한 목소리가 우렁차게 울려 퍼진다.

주변의 학생들 때문에 점점 젊어지시는 걸까? 마지막 말에 학생들은 물론이고 일반인들까지도 쓰러질 만큼 박장대소가 이어졌다.

레이놀드 총장의 개회사가 끝나자마자 굳게 닫혀있던 교문의 문이 열리고 학생과 구경하러 온 일반인들이 물밀듯이 밀려들었다.

"꼬치 세트 2개요."

"저희는 10개 포장이요!"

"선배님! 맥주만 따로 팔면 안 되나요?"

에레나의 미소가 끊이질 않는 가운데, 요리 동아리 역사상 처음으로 노점 대성공을 눈앞에 두고 있었다.

다른 노점상들도 많았지만, 요리 동아리 노점은 줄의 끝이 보이지 않을 정도로 대성황을 누리고 있었다. 식인 생선이라는, 대부분의 사람들에게 혐오감을 줄 수 있는 음식임에도 사람들이 끊이지 않는 이유는 바로 맥주 때문이다.

신제품 맥주의 이름은 마스터 라거.

맥주를 제조한 드워프를 강조해 소비자에게 신뢰를 주자는 신입 사원들의 의견이 적극 반영된 결과다.

외관도 달라졌다.

'A&M 투자상단'이 크게 찍혀 있는 전작과는 달리 식품팀에 입사한 신입 사원의 의견을 받아들여 '맥주병에 드워프 라거의 얼굴을 그려 넣었다.

또한 라벨이 찍혀 있는 곳 반대편에는 드워프가 만들었다는 것을 증명하는 황실 보증서가 찍혀 있어 사람들에게 믿고 마실 수 있다는 신뢰감을 불어넣었다.

외관도 달라졌지만 무엇보다 사람들이 열광하는 가장 근본적인 이유는 맥주의 색깔과 맛.

그동안 두줄보리를 구하지 못해 변형된 맥주를 만들 수밖에 없었던 드워프 라거는 자신의 솜씨를 유감없이 뽐냈다.

기존의 맥주는 여섯줄보리의 부족한 전분질 때문에 감칠맛을 내기 위해 항상 홉을 섞어야 했다. 그것으로도 모자라 저온에서 오랫동안 발효시켜야 하는 하면발효(효모가 아래로 가라앉음) 공법을 썼다.

하지만 두줄보리를 사용하면서 홉을 쓰지 않았다. 숙성 방식도 하면발효보다 훨씬 숙성이 빠른 상면발효(효모가 위로 떠오름) 공법을 사용했다.

A&M 투자상단 입장에서는 원가도 절약하면서 생산성까지 향상되었으니 일석이조의 효과를 거두었다.

투명한 잔에 검은색에 가까운 맥주와 눈보다 더 하얀 크림 거품은 사람들의 발걸음을 자석처럼 끌어당겼다.

맥주가 워낙 맛있으니 식인 생선 요리도 별미처럼 보이

게 만드는 시너지 효과를 낳게 되면서 음식들은 날개 돋친 듯이 팔려 나가기 시작했다.

요리 동아리 여학생들은 노점상을 연 지 한 시간도 되지 않아 수량을 걱정해야 하는 상황까지 이르렀다.

"안나, 내일은 이천 개는 준비해야겠는데?"

"에휴. 너무 많이 팔려도 괴롭구나. 기사를 꿈꾸는 내가 꼬치나 굽고 있다니."

"조금만 힘내 줘. 네가 굽는 꼬치가 최고잖아."

"그런가? 헤헤."

에레나는 햇볕이 뜨거운 날씨 속에서 화로 앞에 쪼그리고 앉아 꼬치를 구워대는 안나에게 미안한 표정으로 말을 건넸다. 비 오듯이 흘러내리는 땀을 닦아 내던 안나도 에레나의 말에 힘이 나는지 꼬치를 굽는 손이 더욱더 빨라진다.

'저쪽은 잘하고 있으려나?'

에레나는 선거운동을 하느라 사람들에게 일일이 설문지를 돌리고 학생들의 말에 귀를 기울이는 폴과 케리에게 시선을 돌렸다.

"생각해 보니 고쳐야 할 것들이 한두 개가 아니군요. 제가 당선된다면 반드시 고치도록 하겠습니다."

"저기, 아카데미 학생이죠? 여러분이 이번에 당선되는 회장에게 바라는 점이나 꼭 고쳐 줬으면 하는 건의사항을 적어 주시겠어요?"

아카드는 기존에 없던 새로운 전략을 내세웠다.

후보가 유권자에게 공약을 내미는 것이 아니라, 유권자
가 바라는 공약을 받자는 전략이다. 학생들의 의견에 귀를
기울이는 후보, 학생들과 더 오랫동안 접촉을 함으로써 친
근한 후보를 모토로 내걸었다.

다른 후보 진영에서는 상상도 할 수 없는 전략이 통할 수
있었던 건 바로 노점상 때문이다.

더운 날씨에 줄서서 기다리면 지루하기 마련이다. 이때
인기가 많은 요리 동아리 여학생 케리와 MT 이후 주목을
받은 폴이 다가갔다.

다른 후보의 진영 같으면 공약을 설명해도 지루하고 재
미없게 여기겠지만, 줄 서느라 지치고 지루한 학생들에게
다가가자 생각 이상으로 좋은 반응을 얻었다. 몇몇 남학생
들과 여학생들은 빨리 자기에게 케리와 폴이 다가오기를
기다릴 정도였다.

노점상과 선거운동의 시너지는 최고였다.

문제는 시너지가 2시간밖에 이어지지 않았다는 데 있었
다.

"다 팔렸어요. 오늘은 매진! 내일 다시 들러 주세요. 죄
송합니다."

"하나도 안 남았어요? 나 1시간 동안 기다렸는데."

"맥주도 없나요?"

식인 생선 꼬치와 맥주가 완판된 것이다.

"줄만 서다가 끝나네."

"차라리 다른 노점상을 갈걸. 점심시간 다 끝났네."

학생들의 불평이 쏟아지고 있었다. 선거운동을 하던 폴과 케리의 안색이 점점 무거워졌다. 줄 서느라 시간 낭비했다는 생각에 화를 내는 학생도 있었다.

"안주가 다 떨어진 관계로, 지금까지 기다려 주신 손님들께는 사죄의 의미에서 반값에 맥주를 판매하도록 하겠습니다. 안주는 땅콩을 앞에 두었으니 양심껏 가져가 주시기 바랍니다."

아카드가 맥주 통이 담긴 수레를 끌고 나타났다.

갑자기 돌변한 소비자들의 행동에 당황한 폴과 케리의 얼굴이 활짝 폈다. 폴은 엄지까지 치켜들며 가슴을 쓸어내렸다.

'인간이 얍삽해. 한창 바쁠 때는 코빼기도 보이지 않더니 결정적인 순간에 등장하네.'

에레나는 아카드를 째려보다가 이내 표정이 부드럽게 바뀌었다. 예전처럼 무조건 부정적인 시선으로 보는 것이 아니라 아카드의 행동을 이해한다는 눈빛이다.

겉으로는 재수가 없고 얄밉지만 살아남기 위해 치열하게 보이지 않게 노력하는 아카드가 측은해 보였다.

"이대로 쉬고 있을 수는 없지."

에레나는 자리에서 일어났다. 음식을 준비하느라 진이 다 빠진 몸을 다독이며 선거운동을 도와야겠다고 결심했다.

"에레나 저기 가려고? 안 피곤해? 검술 훈련에 단련된 나도 힘들어 죽겠는데."

"한손이라도 거들면 다들 빨리 쉴 수 있잖아."

안나는 수상한 눈빛으로 에레나를 바라보았다. 그렇게 선거운동을 결사반대하던 애가 하루 종일 이상한 행동만 하니 의심의 눈으로 볼 수밖에 없다.

"너 이상해. 집에 무슨 일 있어?"

"아니야. 너랑 제이나는 오늘 하루 고생했으니 푹 쉬어."

에레나는 잠시 앞치마를 벗고 옷을 몇 번 털어 내더니 설문지를 돌리느라 분주한 케리 곁으로 다가갔다.

"남은 설문지 줘. 도와줄게."

"품위가 넘치는 에레나 양이 도와주겠다면 나야 좋지만……."

"빨리 끝내고 맛있는 거 먹으러 가자. 내가 쏠게."

에레나는 케리가 들고 있던 설문지를 들고는 맥주를 먹기 위해 줄 서 있는 사람들에게 다가갔다. 그녀가 친근하게 웃으며 다가가자 학생들은 난리가 났다.

"에레나 선배다!"

"선배님. 저도 설문지 받고 싶어요."

케리는 에레나의 모습을 우두커니 바라보았다.

예전 같으면 내심 섭섭했을지도 모른다. 자신에게 몰린 사람들의 관심을 뺏어 갔다고 작은 오해를 했을 것이다.

"우리 에레나 양은 점점 더 완벽해지는군요. 품격은 내가 앞선다고 생각했는데…… 배려까지 더해지니 제가 이길 수가 없네요."

케리는 조용히 중얼거렸다. 노점을 하느라 엄청 피곤할 텐데 선거 일을 도와주는 에레나가 너무 대견해 보였다.

"캬아아! 퉤! 역시 출신이 천한 것들을 어쩔 수 없네요. 우리가 선거를 도와준다고 할 때는 그렇게 거절하더니 이런 식으로 선거에 나올 줄은 몰랐습니다."

"이거 뒤통수 제대로 맞았는데. 이럼 우리 노블레스 클럽의 숙원이 미뤄질 텐데. 다시 연합이라도 해야 하나?"

저 멀리서 이 상황을 못마땅하게 지켜보는 이들이 있었다.

노블레스 2학년 대표 베로스와 3학년 대표 케네스.

그 둘은 폴이 회장 선거에 나가지 않겠다고 선언한 말을 철석같이 믿었다. 겉으로는 약속이 깨어지는 것에 안타까워했지만 내심 절호의 기회를 잡았다는 생각에 서둘러 후보를 내세웠다.

베로스와 케네스는 노점상의 성공을 불안한 시선으로 바라보았다. 방해를 하고 싶어도 에레나 때문에 건드릴 수가 없다.

"노점상이 우리 후보에게 얼마나 악영향을 미칠 것 같나?"

"꽤 많은 영향을 미칠 것 같습니다. 저기 보십시오."

케네스가 베로스의 손짓에 노점상 주변을 살펴보니 노블레스 클럽 학생들도 꽤 많이 보인다. 벌써 이탈자가 발생하기 시작한 것이다.

"저것들이. 답답해 미치겠군."

"걱정 마십시오. 제가 비장의 한 수를 준비했습니다. 투표 전날 후보 단독 연설 때까지만 참으십시오."

"에레나 양에게 피해가 가는 건 아니겠지? 에레나 양의 털끝 하나라도 다치면 우리는 루시르 님에게 모두 죽어."

"절대 에레나 양에게 피해 가는 일은 없을 겁니다. 다치는 건 한 사람이면 족하니까요."

케네스는 베로스가 쳐다보는 방향으로 시선을 돌렸다. 베로스의 시선 끝에는 폴이 학생들의 의견을 들으며 수첩에 열심히 무언가를 적고 있다.

"좋군. 좋아. 후보 단독 연설이 이번 주 금요일인가?"

"그렇습니다. 속이 타시더라도 삼 일만 기다리시면 저 천한 놈은 끝장 날 겁니다. 대신 제 공을 잊으시면 안 됩니다."

"걱정 말게. 학생회 임원 자리 중 하나가 자네 것이 될 거야."

케네스는 베로스를 격려한 뒤 맥주 통을 나르는 아카드를 보며 안타깝다는 표정을 지었다.

"맥주 맛이 꽤 일품이었는데 아쉽군. 아카데미 납품도 이번이 마지막이겠어."

*　　　*　　　*

금요일 오전.

폴과 요리 동아리 학생들이 아침부터 급하게 모였다. 평소와는 달리 그들의 눈빛에는 당황스러움과 분노, 좌절이 서려 있다.

요리 동아리 학생들이 참여한 노점상은 대박이 났다. 최고의 수익을 올린 결과 몇몇 식당 관계자들이 레시피를 팔아 달라고 난리를 칠 정도였다.

문제는 선거에 있었다.

어제 저녁부터 괴소문이 돌기 시작하더니, 오늘 아침 아카데미 신문에서 정식으로 괴소문을 게재했다.

페드릭 장군 차명 계좌의 주인이 학생회장 후보로서 자격이 있을까?

……라는 타이틀로 1면에 큼지막하게 나온 것이다.

"와, 이 자식들 너무하네. 어떻게 동아리 후배를 도와주지는 못할망정 뒤통수를 까?"

안나는 아카데미 신문을 던지며 신경질을 냈다.

"너무 뭐라고 하지 마십시오. 그들도 기자로서 임무를 다한 것뿐입니다."

폴은 자조적은 웃음을 지었다.

"그래도 투표 전날, 그것도 후보 단독 연설회가 열리는 아침에 이렇게 터트리는 건 아주 막되어 먹은 행동이라고요."

항상 교양 있는 말투를 사용하는 케리까지 흥분했다. 케리는 땡볕에서 고생한 것이 신문 쪼가리 하나에 물거품이 되어 버리자 많이 속상했다.

"아무래도 사퇴해야겠지?"

폴은 굉장히 아쉬운 표정을 말했다. 아카드의 반강요에

의해 출마를 했지만 선거운동을 하면서 사명감과 애정이 생겼다.

부당한 정책에 대해 하소연하는 학생들과 들어 줘서 고맙다는 학생들, 힘내라고 격려해 주는 학생들을 만나면서 힘든 줄도 모를 정도였다.

만약 자신이 학생회장이 된다면 반드시 고치겠다고 마음먹은 것들이 많은데 산산조각 나 버렸다. 가슴 한구석이 뻥 뚫려버린 것 같다.

"아카드 군은 어떻게 생각해요?"

에레나는 떨리는 목소리로 아카드에게 물었다. 이번 선거가 잘 안 되면 상단이 무척 어렵게 된다는 것을 누구보다 잘 알기에 여기 있는 그 누구보다 속상했다.

"내 생각이 중요한가? 후보로 나선 폴의 의견이 중요하지."

"그동안 너에게 신세진 걸 생각하면 계속하고 싶지만 이대로 가면 나 때문에 모두 피해를 볼 것 같아."

"돈? 그거 별로 중요한 거 아냐. 돈은 언제든지 벌 수 있지만 지나간 시간은 절대 잡을 수 없어. 지금 이 자리에서 가장 중요한 건 너! 너의 솔직한 마음을 듣고 싶어."

"난……."

폴의 눈에 요리 동아리 선배들의 얼굴이 한 명씩 들어온다.

자신보다 더 열심히 선거운동을 해 준 케리 선배.

남자인 자신보다 더 큰소리로 홍보해 준 안나 선배.

겉으로는 항상 자고 있는 것처럼 보이지만 밤에도 선거운동 할 수 있도록 말없이 마법 전구를 노점상 지붕에 달아 놓고 시치미 떼는 제이나 선배.

항상 솔선수범하면서도 조언을 아끼지 않고 위로해 주던 에레나 선배.

아버지 상단 일이 바빠 축제에 자주 얼굴을 보이지 않았지만 매번 시원한 차와 녹차케이크를 보내 준 피오라 선배.

폴의 마지막 시선은 아카드에게 향한다.

항상 차갑고 독설만 뱉어 내지만 보이지 않게 선거운동을 할 수 있게 뒷바라지해 준 친구이자 정신적 지주가 되어 버린 아카드를 똑바로 볼 면목이 없다.

"선거 접을까?"

"하고 싶어! 죽이 되든지 밥이 되든지 끝까지 하고 싶다고!"

"알았어. 운은 하늘에 맡기고 한번 끝까지 가 보자. 대신……."

"대신 뭐? 내가 뭘 하면 되는데?"

아카드는 갑자기 에레나를 쳐다보았다. 에레나는 손가락으로 자신을 가리키며 눈이 동그랗게 커졌다.

"폴. 지금까지 연습한 모든 연설문을 찢어 버리고 새로 만들어. 대신 에레나 선배에게 도움을 받아."

"2시간 후면 연설 시작인데 괜찮을까?"

"무조건 되게 만들어. 난 볼일이 있어서 먼저 나가지."

아카드는 울상이 된 폴을 남겨 두고 자리에서 일어났다. 아카드가 문을 열고 나가버리자 에레나는 황급히 뒤따라갔다.

"아카드 군, 불가능해요. 아무런 말도 없이 이런 게 어디 있어요?"

"나는 불가능하지만 선배라면 할 수 있어. 이렇게 부탁하지."

아카드는 몸을 돌리더니 에레나를 향해 허리를 숙였다. 에레나는 당황했는지 아카드의 상체를 세웠다.

"왜 아카드 군은 할 수 없는 걸 저는 된다고 생각하는 거죠?"

"나는 계획하고 밑그림을 그린 다음에 움직이는 사도(邪道)에 강하지만, 선배는 사람들이 흔히 생각하는 이상적으로 올바른 길만 걸어가는 정도(正道) 그 자체니까. 유권자의 마음을 움직이기 위해서는 나보다 선배의 도움이 꼭 필요해. 나중에 이 은혜는 꼭 보답하지."

"할 수 있을지는 모르겠지만 최선을 다할게요. 너무 큰 기대는 하지 마요."

에레나는 쑥스러운지 얼굴이 빨갛게 달아올랐다. 그러고 는 몸을 휙 돌려 동아리 방으로 들어갔다.

"역시 이용해 먹기 딱 좋은 성격이야. 친구 아니랄까 봐 두 사람이 똑같네. 이제 내 할 일만 남은 건가?"

에레나를 바라보며 미소를 짓던 아카드의 표정이 얼음처 럼 차가워졌다. 그는 주머니 속에서 매직폰을 꺼내더니 단 축키를 눌렀다.

"칼빈? 나 아카드. 첫 번째 임무가 생겼어. 한 시간 내로 사람 하나를 아카데미로 잡아 와야겠어."

아카드는 짧은 시간 동안 잡아 올 인물에 대해 간단히 설 명했다. 통화를 마친 그는 매직폰의 폴더를 닫고 이빨이 살 짝 보일 정도로 씩 웃었다.

에레나를 바라보던 미소와는 너무도 다른 잔인한 미소를 지으며 중얼거렸다.

"노블레스 클럽. 온실 속 화초 주제에 감히 나한테 싸움 을 걸어? 진흙탕 싸움 한번 해보자는 거지?"

*   *   *

"……."

"1학년의 어떤 후보는 양부인 페드릭 장군의 길을 가고 싶다고 했습니다. 그 말은 겉으로는 시민들에게 깨끗한 척 하면서 뒤로는 자신의 사심을 챙기겠다는 의미인 겁니다. 그러나 저는 다릅니다. 제가 학생회장이 된다면 투명하게 자금을 집행하고 장학금 확대와 도서관 증축 및 복지 시설 확대를 위해 열심히 일하겠습니다. 기호 6번 후보를 꼭 찍 어 주십시오."

짝! 짝! 짝! 짝!

학생회장 후보로 출마한 학생들이 차례로 단상 위에 올 라가 자신이 돋보이기 위한 온갖 자극적인 말과 허황된 공 약을 남발한다. 그러면서도 마지막에는 작정이라도 한 것 처럼 페드릭 장군과 폴을 연결시켜 강도 높게 비난했다.

"저 녀석들의 입을 확 찢어 버리고 싶어."

"품위 없이 마지막에는 꼭 폴을 공격하는군요."

"음모의 냄새가 풀풀 나는데. 내가 저 녀석들 중 한 명을 꼬셔서 알아봐 줄까?"

안나와 케리, 피오라와 제이나는 운동장이 훤히 보이는 언덕 위에 앉아 후보들의 연설하는 모습을 지켜보았다.

"폴, 준비 다 됐나요?"

"네. 외우긴 외웠는데 잘할 수 있을지 모르겠습니다."

"기존의 꾸미기에 치중한 연설문은 완전히 잊으세요. 솔직하게 가슴에 담긴 이야기를 하세요. 그럼 폴 군의 진심과 소신을 반드시 대중들이 알아줄 겁니다."

폴은 에레나를 향해 고개를 한 번 끄덕이고는 단상 위로 올라간다. 사회자에게 마법 확성기를 받아들고는 학생들을 향해 허리를 숙였다.

"이번에 임시 학생회장 선거에 출마한 후보 7번 폴입니다."

조용하다.

누구도 폴의 인사에 박수쳐주는 사람이 없다.

그 전의 후보들에게 형식적으로나마 치던 박수를 쳐주던 앞줄의 학생들도 관심 없다는 표정으로 폴을 바라본다. 몇몇 학생들은 '네가 무슨 핑계를 댈지 두고 보자.'라는 눈빛으로 폴을 쳐다보고 있었다.

"여러분들에게 저의 마음속의 이야기를 할 수 있는 날도 오늘이 마지막이네요."

"잔소리 집어치고 페드릭 장군의 차명 계좌에 대한 해명이나 해 보시지."

학생들 중 한 명이 폴의 이야기를 끊고 큰 소리로 다 들으라는 식으로 외쳤다.

"노블레스 소속 학생이군요. 무례하군요."

케리는 주먹을 쥔 채로 분한 표정을 지었다. 그녀는 폴이 밤을 새며 준비한 이야기는 시작도 못 했는데 한 명이 나서서 저렇게 잘라 버리니 너무도 화가 났다.

"왜 아무 말도 하지 않지? 부끄러운 줄 아는 모양이지?"

폴은 들고 있던 마법 확성기를 잠시 내리고는 눈을 감았다. 어깨가 들썩일 정도로 한숨을 크게 쉰 후 그는 다시 마법 확성기를 자신의 입에 갖다 대었다.

"오늘 아침…… 양부님이신 페드릭 장군님에 관한 내용이 실린 아카데미 신문을 보았습니다. 양부님이 개인적인 사리사욕을 챙기시기 위해 차명 계좌를 사용했다는 내용이었습니다."

에레나는 단상 바로 아래에서 폴을 바라보며 고개를 끄덕였다. 폴에게 잘하고 있다는 표정으로 양 주먹을 불끈 쥐어 보였다.

"저는…… 저는 신문에 실린 내용을 부정하지 않겠습니다. 사실이니까요."

"뭐야? 신문에 나온 내용이 사실이란 말이야!"

"당장 내려가라!"

학생들의 웅성거림 때문에 운동장이 소란스럽게 변했다. 설마설마했지만 본인의 입으로 직접 인정을 하니 충격이 가시지 않는 모습이다.

"양부님이 차명 계좌를 사용한 사실을 여러분들께 거짓

으로 속이고 싶지 않습니다."

"본인의 입으로 자백했군!"

"결국 페드릭 장군이 시민들 모두를 우롱했다는 거잖아!"

"하지만 페드릭 장군이 아니었으면 제국은 대륙 전쟁에서 패배했을 거야! 공은 인정하자고!"

"맞아! 치료소를 늘리고 전장 고아들을 위한 시설을 만드신 분도 그분이라고!"

폴의 솔직한 고백에 학생들끼리 설전이 오갔다. 색안경을 끼고 보던 학생들도 동정심이 생겼는지 페드릭 장군을 옹호하는 소리도 들린다.

"저 녀석이 하는 이야기를 제대로 듣기나 한 거야! 페드릭 장군의 모든 행동이 위선이라고 말하고 있잖아!"

노블레스 클럽에서 동원한 남학생이 폴을 향해 손가락질하며 소리쳤다. 학생들의 소란은 점점 더 커져갔다.

"이딴 선거가 뭐라고! 폴 군, 이제 그만 고개를 들어요!"

언덕 위에 있던 케리가 운동장으로 다가왔다. 고개를 숙이고 있는 폴의 모습을 더 이상 볼 수 없었는지 눈물을 글썽이며 소리쳤다.

"제 이야기 아직 끝나지 않았습니다!"

폴은 한 손으로 다가오는 케리를 막으며 학생들을 향해

소리쳤다. 그러고는 케리에게 안심하라는 눈빛을 보내며
그녀를 진정시켰다.

폴의 고함 소리에 학생들의 웅성거림이 거짓말처럼 잦아
들었다.

또 무슨 폭탄선언을 할까? 이제 변명을 할까?

학생들은 처음과 달리 폴의 입이 떨어지기만을 기다렸
다.

학생들의 시선이 처음으로 폴에게 집중되기 시작했다.

"10년 전, 아버지는 대륙 전쟁에 징병되어 돌아가시고
대출금을 갚지 못한 어머니와 여동생은 노예로 팔려갔습니
다. 저 또한 눈이 가린 채 어디론가 끌려가고 있었지요."

폴은 명치 부근에서 올라오는 뜨거운 뭔가를 계속 삼켰
다. 그는 눈물을 참기 위해 눈을 계속 깜박이며 가슴속에
묻어둔 이야기를 펼쳤다.

"신문에 나와 있는 내용처럼 희망도 없고 온통 깜깜한
세상에서 저를 구해 주신 분이 페드릭 장군입니다. 그리고
저는 이렇게 여러분 앞에 서게 되었습니다."

폴은 단상에 놓인 물이 들어있는 크리스털 잔을 들어 한
모금 마셨다. 감정에 복받친 마음을 조금이라도 가라앉히
기 위해서다.

"언젠가 아카데미 합격증을 보시고 좋아하시던 양부님

께 왜 저를 구하셨냐고 여쭈어 본 적이 있습니다. 양부님께서는 저를 한참 동안 가만히 보시며 한마디 하셨습니다."

학생들은 페드릭 장군의 마지막 한마디를 듣기 위해 폴의 입에서 눈을 떼지 못했다. 과연 페드릭 장군이 뭐라고 했을까를 상상하며 수많은 추측들이 학생들의 머릿속을 맴돌았다.

"인생 밑바닥까지 가 본 사람이 어려운 사람들을 도울 수 있지 않겠느냐며 저의 어깨를 두들기셨습니다. 그 뒤로 양부님의 밥상에 고기반찬을 구경한 적도 없습니다. 비싼 아카데미 등록금 때문입니다. 평소에도 월급을 쪼개어 고아원과 치료소에 기부하시던 분이 저의 등록금을 마련하기 위해 반찬까지 줄이시더군요."

"거짓말하지 마라! 차명 계좌는 어떻게 설명할 거냐!"

"여러분! 아카데미 등록금을 마련하는데 차명 계좌를 만들었다는 것이 말이 됩니까? 전부 거짓말입니다!"

학생들의 반응에 당황한 노블레스 클럽 학생들이 큰 소리로 학생들을 선동했다. 그들은 어떻게 해서든지 폴의 얼굴에 먹칠하기 위해 악에 바친 목소리로 목이 터지도록 외쳤다.

"제 출생 때문입니다. '혹시 노예였던 제 과거가 들통 나지 않을까?' 하는 걱정에 그분께서는 제 등록금을 당신이 납부하지 않으시고 저에게 통장을 내미셨습니다. 그러면서 절대 기죽지 말고 당당하게 다니라고 말씀하셨습니다."

폴의 안타까운 사연에 학생들의 입에서 탄성이 흘러나왔다. 아직 의심스러운 눈초리로 폴을 바라보는 시선도 있었지만 처음의 냉랭했던 분위기가 점점 풀리고 있었다.

"양부님을 사랑하시는 분들이 많다는 거 잘 알고 있습니다. 또 어떤 분은 큰일을 하시는데 뒷주머니 정도는 필요하지 않느냐고 너그럽게 넘어 가시는 분들도 계십니다. 하지만 전! 양부님께 필요악도 존재하는 거라고 배우지 않았습니다!"

쾅!

폴은 단상을 손으로 내리치며 큰 소리로 말했다.

'폴 군.'

케리는 폴의 모습을 보며 손으로 입을 막았다. 혼자 학생들의 편견과 맞서기 위해 자신의 어두운 과거를 밝히는 폴을 보며 울음이 터져 나올 것 같았다.

"MT 이후 임시 회장 출마를 권유하는 분들의 제안을 거절했습니다. 마음이 바뀌어 후보 등록을 한 이후에도 몇 번이나 출마한 것을 후회했습니다. 하지만 지금 처음으로 출마하길 잘했다고 생각했습니다. 여러분께 제 마음과 양부님에 관한 진실을 밝힐 기회가 생겨서입니다. 만약 제 말이 거짓이고 양부님의 부패가 드러날 시에는 아카데미를 떠나 겠습니다."

폴은 마법 확성기를 단상 위에 올려놓고 옆으로 옮겼다. 그는 학생들과 눈을 마주치며 큰 소리로 외쳤다.

"제발 어렵고 소외된 아카데미 학생들을 위해 일할 수 있도록 도와주십시오!"

운동장은 아무도 없는 것처럼 고요했다.

아카데미 학생들도 에레나도 케리도.

언덕 위에서 상황을 지켜보던 안나와 피오라, 제이나도 시간이 멈춘 것처럼 폴을 바라만 보고 있었다.

폴은 사회자, 소동을 막아 준 선도부 학생들에게 가볍게 고개를 숙이며 단상을 천천히 내려왔다. 폴의 얼굴에 핏기가 하나도 없었다.

"폴 군!"

계단을 내려오던 폴이 휘청거리는 것을 본 케리가 얼른 다가가 두 손으로 그의 몸을 부축했다. 두 사람은 그렇게 학생들의 시야에서 점점 사라졌다.

"거짓말! 거짓말이야! 다 꾸며 낸 이야기라고!"

노블레스 클럽 학생들이 학생들 사이를 휘저으며 분주히 움직였다.

학생들도 누구의 말이 사실인지 혼란스러워하는 표정이

다. 특히 아침에 대문짝하게 기사를 실은 신문 동아리 학생들은 학생들의 사실 여부를 묻는 질문에 곤혹스러워하고 있다.

"폴의 말은 사실입니다."

갑자기 단상 위에 한 남자가 등장했다. 그는 마치 자신이 후보인 양 자연스럽게 마법 확성기를 들고 학생들을 내려다보았다.

"누구야? 후보가 아니면 당장 내려와!"

"잠깐! 아카드 아냐?"

"아카드라면 신입생으로 전체 수석을 차지한 괴물 말하는 거야?"

"왜 저기에 있지?"

학생들은 단상 위의 아카드를 보며 의아한 표정을 지었다.

"여러분을 혼란에 빠뜨린 페드릭 장군의 일은 전적으로 노블레스 클럽과 제국은행, 4대 상단 중 하나인 루이스 상단의 모략입니다."

"어디서 그런 말도 안 되는 헛소문을 퍼트리는 거야! 당장 내려오라고."

"증거 있어? 증거 있냐고!"

아카드의 말에 노블레스 클럽 남학생들이 난리를 피웠

다. 한 남학생이 선도부 학생들의 제지를 뚫고 단상 위로 올라가자 30대 후반으로 보이는 남자가 앞을 가로막았다.

"당신…… 누구야? 여기는 학생이 아니면……."

"아가야, 팔다리 잘려서 인생 마감하고 싶지 않으면 조용히 내려가라."

삭발한 머리에 야수와 같은 인상을 가진 콧수염의 사내가 남학생의 멱살을 잡았다. 사내는 남학생에게 누런 이빨을 보이며 남학생의 귀에 대고 속삭였다.

"허헉! 죄송합니다. 내려가겠습니다."

남학생은 새파랗게 변한 얼굴로 허둥지둥 내려가다가 난간에 걸려 넘어졌다. 그러면서도 사내에 대한 공포가 고통보다 크게 느껴졌는지 허겁지겁 일어나 학생들 틈으로 사라졌다.

"칼빈. 데려와."

죽음의 부대라고 불리는 정찰부대에서 부대장을 맡으며 불사신처럼 살아남은 칼빈은 보상금 지급을 꺼리는 월슨 왕국 귀족들에 의해 감옥에 갇혔다. 하지만 총집사 블라디우스에 의해 탈옥한 후, 가족과 함께 노틸러스 제국으로 밀입국했다. 이후 메디아 가문에서 훈련을 받으며 아카드의 명령을 기다리다가 오늘 첫 임무를 받고 아카데미에 나타났다.

아카드의 눈짓에 사내는 운동장에 마련된 무대 뒤로 사라졌다. 칼빈은 별일 아니라는 표정으로 청년 한 명을 아카드에게 던지듯이 넘겼다.

"누구지? 어디서 많이 본 얼굴인데?"

"예전 루빈을 따라다니던 집행부 학생 아닌가?"

"맞아. 제국은행 부은행장의 아들이야."

학생들은 끌려온 청년의 정체를 기억해냈다. 중요한 일이 아니면 얼굴도 보이지 않는 전 학생회장 루빈 대신 학생회 일을 주관하던 학생이니 모를 수가 없었다.

"사회자 뭐해! 당장 저 녀석을 끌어내리고!"

"일단 이야기라도 들어 보자고!"

"선도부는 뭐 하고 있어!"

"저 녀석 노블레스 클럽 소속 아니야? 저렇게 흥분하는 걸 보니 수상한데."

학생들 사이에서 아카드를 끌어내리려는 의견과 이야기를 들어 보자는 의견이 팽팽하게 대립한다.

"어떻게 할까요?"

"원칙대로 하지. 저 학생을 끌어내리도록."

선거위원회에서 나온 사회자가 아카드를 향해 걸어갔다. 그들은 원칙에 대해 설명하며 단상에서 내려와 줄 것을 요구했다.

"진실은 밝혀져야 한다고 생각합니다. 제국 아카데미의 이념이 자유와 평등이라는 걸 모르시지는 않겠죠? 평등하게 모든 정보를 공개했으면 합니다."

한 여학생이 일어나 사회자에게 아카드의 발언을 허락해 줄 것을 요구했다.

여학생의 정체는 에레나.

사회자는 난감한 표정을 지었다.

에레나의 말을 무시하기에는 그녀의 인기와 배경이 두려웠다.

"딱 5분이면 됩니다. 안 되겠습니까?"

"5분이 지나면 마법 확성기를 코드를 뽑겠습니다. 알겠습니까?"

"감사합니다."

아카드는 칼빈이 데려온 집행부 학생에게 다가갔다. 그러자 집행부 학생이 뒷걸음치며 고개를 세차게 흔들었다.

"난 몰라! 아무것도 모른다고!"

아카드는 집행부 학생의 목을 감아 자신의 옆으로 당겼다. 학생들이 들을 수 없도록 단상 뒤쪽 벽으로 몸을 돌린 아카드는 집행부 학생만이 들을 수 있도록 작은 목소리로 말했다.

"에레나 선배를 납치하라는 지시는 루빈이 했지만, 직접 납치한 사람이 너라는 걸 클라우스 공작가에서 알면 어떻게 될까?"

"그 사실은 묻어 두기로 한 거 아니었어?"

"언제? 증거 있어?"

아카드는 천연덕스럽게 웃으며 말했다. 아카드는 어깨를 두들기며 그에게 선택을 종용한다.

"잘 생각해. 저 녀석들이야 네놈이 아카데미를 그만두면 그만이지만 클라우스 공작가는 달라. 쥐도 새도 모르게 죽일지도 몰라. 루시르 성격 잘 알잖아."

집행부 학생의 눈이 흔들렸다. 학생들 틈바구니에서 노블레스 클럽 학생들이 자신을 노려보고 있었다. '자료를 우리에게 넘겼다는 사실을 밝히면 가만히 두지 않겠다.'라는 표정으로 집행부 학생에게 눈을 부라리고 있다.

"사실대로 말해. 그럼 목숨은 살려 드릴게."

아카드의 속삭임에 집행부 학생은 몸을 부르르 떨었다. 마치 악마가 자신의 귀에 대고 속삭이는 것 같았다.

아카드는 마법 확성기를 집행부 학생에게 넘겼다. 집행부 학생은 떨리는 손으로 확성기를 받으며 아카드의 눈치를 보았다.

"3분 남았어."

아카드는 사회자 쪽으로 고개를 돌리며 재촉했다.

"페드릭 장군의 일은……."

집행부 학생의 떨리는 목소리로 페드릭 장군의 차명 계좌에 대한 고백이 시작되었다. 제국을 흔들고 있는 사건의 진실이 아카데미 운동장에서 밝혀지는 순간이다.

＊　　　＊　　　＊

투표 당일 저녁.

요리 동아리 방에서는 에레나와 안나, 피오라, 제이나가 초조하게 투표 결과를 기다리고 있었다.

"궁금해 미치겠네? 개표하는 곳이 본관이라고 했지? 확 쳐들어가 버릴까 보다."

안나는 뭐가 그리 답답한지 연속으로 물을 들이켜며 갈증을 달랜다.

"케리는 어디 갔어? 그렇게 선거운동 열심히 해 놓고 오늘 같은 날에 얼굴도 안 보이냐."

"케리. 신전 갔어."

"거긴 왜 갔어? 걔 종교도 없잖아."

"기도. 폴."

제이나가 귀찮은 표정으로 짧게 말했다.

제이나는 하루 동안 빌려준 회색 고양이에게 정신이 팔

려 전혀 관심이 없는 표정이다.

"답답해 죽겠네. 누구 개표하는 사람 중에 아는 사람 없어?"

"알고 싶어?"

피오라가 에레나와 안나를 바라보며 씨익 웃었다. 아는 사람이 있는 눈치다.

"예전에 나한테 작업 걸던 남학생 하나가 지금 열심히 투표지를 세고 있지."

"역시 능력자! 빨리 알아봐."

피오라는 매직폰을 꺼내 어딘가로 전화한다. 그런데 통화를 할수록 표정이 점점 어둡다.

"그래. 100표마다 결과가 나오는 대로 전화로 알려 줘. 보답으로 연극 한 번 쏠게."

통화를 마친 피오라가 매직폰을 닫았다. 그녀는 친구들을 바라보며 말하는 것을 망설인다.

"왜? 어떻게 되었는데?"

"100표 정도가 집계되었는데 노블레스 후보 표가 50표, 폴은 20표 정도 나왔나봐."

"아하. 완전 망했네."

"아니야. 아직 개표 초반이니 따라잡을 수 있어."

안나는 의자에 털썩 주저앉아 고개를 뒤로 젖혔다. 에레나도 실망한 표정으로 고개를 숙였다.

'상단은 어떻게 되는 거지? 반드시 폴이 당선돼야 상단도 살아남는데. 폴에게 솔직하게 고백하라고 한 나의 판단이 틀린 걸까?'

따르르르릉.

"노블레스 후보 80표, 폴은 35표. 알려 줘서 고마워. 계속 부탁할게."

"표가 더 벌어졌어. 역시 선거는 돈이라는 건가?"

안나는 축제기간 동안 자신의 노력이 수포로 돌아간 것 같아 크게 실망한 표정으로 말했다. 에레나도 안나 옆에서 수심이 가득한 표정으로 한숨만 쉰다.

그 시각 수도에 있는 작은 신전에서 케리는 십자가를 바라보며 성호를 그었다.

"누구에게나 기회는 공평하게 주어져야 하잖아요. 불행하게 살아왔던 그 사람의 얼굴에 웃음꽃이 필 수 있도록 도와주세요."

케리는 신에게 간절하게 빌고, 또 빌었다.

따르르릉.

"노블레스 후보 120표. 폴은 95표. 응?"

"잠깐만 뭐라고? 두 사람의 표 차이가 줄어들었잖아."

안나가 흥분한 듯 외치며 에레나를 흔들었다.

에레나도 몸을 일으키며 피오라를 쳐다봤다.

"정말이야?"

"응. 점점 두 사람의 차이가 줄어들고 있어."

"좋았어!"

탁!

에레나와 피오라는 서로의 손바닥을 마주쳤다. 순간적인 신체 접촉에 불과하지만 그 속에는 많은 의미를 담고 있었다.

'에레나, 미안해. 내가 너무 심했지?'

'피오라, 그동안 너희들의 의사를 듣지 않고 내 마음대로 결정해서 미안했어.'

두 사람은 말은 하지 않았지만 눈빛으로 서로에게 미안함을 담았다. 그 모습을 지켜보던 안나는 두 사람의 어깨를 껴안으며 몸을 흔들어댔다.

"조용. 우리 고양이 잔다."

제이나의 투정에도 세 여학생들은 어깨동무를 풀지 않았다.

그 시각 A&M 투자상단 고문 집무실에서 아카드는 창밖을 차분한 눈빛으로 바라보고 있다. 그는 폴이 연설하는 장면을 떠올리며 끊임없이 자신에게 질문했다.

'내가 폴이라면 어떻게 했을까?'

자신이라면 부은행장의 아들을 협박해 모든 후보의 약점을 알아낼 것이다. 약점을 손에 쥔 후, 자신을 공격한 후보를 약점으로 협박하여 사퇴시키거나 더 강한 폭로전으로 맞대응하는 방법을 선택했을 것이다.

'이번에는 에레나 선배에게 한 방 먹었군.'

얼음처럼 얼어붙었던 학생들의 마음이 움직이는 것을 보며, 폴과 에레나 선배가 선택한 진실이라는 키워드가 제대로 먹혔다는 것을 직감했다.

하지만 지금도 아카드는 자신의 방법이 틀렸다고 생각하지 않았다. 최악의 경우를 대비해 부은행장의 아들을 잡는 일이 시급했기에 잠시 에레나 선배에게 폴을 맡겼을 뿐이다.

"이제 페드릭 장군을 구하는 일만 남은 건가? 순진한 두 사람에게 어른들의 방법을 제대로 깨닫게 해 주지."

아카드는 책상에 놓여 있는 봉투를 만지며 입꼬리를 올렸다. 아카드는 매직폰을 꺼내 버튼을 눌렀다.

"루시르 경? 아카드입니다. 공작님이 아주 궁금해하실

문서가 제 손에 들어온 것 같은데, 공작님과 독대 가능하겠습니까? 되도록 제 일정에 맞춰서 약속을 잡아 주셨으면 합니다. 아쉬운 쪽은 그쪽이니까요."

아카드가 들고 있는 봉투에는 '제국은행 극비 문서'라고 붉은 글자가 선명하게 찍혀 있었다.

따르르릉.

피오라는 심호흡을 크게 한번 하고는 매직폰의 폴더를 열었다.

"어떻게 됐어? 재차 확인을 해 봐야겠지만 노블레스 후보 142표, 폴은 140표?"

기대하는 눈빛으로 피오라의 입만 바라보던 에레나와 안나의 어깨가 축 처진다.

단 2표 차이로 졌다는 말에 '좀 더 열심히 할걸.'이라는 후회감이 밀려온다.

문틈으로 신문 동아리에서 임시로 배포한 호외가 끼워져 있다. 안나가 문으로 다가가 호외를 살펴보니 '1번 노블레스 클럽 학생회장을 탈환하다!'라는 제목이 큼지막하게 실려 있었다.

그때 문이 열리며 폴이 죄인 같은 표정으로 동아리 여학생들 앞으로 다가와 고개를 숙였다.

"선배님들 죄송합니다!"

안나는 폴의 엉덩이를 툭 치며 머리를 쓰다듬었다.

"남자가 이만한 일로 고개를 숙이면 쓰냐. 힘내, 짜샤!"

"그동안 마음고생 많았지? 나쁜 기억들은 훨훨 털어 버려. 세상 살면 더 어려운 일 많다."

안나와 피오라가 웃으며 폴을 위로했다.

후보인 자신보다 더 열심히 선거운동을 해 준 선배들의 진심 어린 위로에 폴은 더 미안한지 어쩔 줄 몰라 한다.

"140표. 폴 군에게 표를 찍어 준 학생들을 절대 잊으면 안 됩니다. 그리고 힘내세요. 폴 군은 거짓 소문에 맞서 140표나 얻은 학생이에요. 절대 좌절하거나 실망하는 일이 없었으면 해요."

"에레나 선배님. 감사합니다. 한편으로는 저 같은 아카데미에 갓 입학한 신입생이 학생회장에 당선되지 않아 천만다행이라고 생각합니다. 그러니까……."

폴이 이야기하는 중에 아카데미 곳곳에 설치된 소리판에서 목소리가 흘러나왔다.

"이번 임시 회장 선거를 주관한 선거관리위원회에서 투표 결과를 알려드리겠습니다. 1차 집계에서는 1번 후보가 142표를 얻어 당선이 유력하다고 중간발표를 해드렸지만 실수로 인해 표가 바뀐 것이 확인되었습니다. 교수님들과 학교 직원들이 다시 한 번 검수를 한 결과 7번 후보 141표, 1번 후보 140표를 얻어 7번 후보가 당선되었음을 알리오니 착오가 없으시길 바랍니다. 다시 한 번 알려 드리겠습니다……."

에레나와 안나, 피오라와 고양이에게 정신이 팔려 있는 제이나까지 멍한 얼굴로 폴을 쳐다보았다. 폴도 자신의 귀를 후비며 한 번 더 선거관리위원의 말을 경청한다.

"거짓말."

피오라가 넋이 빠진 얼굴로 중얼거렸다.

"됐어! 됐다고!"

안나가 건물이 떠나갈 듯이 소리를 질렀다. 그녀는 폴의 등을 두들기더니 옆에서 혼이 나간 사람처럼 앉아 있는 에레나를 일으켜 방방 뛰었다.

"폴, 만세! 임시 회장, 만세!"

그녀들은 자신의 일처럼 좋아했다. 폴과 에레나, 안나와 피오라는 서로의 손을 잡고 동아리 방을 축제 분위기로 만들어 버렸다.

단 한 사람.

제이나만이 그들의 모습을 불만 어린 시선으로 바라보았다. 그녀는 고양이의 귀를 양손으로 막으며 투덜거렸다.

"이것들아, 시끄러워. 떠들면 고양이 깬다고."

Chapter 9.
아카드의 위기

　"티스 상단 녀석들이 갑자기 돈이 어디서 난 거야! 도대체 그들 뒤에 있는 놈이 누구야!"

　루이스 상단주는 앞에 가득 쌓인 돈을 보며 울부짖었다. 티스 상단에서 100만 골드를 가져 온 것이다.

　채권을 통해 티스 상단을 집어 삼키려는 루이스 상단주의 계략은 물거품이 되었다. 가장 큰 무기였던 채권은 원금을 갚아 버림으로써 휴지 조각이 되어 버렸다.

　더 이상 티스 상단을 압박할 수단이 없었다. 오히려 그들의 거래처를 매입했던 것이 차일드 상단에게 엄청난 부담으로 다가왔다.

"아무래도 티스 상단이 A&M 투자상단 놈들과 손잡은 거 같습니다."

"그놈들 보리 재고가 한 달 치 정도라고 하지 않았나? 네놈 보고에 따르면 지금쯤 보름치도 안 남았을 건데 티스 상단의 빚을 대신 결제했다고? 이 멍청한 새끼야! 상식적으로 말이 된다고 생각하나?"

차일드 상단의 루이스 상단주가 금속으로 만들어진 결제 서류첩을 상단주의 얼굴을 향해 던졌다.

"윽! 잘못했습니다. 다시 알아보겠습니다."

부상단주가 신음 소리와 함께 자신의 얼굴을 움켜쥐었다. 그의 움켜쥔 손가락 사이에서 핏물이 새어 나왔다.

"무슨 일을 이따위로 하는 것이냐! 지금 여기에 들어간 돈이 1,000만 골드가 넘어! 이 정도의 돈을 투자하고도 실패한다는 것이 말이나 되는 소리냐!"

"……."

부상단주는 면목이 없는지 고개를 들지 못했다.

"시간이 없다. 스탠 상단과 그루먼 상단 놈들이 눈치채기 전에 보여줄 만한 성과가 있어야 한단 말이다!"

"상단주님, A&M 투자상단의 실질적인 주인이라고 알려진 아카드라는 애송이를 처리해 버리는 건 어떨까요?"

부상단주 말에 루이스 상단주의 움직임이 멈췄다.

"흠. 일리가 있는 이야기야."

"만약 지분이 오고 갔다면 A&M 투자상단의 애송이만 죽이면 티스 상단도 가질 수 있고, A&M 투자상단도 저희 손에 들어오지 않겠습니까?"

"한 번에 두 마리 토끼를 잡자? 그런데 해적 놈들이 가만히 있을까?"

"증거만 남기지 않으면 됩니다. 예전에 이런 일을 대비해서 준비해 둔 것이 있습니다."

부상단주가 주머니에서 짙은 액체가 들어있는 유리병을 꺼냈다.

"얼마 전, 북쪽 상인에게 얻은 독약입니다. 북쪽에서만 서식하는 독초와 독사로 제조된 겁니다. 이 독이 몸에 들어가면 30분 안으로 몸이 마비되면서 죽습니다."

"해독의 가능성은?"

"절대 없습니다. 어떤 뛰어난 치료사가 와도 살릴 수 없습니다."

부상단주의 말을 듣고서야 루이스 상단주의 안색이 조금 풀어졌다.

"흔적을 남기지 않을 자신은 있고?"

"눈여겨봐 둔 녀석들이 있습니다. 전쟁터에서 굴러먹던 진 제국의 별동 부대 녀석들인데 진 제국으로 돌아가기 싫었는지 구시가지 뒷골목에서 왕 노릇하고 있습니다."

"한 번 써 먹고 죽여도 뒤탈 날 일은 없겠군."

"그렇습니다. 상단주님, 실행할까요?"

부상단주는 조심스럽게 루이스를 쳐다보며 물었다.

"이번에 실패하면 네놈도 죽은 목숨이야."

"목숨을 바쳐서 성공시키겠습니다."

"서둘러! 다음 주면 데이비스 상단주와 노스 상단주가 방문한다. 그 전까지 깨끗하게 A&M 상단의 애송이를 지워 버려야 해."

* * *

신시가지 상가 지구의 아침.

벌써 문을 열고 손님을 맞이할 준비를 끝내야 할 시간이 되었지만 2/3 이상이 굳게 닫힌 문을 열지 않았다. 대신 검은 옷을 차려입은 상단주들이 어디론가 향하고 있었다.

그들이 향한 곳은 제국은행의 건물 입구.

소로스 은행장의 독자 루빈의 장례식에 참여하기 위해 대륙의 수많은 상인들이 제국은행에 도착했다. 그들은 긴장 어린 표정으로 나직이 대화를 나누었다.

"고문님, 저 무서워요. 무사히 빠져 나올 수 있을까요?"

"우리가 죄인이야? 왜 무서워해?"

루빈의 죽음을 애도하기 위해 모인 사람들 중에는 아카드와 테디도 포함되어 있었다. 테디는 아카드의 손을 꽉 잡고 부들부들 떨고 있었다.

'이 사람 제정신이 아니야. 자신이 죽인 사람 장례식에 오는 게 말이 되냐고! 거기에 나는 왜 끌고 오냔 말이지!'

테디는 혹시나 사람들이 자기를 알아볼까 로브의 모자를 푹 눌러쓰며 아카드 곁에 딱 달라붙었다.

"누가 너 잡아먹냐?"

"사람들 눈에 띄지 말고 조용히 향만 꽂고 가는 거예요. 알았죠?"

"사내자식이 겁이 그렇게 많아서 어디다 쓸래?"

아카드는 자신의 소매를 잡고 따라오는 테디를 바라보며 피식거렸다. 계단에 오르니 부은행장이 조문객들을 맞이하고 있었다.

"누구신지?"

"A&M 투자상단의 고문, 아카드라고 합니다."

"뭣이!"

웅성웅성.

장례식에 참석한 모든 상인들의 시선이 아카드에게 향했다. 죽일 듯이 바라보는 시선과 호기심 어린 시선들이 자신에게 집중됨에도 불구하고 아카드는 표정 하나 바뀌지 않았다.

"출입 제한이라도 있는 겁니까?"

"그건 아니지만……."

오히려 아카드가 당당하게 나오자 부은행장이 안절부절 못하는 눈치다.

"부은행장님, 이분들은 제가 안내해 드리지요."

수많은 조문객들 중 짧은 머리의 청년이 호기심 어린 눈빛으로 아카드 일행에게 다가왔다. 그는 상냥한 목소리로 자신을 소개했다.

"제국은행에서 자문 역을 맡고 있는 밀튼이라고 합니다."

밀튼의 안내를 받고 제국은행 안으로 들어가자 제국은행 소속 기사들이 아카드를 죽일 듯이 바라보았다. 하지만 제국은행 자문인 밀튼의 제지에 함부로 손을 쓸 수 없었다.

그걸 아는지 모르는지 아카드는 어디 놀러 온 사람처럼 신기하게 제국은행의 내부를 관찰했다.

"여깁니다."

밀튼의 안내로 도착한 홀 정면에는 거대한 크기의 루빈의 초상화가 걸려 있고 아래에는 금과 보석으로 치장된 관이 놓여 있었다.

아카드는 차분하게 향로에 향을 꽂고 초상화를 잠시 바라보더니 고개를 숙여 묵념하는 자세를 취했다.

"빨리 나가요."

테디의 재촉에 아카드가 홀을 빠져나가려는 순간 기사들이 주변을 둘러쌌다.

갑작스러운 변화에 테디는 물론 상인들까지 웅성거렸다.

"은행장님께서 입장하십니다."

제국은행 소속 기사단장이 앞에 나와 큰 소리로 질렀다.

순식간에 상인들의 웅성거림은 사라지고 어마어마한 규모를 자랑하는 제국은행 홀이 바늘 떨어지는 소리까지 들릴 정도로 고요해졌다.

기사들의 부축을 받아 깡마른 반백의 노인이 걸어 들어왔다. 너무도 바뀐 은행장의 모습에 상인들은 자신의 입을 틀어막으며 비명을 삼켰다.

아들의 죽음에 대한 충격 때문일까?

회색의 수염을 날리며 상계를 호령하던 은행장의 모습은 사라지고 죽어 가는 고목나무처럼 변해 버린 은행장의 모습에 다들 실망 어린 눈빛으로 쳐다보았다.

상인들은 자신들의 미래를 맡기고 지켜줘야 할 지도자가 다 죽어 가는 노인의 모습으로 나타나자 실망스러울 수밖에 없었다.

소로스 은행장은 기사들의 부축을 받으며 상인들에게 다가왔다.

"삼가 고인의 명복을 빌겠습니다."

소로스 은행장과 악수를 나눈 상인들은 예의상 무릎을 꿇고 경의를 표했다.

"고맙네. 일어나게."

어느새 은행장은 제일 끝에 서 있는 아카드를 향해 다가왔다.

"처음 보는 인물인데. 누구지?"

"A&M 투자상단의 고문을 맡고 있는 아카드라고 합니다."

소로스 은행장의 눈에 광채가 번뜩거렸다. 은행장과 눈이 마주친 아카드의 얼굴이 굳어졌다.

"윽!"

엄청난 검은 기운이 아카드를 산산조각 내 버릴 기세로 휘감았다. 순간 아카드의 몸에 바람들이 모여들면서 검은 기운에 대항하기 시작했다.

누구도 끼어들 수 없는 숨 막히는 순간.

상인들도 아카드만큼은 아니지만 뭔가를 느꼈는지 무의식중에 긴장하고 있었다.

검은 기운에 맞서는 바람 정령들의 저항에 소로스 은행

장의 표정이 바뀌었다. 그는 의외라는 눈으로 아카드를 노려보다가 시선을 거두었다.

동시에 아카드 주변을 옭아매던 검은 기운도 서서히 엷어졌다.

아카드는 그런 은행장을 보며 식은땀을 흘렸다. 자신의 힘을 숨겨야 했지만 들키고 말았다.

―인간, 조심해라. 흑마법이다.

실리안의 목소리는 떨리고 있었다.

'뭐? 정말이야?'

―확실하다. 저 힘은 저주받은 일족의 힘이다.

처음으로 긴장하는 실리안의 모습에 아카드 주변을 둘러보았다.

우려 섞인 시선으로 은행장을 바라보는 상인들과 은행장이 쓰러질까 봐 마음을 졸이는 기사들.

'괴물이군.'

그들은 소로스 은행장의 진정한 힘을 모르고 있었다.

―계약자, 조심해라. 최소 7단계 마법사다.

'허……'

아카드는 그만 말문이 막혀 버렸다.

현재 마법사들 중 7단계에 다다른 인간을 누가 막을 수 있을까? 대체 얼마나 강하단 말인가?

정령의 힘을 얻은 후 시간만 지나면 누구에게도 지지 않을 정도가 될 수 있을 것이라고 확신했다. 정령사의 힘에 모건 백작의 검술이 더해지면 누구도 이길 수 있을 것이라고 확신했다.

하지만 오산이었다.

현존 최고의 마법사가 눈앞에 있었다.

아카드의 자신감은 소로스 은행장을 만나는 순간 산산조각 나 버렸다.

*　　　*　　　*

"네놈이 내 아들을 죽였나?"

"범인은 암살자인 것을 은행장님도 잘 아실 거라고 생각됩니다만."

"네놈과는 상관없다?"

"저는 루빈 선배의 공격을 죽도록 막은 것밖에 없습니다."

"좋아. 그 일은 잠시 미뤄 두도록 하지."

아카드는 은행장실에서 소로스와 독대를 나누고 있었다. 겉으로는 독대로 보이지만 강제로 끌려온 것이나 다름없었다.

미소를 띠며 자신을 노려보는 은행장은 전쟁터에서 만난 어떤 악귀보다 흉악해 보였다. 몇 마디 나누지도 않았는데 아카드의 온몸은 땀으로 범벅되어 있었다.

"모건 백작의 아들이라고 했던가?"

"그렇습니다."

"과연 그 아비에 그 자식이구나."

소로스 은행장은 감탄했다. 비록 약하게 보냈다고 하지만 평범한 인간이라면 미쳐 버릴 수도 있는 힘이었다.

지금은 사도의 제자 자격으로 은행장 자리에 있지만 자신의 기운을 견뎌낸 아카드가 기특했다. 반대로 아카드가 기특한 만큼 증오심도 타오르는 건 어쩔 수 없었다.

"그래. 상단을 차리고 월 상단 하나를 박살냈다고?"

"제가 손쓴 건 없습니다. 4대 상단의 이름에 취해 자만한 결과가 아닌가 싶습니다."

두려움 속에서도 아카드는 당당했다. 이래도 죽고 저래도 죽을 상황이라면 자존심 하나는 챙기고 싶었다.

"좋아. 그 일은 묻어 두도록 하지. 대신!"

은행장 집무실에 검은 기운들이 소용돌이쳤다. 소로스 은행장의 손에는 검은색 불덩이가 피어났다.

"상인의 길을 벗어날 시에는 네놈이 믿고 있는 가문까지 사라질 것이야."

"은행장님의 말씀 새겨 두도록 하겠습니다."

금방이라도 쓰러질 것 같은 아카드의 모습에 은행장은 마법의 기운을 자신의 몸속으로 흡수시켰다.

"이곳에 온 진짜 목적이 무엇이냐?"

"차일드 상단의 최근 행보에 대해 보고를 드리고 도움을 받고자 찾아왔습니다."

"뭐? 차일드 상단?"

아카드는 차분히 차일드 상단이 벌인 일련의 사건들을 설명했다. 보릿값의 폭등과 티스 상단의 일을 일목요연하게 설명하였다.

'역시 보통이 아니야. 제대로 하지 않으면 잡아먹히겠어.'

아카드는 조금도 긴장의 끈을 놓지 않았다.

차일드 상단의 만행을 설명하는 동안 상대의 빈틈을 찾기 위해 은행장의 표정을 살폈지만 무슨 생각을 하는지 읽을 수가 없었다.

"친절하게 나에게 설명하기 위해 여기 온 건 아닌 거 같고. 결국 하고 싶은 이야기가 무엇이냐?"

'승부다. 빙빙 둘러말해 봤자 상대의 화만 부를 뿐이다.'

아카드의 귓가로 땀방울 한 줄기가 흘러내렸다. 먹잇감

을 놓고 장난치는 것 같은 눈빛으로 자신을 쳐다보는 은행장을 향해 아카드는 승부수를 던졌다.

"제국은행이 차일드 상단의 전환사채를 보유 중인 거 알고 있습니다. 저에게 파십시오."

전환사채란 채권에서 지분으로 바꿀 수 있는 권리가 포함된 증서다. 채권 상태에서는 고정된 이자수익을 챙길 수 있고, 필요에 따라서는 지분으로 바꿀 수 있는 있었다.

그동안 제국은행은 사채라는 명목 하에 4대 상단으로부터 막대한 이자 수익을 챙겨 왔다. 그리고 제국은행의 명령을 거부하는 상단주가 있으면 채권을 지분으로 바꿔 상단주를 갈아 치웠다.

4대 상단이 제국은행의 명령에 꼼짝 못 하는 비밀이 바로 여기에 있었다. 전환사채라는 막강한 무기가 제국은행 손에 들려 있었기에 4대 상단은 충실한 종이 될 수밖에 없었다.

"어린놈이 장난이 심하군? 날보고 네놈이 차일드 상단을 집어삼키게 도와 달란 말이냐?"

"어차피 이대로 놔두면 차일드 상단은 엄청난 어려움을 겪을 게 분명합니다. 설마 그 엄청난 자금을 차일드 상단 자체적으로 조달해서 일을 벌였다고 생각하진 않으시겠지요? 그렇다면 은행장님께 실망입니다."

자신이 암흑의 기운을 풀자마자 금세 기고만장하게 이야기하는 아카드를 바라보며 은행장은 고민에 빠졌다.

'이놈들이 내 허락 없이 지들 마음대로 돈을 주고받았다는 이야긴가?'

처음으로 소로스 은행장이 불쾌한 감정을 드러냈다.

확인은 해 봐야겠지만 자신이 부재중일 동안 부은행장이 독단으로 대규모 자금을 집행하진 않았을 것이다. 그렇다는 것은 4대 상단 중 최소 한 군데 이상이 도와줬다는 것을 의미했다.

"차일드 상단이 망하게 되면 제국은행은 물론이고 나머지 4대 상단들도 연쇄적인 어려움에 처할 수 있습니다. 저는 그 어려움을 돕기 위해 은행장님을 찾아온 것이고요. 결정하십시오."

"내가 그 말에 겁이라도 먹을 줄 알았더냐? 4대 상단 따위는 망해도 관계없어. 다시 만들어 버리면 그만이야."

4대 상단 따위는 대수롭지 않게 여기는 은행장의 말에 아카드는 부르르 떨었다. 대륙의 경제권을 쥐고 있는 4대 상단을 동네 구멍가게 취급하는 은행장을 보며 과연 이길 수 있을까라는 생각도 들었다.

'은행장이 간절히 원하는 것을 알아야 해. 과연 원하는 것이 있기나 할까?'

좌절감이 머릿속을 잠식하려는 순간 빛줄기 하나가 순식간에 지나갔다. 어두워지던 아카드의 눈동자가 광채를 띠었다.

"화폐개혁법. 이 정도면 거래가 되겠습니까?"

"뭐!"

소로스 은행장이 처음으로 목소리를 높였다. 절대 감정을 드러내지 않는다는 소로스 은행장의 평정심이 깨졌다.

노틸러스 제국에서의 화폐개혁법은 역대 은행장들의 간절한 염원이나 다름없었다. 전염병과 혁명 등을 통해 노틸러스 제국을 흔들었지만 제국은행은 화폐개혁법을 통과시키지 못했다.

결국 사도들의 손을 빌려 대륙 전쟁까지 일으켰지만 그래도 화폐개혁법 통과는 쉽지 않았다. 암묵적인 파트너였던 클라우스 공작마저 윌 상단 일로 틀어져 버린 이상 반대에 부딪힐 게 분명했다.

"지금 나를 놀리려는 것이냐!"

"은행장님 입장에서는 손해 하나 없는 장사 아니십니까? 잘되면 제국을 쥐고 흔들 수 있는 힘이 생기실 테고, 만약 실패하더라도 그동안 은행장님과 적대적이었던 황실과 연을 맺을 수 있는 기회가 생기실 테고 말입니다."

"원로원이 아니라 황실을 움직이겠다는 이야긴가?"

중앙 귀족인 메디아 가문의 자식이 황실과 손을 잡을 뜻을 피력하자 놀란 표정을 지었다. 겁 없는 애송이 정도로 알았는데 상식을 깨는 발언에 칭찬에 인색한 소로스 은행장마저 감탄을 했다.

"제국을 암중에서 지배하는 능구렁이가 해적 따위의 부탁에 눈썹 하나 깜빡하겠습니까? 그렇지만 황실을 움직이고 은행장님께서 저에게 힘을 보태 주신다면 해 볼 만하다고 생각하지 않으십니까?"

아카드의 대담한 발언에 소로스 은행장이 묘한 웃음을 지었다. 자신 앞에서 이렇게 당당하게 요구할 수 있는 사람이 있었을까 싶을 정도로 탐나기도 했다.

"네 제안을 받아들이지. 전환사채를 넘기도록 하겠다. 됐나?"

"한 가지 더 있습니다."

"욕심이 과하면 오래 살지 못해."

소로스 은행장은 이글이글한 눈빛으로 아카드를 협박했다. 방금 전과는 비교할 수 없는 막대한 암흑의 기운이 금방이라도 아카드에게 덮칠 기세였다.

"방금 말씀하셨다시피 제국은행의 힘이면 차일드 상단 정도야 또 하나 뚝딱 만들어 낼지 누가 압니까? 그렇게 되면 고생은 고생대로 하고, 손해만 보는 장사 아니겠습니까."

"그래서?"

소로스 은행장이 땀을 흘리면서도 할 말 다 하는 아카드를 신기한 물건 보듯이 바라보았다.

"향후 10년간 곡물 시장에 참견하지 않는다는 보장을 해 주십시오! 그리고······."

"빨리 말하라. 금방이라도 네놈을 없애고 싶으니."

아카드는 능글맞은 표정을 지었다. 이미 상대가 미끼를 문 이상 절대 자신을 해칠 수 없음을 본능적으로 느꼈다.

"전환사채를 시세의 반값에 주십시오. 화폐개혁법에 차일드 상단 하나로 끝나기에는 제 손해가 너무 큽니다. 상인은 값이 맞아야 움직이는 동물 아니겠습니까?"

소로스 은행장은 어처구니없는 표정으로 아카드를 쳐다보았다.

지금껏 누구도 자신에게 이런 욕심을 부린 자가 없었다. 4대 상단주들도 자신이 쳐다보면 시선을 회피하기 급급했다.

'신선하군.'

자신의 아들이 생각나서일까?

소로스 은행장은 죽을 위기에서도 주도권을 놓지 않는 이 대담한 청년을 보며 자존심이 상한다는 생각은 들지 않았다. 오히려 재밌는 장난감이 생겨서 신기하다는 눈빛이다.

"애비를 꼭 빼닮았군."

소로스 은행장은 피식 웃으며 기분 좋게 고개를 끄덕였다.

*   *   *

지붕에 노란 불빛이 반짝이는 마차 한 대가 저녁의 선선한 공기를 가르며 클라우스 공작가를 향해 달려가고 있었다.

마차에 타고 있는 이는 아카드와 테디.

낮부터 시작된 소로스 은행장과 아카드의 협상은 밤이 돼서야 끝났다.

화폐개혁법을 통과시키는 조건으로 맺어진 밀약은 아카드에게 꽤 만족스러운 조건으로 끝낼 수 있었다.

조문을 마친 아카드는 곧바로 클라우스 공작가로 향했다. 화폐개혁법을 통과시키기 위해서는 원로원의 도움이 절실히 필요하기 때문이다.

물론 아카드의 손에는 클라우스 공작가가 탐내는 먹잇감이 놓여 있었다. 바로 곡물 시장의 지배자라 불리는 차일드 상단의 소유권.

아카드에게 차일드 상단은 뜨거운 감자에 불과했다.

어차피 수익은 작지만 엄청난 자금을 요구하는 곡물 시장 따위는 아카드의 의중에 없었다.

하지만 클라우스 공작이라면 이야기가 달라진다.

대대로 농장을 소유하고 이를 바탕으로 부를 이룬 중앙 귀족들의 손에 차일드 상단이 쥐어진다면 사자에게 날개를 달아 줄 것이 분명했다. 중간 마진을 없애고 생산부터 유통까지 한꺼번에 끝낼 수 있다면 수익은 몇 배로 오를 것이다.

아카드는 차일드 상단의 소유권을 클라우스 공작에게 팔고 그 자금으로 전환 사채를 구입할 생각이었다.

"누가 업어 가도 모르겠네."

조문을 마치고 택시를 올라타자마자 테디는 곯아떨어졌다. 제국은행 입구에서부터 아카드가 독대를 마치고 내려올 때까지 계속된 긴장 때문인지 아무리 깨워도 정신을 차리지 못할 정도였다.

'기다리지 말고 먼저 들어가라니까 끝까지 고집 피우더니.'

생각은 그렇게 하면서도 아카드는 믿음직한 표정으로 테디를 쳐다보았다. 죽일 것처럼 달려드는 사람들 앞에서도 자신의 곁을 떠나지 않는 테디를 떠올리며 피식 웃기도 하였다.

"애인분이 아주 미인이십니다."

택시를 몰던 마부가 테디를 보며 미소를 보내왔다.

"남잡니다."

"정말입니까? 하아. 안타깝네요. 여자로 태어났으면 엄청난 미인이 되었을 텐데."

나이가 많은 마부는 탄성을 지으며 아깝다는 표정을 지었다.

"제 딸이 손님 친구분의 반만 닮았으면 소원이 없겠습니다."

"따님이 들으시면 섭섭해할 겁니다."

후덕한 인상의 마부가 껄껄 웃었다.

"괜찮습니다. 이미 애가 둘이나 딸린 아줌맙니다. 그나저나 손님은 애인이 없으십니까? 말만 걸어도 여자들이 술술 넘어올 것 같은 인상이신데."

"아직까지 여자에 신경 쓸 여유가 없습니다."

"친구분이 너무 아름답게 생겨서 다른 여자는 눈에 들어오지도 않겠습니다. 저분이 여자였으면 손님과 잘 어울리셨을 거 같은데."

아카드는 마부의 말에 대답하지 않고 웃고만 있었다. 그러고는 창문 밖을 바라보며 아카드는 조용히 중얼거렸다.

"여자 친구는 모르겠고 여동생이라면 심심하지는 않아서 좋을 것 같군요."

아카드는 자신이 말해 놓고도 말도 안 되는 상상이라며 손을 휘저었다. 그러고는 창밖으로 고개를 내어 피식거리는 웃음소리를 바람과 함께 흘려 버렸다.

* * *

"대장님, 놈이 온 것 같습니다."

신시가지 상단 지구에서 귀족 지구 사이에 있는 가로수 나무 사이에서 망을 보고 있던 남자가 옆에서 풀을 깔고 편하게 누워 있는 남자에게 알렸다. 하지만 누워 있는 남자는 미동도 하지 않았다.

"대장님, 어떻게 할까요? 지금 덮칠까요?"

누워 있던 남자가 짜증스러운 표정으로 허리를 일으켰다. 그는 얼굴에 나있는 흉터를 만지작거리며 주변을 둘러보았다.

빽빽이 들어서 있는 가로수 사이에서 세 명의 남자가 모습을 드러냈다. 대장이라고 불리는 남자에게 고개를 숙이고 있었다.

"검술이나 마법도 못 하는 애송이라고?"

"네. 의뢰인이 준 정보에 의하면 아주 어린 상인이라고 합니다."

"참, 이제 별걸 다 시키네. 지난번에는 어떤 영주를 죽이라고 하더니 이번에는 상인? 그것도 약해 빠진 어린놈 하나를 죽이기 위해 우리를 부른단 말이야?"

대장이라는 자의 짜증스러운 목소리가 고요한 수풀에 울려 퍼졌다.

"상놈의 자식! 제국의 신분증만 손에 넣으면 두고 보자. 그때는 그 녀석의 얄미운 면상을 갈기갈기 찢어 주지."

대장이라는 자가 제국 신분증을 빌미로 자신에게 명령을 내리는 상인의 얼굴을 떠올리며 이를 갈았다. 그는 흙더미에 꽂힌 녹슨 칼을 뽑으며 부하들에게 명령 내렸다.

"오늘 새로운 피난민들이 유입된다고 하니 얼른 끝내고 계집 속살이나 구경하러 가자."

대장의 말에 다른 네 명의 남자들은 낄낄대며 각각 단도, 창, 도끼, 석궁을 꺼냈다. 그리고는 투명한 유리병 속의 녹색 액체를 각자의 무기에 바르기 시작했다.

잠시 후, 진 제국에서 밀입국한 탈영병들은 오전에 미리 봐둔 나무들 사이로 흩어져 대장의 신호가 떨어지기만 기다리고 있었다.

수도 그라프의 밤은 아직도 칠흑같이 어두웠다.

갑자기 나타난 사내들로 인해 마차는 박살 나고 마부는 화살촉에 목이 뚫려 그 자리에서 즉사했다.

배후에서 쫓아오는 사내들을 피해 아카드는 테디를 업고 상단 지구까지 되돌아왔다.

"저것들 정체가 뭐야? 제국은행? 아니야. 그들이 보냈다고 하기에는 너무 어설퍼. 그럼 윌 상단의 잔재들인가? 그것도 아니면 차일드 상단에서 보낸 자객들?"

아카드의 머릿속이 복잡하게 돌아가기 시작했다.

혼자라면 금방이라도 도망칠 수 있을 것 같은데 문제는 테디였다. 바들바들 떨고 있는 테디의 공포가 아카드의 등으로 고스란히 전해졌다.

"괜찮아. 괜찮을 거야."

"힘들지 않아요? 저 내려주세요."

"업고 가는 게 빨라."

테디는 아카드의 말에 반박할 수가 없었다. 아카드는 일반인이라면 상상도 할 수 없는 빠른 속도로 건물들 사이로 도망치고 있었다.

'마법사? 기력을 사용하는 기사?'

테디는 아카드에게 묻고 싶은 게 많았다. 그러나 추적자들을 피해 미친 듯이 달리는 아카드에게 물어볼 엄두도 나지 않았다.

'이 상황을 어떻게 빠져나가야 하지?'

아카드는 바람의 힘을 이용해 적들의 추적을 금방 벗어날 수 있을 것 같았다. 하지만 어떻게 알았는지 도망가는 길목마다 한 명씩 나타나 아카드를 추격한다.

조금이라도 멈추면 둘 다 위험하다는 생각에 온몸에는 식은땀이 흐르고 그의 몸에 맴도는 정령의 힘은 점점 빠져나간다.

'이럴 줄 알았으면 날 잡아서 수련이라도 하는 건데. 너무 안일했어.'

─사기꾼 인간아, 그걸 이제 알았냐? 저런 허접들에게 바람의 정령 실리안 님이 도망쳐야 하다니. 울고 싶다, 울고 싶어.

실리안은 투정을 하면서도 어디선가 날아오는 화살을 바람의 힘으로 걷어 내고 있었다.

'일대일은 약한데 치고 빠지는 솜씨가 예사롭지 않아.'

적들은 강했다. 처음 만난 적과 손을 한 번 섞어 보고 곧바로 알았다.

아카드가 바람의 돌풍을 날리자마자 달려온 적은 곧바로 거리를 벌렸다. 아카드의 공격은 수포로 돌아갔고 이후 적은 도주로를 차단하며 최대한 시간을 끄는 모습이다.

지금까지 만난 적은 어둠 속에서 석궁을 쏘는 적까지 포함해 네 명이었다. 그들은 한 방향의 도주로만 허락하면서 아카드의 길목을 철저히 막고 있었다.

'절대 아마추어가 아니야. 분명 군에서 특수교육을 받은 프로들이다.'

지금까지 만난 적들은 한 치의 오차도 없이 인간의 급소만 파고들었다. 석궁을 쏘는 적의 위치를 모르는 이상 기습 공격도 불가능하다.

'이대로 도망만 치다가는 적들의 농간에 놀아나는 것밖에 안 되는데? 주변 건물들이 전부 상단이라 도움을 요청할 사람도 없고.'

상단 건물의 모든 불이 꺼져 있기에 새벽에는 치안대 감시도 전무하다.

'내가 달려들면 적들은 길목을 막으면서 도망치고, 내가 도망치면 적들은 추격한다? 그럼 내가 멈추면?'

아카드는 갑자기 발을 멈췄다.

추적자들의 발소리도 점점 가까워진다.

아카드는 재빨리 실리안에게 대화를 걸었다.

'너 특기가 뭐야?'

―이 바람의 정령님으로 말할 것 같으면…….

'요점만 간단히.'

―방어. 어떤 공격도 다 막아 줄 수 있다. 단 네놈이 가지고 있는 정령의 힘이 소진될 때까지만 가능하다.

'실리안. 내가 싸울 동안 테디를 보호해야 하는데 좋은 수가 없나? 바람의 중급 정령 실리안이라면 뭔가 좋은 수가 있을 것 같은데.'

―싸가지! 드디어 나의 위대함을 깨달았구나. 한 가지 방법이 있지. 바람의 장막이라고 죽이는 보호막이 있긴 한데…….

'그런데? 빨리 말해 봐.'

―장막이 유지되는 동안 싸가지가 가지고 있는 쥐꼬리만 한 정령의 힘이 줄어들 텐데. 쓸 거야?

아카드는 고개를 끄덕이더니 테디를 번쩍 들었다. 그리고는 가로막힌 벽 코너에 테디를 내려놓았다.

"고문님, 갑자기 왜?"

"여기 꼼짝 말고 있어. 네가 움직이면 내가 위험해. 알겠지?"

"제가 치안대에 달려가서 알리면……."

"그럼 너까지 위험해. 여기서 가만히 있는 거야. 피곤하면 자도 되고."

"지금 농담할 때예요?"

"지루하면 기도라도 하든지. 실리안."

아카드는 테디에게 여유로운 미소를 보이며 말했다.

"이길 수 있어요?"

"내가 언제 지는 싸움 하는 거 봤어?"

테디는 고개를 끄덕이며 아카드의 재킷에서 먼지를 털고 옷매무새를 가다듬어 주었다. 아카드도 테디가 하는 행동을 가만히 지켜보고 있었다.

"실리안, 시작해."

테디는 아카드가 등을 보이고 걸어가자 손을 뻗어 보았지만 바람에 의해 막혀 버렸다.

신기하게도 도시에 머물던 바람들이 테디 주위로 몰려들었다. 살아 있는 생물처럼 모여든 바람은 테디가 움직일 수 있는 최소한의 공간만을 남겨 두고는 주변을 완전히 차단시켜 버렸다.

아카드는 그 모습을 보니 안심이 되었다. 그는 적들이 오기만을 기다렸다.

"이제 포기했나 보지?"

"진작 포기했으면 서로 힘들게 뛰어다니지도 않고 좋잖아?"

시커먼 복장의 괴인들이 서서히 모습을 드러냈다. 그들은 막다른 벽 앞에 서 있는 아카드를 보며 비웃어댔다.

"왜? 우리가 겁나서 그래? 그래서 쳐다보지도 못하는 거야?"

아카드는 조용히 눈을 감고 있었다. 정신을 집중한 채 실리안과 이야기를 나누고 있었다.

'실리안. 저놈들 공격을 얼마만큼 막을 수 있지?'

'처음 만났던 도끼 들고 설치는 놈을 기준으로 하면 대략 10분? 저기 있는 시커먼 인간 놈들이 도끼 든 놈의 실력과 비슷하다면 5명의 공격을 10분 동안 막아 줄 수 있어.'

아카드는 천천히 눈을 떴다. 그는 어린아이를 앞에 둔 어른처럼 가소롭다는 눈빛으로 괴한들을 바라보며 입을 열었다.

"내가 왜 네놈들 같은 전쟁 쓰레기들에게 겁을 먹어야 하지?"

"맨주먹으로 덤비시려고? 귀하게 자라신 도련님."

그때 녹슨 검을 든 괴한들의 대장이 앞으로 나오며 아카드에게 비웃음을 흘렸다. 대장의 말에 뒤쪽에 있던 괴한들의 웃음소리가 터져 나왔다.

"얘들아, 끝내자!"

대장의 명령에 뒤쪽에 있던 괴한들이 자신들의 무기를

꺼내 들었다.

아카드는 그들의 모습에 전혀 겁을 먹지 않았다. 오히려 편한 마음으로 자신이 가지고 있는 정령의 힘을 천천히 개방했다.

그리고 전투는 시작되었다.

아카드는 바람의 힘을 이용해 물 흐르듯이 괴한들 사이를 단숨에 파고들었다.

왼손으로는 돌풍을 일으켜 괴한들의 진영을 무너뜨리고, 오른손으로는 가장 만만해 보이는 석궁을 겨누는 놈의 턱을 가격하려고 했다.

하지만 녹슨 칼을 든 대장이 그 앞으로 가로막고, 뒤쪽에서는 창을 든 괴한이 길이를 이용해 공격해 왔다. 아카드가 이대로 돌진한다면 뒤쪽에서 날아오는 창의 공격에 뒤통수가 완전 무방비 상태가 된다.

아카드는 순간적으로 움직임을 멈추고 처음 마주쳤던 도끼든 괴한으로 목표를 바꿨다. 오른손으로 괴한의 도끼를 치켜든 손을 비튼 후 왼손으로 그의 복부를 강타했다.

"으아악"

복부로 파고든 아카드의 왼손에서 돌풍이 튀어나오면서 도끼를 들고 있던 괴한은 저 멀리 날아가 버렸다.

"한 놈 처치! 다음 놈!"

아카드가 괴한들에게 외치는 순간, 옆에서 날카로운 소리와 함께 레이피어가 엄청난 속도로 아카드의 옆구리를 파고들었다.

아카드는 순간적으로 몸을 한 바퀴 돌려 여기저기 빠른 속도로 찔러대는 레이피어를 흘려보내려 했지만 늦었는지 입고 있던 검은 슈트의 옷자락이 뜯겨 나갔다.

'다 막을 수 있다며? 이깟 레이피어 하나 못 막아?'

─싸가지! 내가 네 옷까지 막아 줘야 해? 찢어진 곳을 봐봐. 상처 하나 없잖아.

바람의 중급 정령 실리안의 말은 사실이었다. 아카드는 옆구리를 힐끗 살펴보다가 찢어진 곳에 상처가 없는 것을 보자 마음이 편안해졌다.

"네놈. 혹시 바람 계열 마법사냐?"

"그건 지옥 가서나 알아보시고."

"이러면 약속이 다른데. 세 배는 받아야겠어."

즉사한 부하의 복부에 구멍이 뻥 뚫린 것을 착잡하게 바라보던 괴한들의 대장이 들고 있던 녹슨 칼을 흔들었다.

피피피핏.

괴인들의 대장 손끝에서 흘러나온 검은빛이 손잡이에서부터 검날까지 타고 올라간다. 검날에 덕지덕지 붙어 있던 붉게 녹슨 흔적들이 검은빛이 지나가자마자 먼지처럼 흩어지기 시작했다.

―사기꾼, 조심해라. 저놈 기력을 쓸 줄 아는 검사다.

'얼마나 버틸 수 있지?'

―저놈 혼자 기력을 쓴다는 가정하에 버틸 수 있는 시간은 3분. 그것도 나니까 가능한 거야. 넌 나에게 감사해야해.

아카드는 입술을 꽉 깨물었다.

기력을 쓸 수 있는 검사는 일반적인 사람과 차원이 다르다. 검에서 무형의 기운을 발산할 수 있기 때문에 무기를 보고 거리를 가늠하는 것이 불가능하다.

'일단 나머지 두 놈을 먼저 처치해야겠어.'

괴인들의 대장이 고개와 어깨를 건들거리며 아카드에게 다가왔다.

"마법 하나 믿고 설친 거 같은데, 우린 네가 상대한 애송이들과 차원이 달라!"

괴인들의 대장은 가소롭다는 듯이 외치며 아카드를 향해 팔을 뻗었다. 순식간에 아카드 코앞까지 검은색 아지랑이가 달려들었다.

'저놈과 나와의 거리가 대충 2미터, 들고 있는 칼의 길이가 1미터 30센티 정도. 그럼 검 밖으로 뿜어낼 수 있는 기력의 크기가 10센티쯤 되는 거 같네. 실력은 B급 기사

정도 되겠네.'

정령사를 제외한 마법사와 기사는 마나와 기력에 따라 랭크가 매겨진다.

자신의 몸속에 쌓여 있는 기력을 무기에 시각화할 수 있으면 B급, 무기의 길이만큼 기력을 뽑아낼 수 있으면 A급 검사로 인정한다.

S급 검사는 기력을 화살처럼 무기 밖으로 쏘아 보낼 수 있다고 전해지는데 드래곤이 존재하던 고대 시대 이후 한 번도 등장하지 않았다고 전해진다.

아카드는 몸을 굴려 괴인 대장과의 거리를 벌렸다. 아카드는 대장이 아닌 석궁과 창을 들고 있는 괴인을 향해 양손을 뻗어 돌개바람을 일으켰다.

한 손으로 일으킨 돌개바람은 즉시 시전이 가능한 반면에, 양손으로 일으킨 돌개바람은 완성되는 데 시간이 필요했다.

'이것으로 두 놈을 동시에 노린다.'

그러나 괴인들의 대장이 그 모습을 가만히 지켜볼 리가 없었다.

"완성하게 둘 거 같으냐! 어림없다!"

괴인들의 대장이 칼에 검은 기운을 풀풀 날리며 아카드의 정면으로 달려들었다. 대장의 등 뒤에서는 화살이 빛과 같은 속도로 집중하고 있는 아카드를 향해 날아갔다.

극적으로 완성된 두 개의 돌개바람이 아카드의 손을 떠났다. 동시에 아카드는 오른쪽 팔목에 생겨난 회전하는 바람으로 칼을 받아 내고 왼손으로는 바람을 일으켜 눈앞까지 다가온 화살의 방향을 비틀었다.

다행히 두 명을 동시에 처치하려는 시도는 성공했는지 석궁과 창을 들고 있던 괴인들이 돌개바람에 의해 공중으로 떠올랐다가 푹 소리를 내며 차가운 바닥에 쓰러졌다.

공격도 성공했고 바로 앞에서 내리치는 칼을 막았다고 생각한 것도 잠시, 검은색의 기운을 머금고 칼이 아카드의 팔을 살짝 파고들었다.

―야. 싸가지. 더 이상은 무리. 3분이 훨씬 지났어.

'할 수 있어. 고작 저런 녀석들에게 질 것 같으면 정령사가 되지도 않았어!'

―더 이상 정신력을 쓰면 너 미칠지도 몰라.

'난 바람의 정령 실리안의 능력을 믿어.'

―아! 미치겠네! 잘 들어. 원래는 계약자의 정신이 깨어 있을 때는 절대 사용하면 안 되지만, 어쩔 수 없이 계약자를 살리기 위해 너의 신체를 내가 제어할 거야. 알겠어?

'그럼 이길 수 있지?'

―나도 몰라. 네놈의 정신력이 거의 바닥이라 장담하지

못해. 대신…….

'어차피 공짜는 없어. 내 신체를 제어하는 대가가……
윽!'

갑자기 아카드의 팔 한쪽이 축 늘어졌다. 괴인들의 대장
이 휘두른 칼이 파고든 팔의 감각이 사라진다.

'정령의 힘을 회복할 때까지…… 잠깐만, 이게 뭐야! 독
이잖아. 미치겠네.'

실리안도 계약자의 신체에 빠르게 퍼지는 독 기운을 감
지했다. 팔목에서 시작된 독이 신경을 마비시키면서 어깨
까지 올라간다.

아카드는 무너지듯 바닥에 쓰러지면서 웃고 있는 괴인들
의 대장을 올려보았다.

그러자 괴인의 대장이 다가오며 비웃음을 흘렸다.

"도련님, 여기는 애들 놀이터가 아니야. 생과 사가 결정
되는 현장이라고. 좋은 말로 했을 때 죽어 줬으면 우리도
피해를 보지 않고 좋았잖아?"

남자는 비릿한 웃음을 지으며 칼을 치켜들었다.

아카드는 자신의 신체가 마비되는 가는 것을 보며 움직
일 수가 없었다.

한쪽 팔이 완전히 마비되어서인지 일어서려고 하는데 몸
의 균형이 잡히지 않았다.

괴인의 대장의 칼이 자신을 향해 다가오는 것이 보였다.

그것도 아주 천천히.

신체는 점점 마비되어 가고 있는데 칼의 속도는 점점 느려지고 있었다.

칼이 느리게 보일수록 아카드의 의식도 점점 꺼져 가고 있었다. 마치 세상이 온통 검은색인 것처럼 아카드의 눈에는 아무것도 보이질 않았다.

아카드의 정수리까지 내려온 칼은 거짓말처럼 머리카락 몇 개를 잘라내는 수준에서 멈췄다.

"이게 인간의 독인가? 참 살다 살다 인간의 독을 체험해 보는 정령은 나밖에 없을 거야. 인간은 이래서 안 돼."

아카드의 검은 눈동자가 회색으로 바뀌었다.

계약자의 의식을 차지한 실리안은 머리 위에서 멈춘 칼의 주인을 차갑게 바라보았다.

"이 독에는 해약이 없다고 들었는데 움직이는 걸 보니 놀랍군."

괴인들의 대장은 진심으로 경탄했다.

동시에 아카드를 보는 눈동자에 경계심이 가득했다.

"계약자가 비리비리한 관계로 시간이 얼마 없거든? 그러니까 전부 다 덤벼!"

"미쳐도 단단히 미쳤군. 가만히 있어도 죽을 놈이 허세를 부리시겠다?"

창을 들고 있는 마지막 남은 괴인이 날이 밝아 오는 것을 보며 자신의 대장을 향해 외쳤다.

"대장님, 시간이 없습니다. 곧 치안대가 순찰할 시간입니다."

"좋아. 패기가 마음에 들어."

괴인들의 대장이 아카드를 향해 웃더니 동시에 발을 내디뎠다. 아카드의 신체를 통제하는 실리안이 피할 틈도 없이 단단한 어깨가 파고들었다.

아카드의 신체는 돌덩이 같은 충격에 실이 끊어진 인형처럼 뒤로 넘어졌다.

"애송아, 대륙 전쟁에서 남쪽 놈들이 왜 당했는지 알아?"

괴인들의 대장은 아카드를 향해 여유롭게 걸음을 옮겼다.

"남쪽 놈들이 기력으로 무기나 강화하고 있을 때, 진 제국에서는 모든 신체를 강화할 수 있는 기술을 깨우쳤지. 숙련도에 따라서는 어떤 신체 부위도 강화하여 고통도 없앨수가 있지. 숨겨 둔 수가 제법 매서웠지만 상대를 잘못 만났다."

"크크큭. 푸하하하하."

상대의 이야기를 듣던 아카드의 입에서 엄청난 웃음소리가 들렸다.

"뭐? 기력으로 무식하게 근육이나 강화하는 주제에 애송이? 네놈이 미쳤구나."

아카드의 팔이 앞에 있는 대장의 얼굴을 휙 하고 스치고 지나갔다. 괴인들의 대장은 마비된 줄 알았던 아카드의 너무도 빠른 손길에 잠시 놀랐지만 자신의 뺨을 만져보고는 거만하게 웃었다.

"뭐야? 이 몸의 얼굴을 만지고 싶었던 게냐?"

"기력으로 고통을 없앤다고 했나? 그거 하나는 어디 가서 자랑해도 되겠어. 다른 사람 같았으면 눈이 뒤집힐 고통을 느꼈을 텐데."

"독이 뇌까지 퍼졌나? 이상한 소리를 지껄여대는군."

괴인들의 대장은 방금 전부터 가려워 오는 눈을 비비며 비릿하게 웃어댔다.

"대…… 대장님!"

"왜 그래?"

"누…… 눈에서…… 으아악!"

"어이! 어디 가! 당장 돌아오지 못해?"

괴인들 중 우두머리를 제외하고 마지막으로 살아남은 자가 뒷걸음질 쳤다.

그는 갑자기 대장의 얼굴을 보더니 악마를 본 것처럼 도망쳤다.

"저 미친 놈 뭐야! 눈은 왜 이렇게 가렵지?"

괴인의 대장은 눈을 비벼대다가 자신의 손을 바라보았다. 그의 손에 피가 흥건하다.

"멍청한 인간! 이제 쇼 타임이다!"

실리안의 말이 끝나자마자 대장의 눈동자가 가로로 갈라지고 파열되면서 붉은 물줄기가 눈알 밖으로 뿜어 나왔다.

"으…… 으…… 아아아악!"

괴인들의 대장은 엄청난 고통보다는 보이지 않는 공포와 놀란 마음에 비명을 토해 냈다.

"어……언제……?"

"인간 주제에 이 실리안 님의 속도를 볼 수 있을 거 같아? 잘 들어! 바람의 손은 인간의 눈보다 빠르다. 알겠어?"

그 말을 끝으로 아카드의 눈은 점점 감기고 그의 정신 속에 머물던 실리안의 흔적들도 서서히 사라지기 시작했다. 완전히 눈이 감기기 전, 실리안의 중얼거림이 아카드 주변을 한 바퀴 휙 돌다가 바람처럼 사라졌다.

'싸가지. 다음에 볼 때는 좀 더 강해져라!'

Chapter 10.
모건 백작의 분노

수도 그라프에서 가장 화려한 저택들이 즐비한 귀족 지구.

엄청난 규모를 자랑하는 저택들 중 이국적으로 지붕이 기와로 꾸며진 4층 건물에 새벽부터 비상종이 울려 퍼지기 시작했다.

땡. 땡. 땡.

"비상이다!"

대륙 최고의 도둑들도 피해 간다는 메디아 가문의 저택 곳곳에서 고함 소리가 들리기 시작했다.

그리고 가장 꼭대기 층.

과거 해적들의 신으로 군림하던 중년인이 머무는 꼭대기

층으로 누군가가 급하게 뛰어가는 소리가 들렸다.

똑. 똑.

"들어와."

무뚝뚝한 중년인의 목소리.

허락이 떨어지기가 무섭게 문이 열리며 백발의 노신사가 방 안으로 들어왔다. 총집사 블라디우스다.

총집사 블라디우스가 다급하게 입을 열려는 순간 이 방의 주인 모건 백작이 손을 들어 막았다.

"자네가 이렇게 뛰어온 적이 언제였더라? 안사람의 편지를 받은 그때 이후 처음이지?"

"마스터, 지금 그런 말 할 때가 아닙니다. 큰일이 난 것 같습니다."

"자네가 말하는 큰일이 내가 나서면 금방 해결될 문젠가?"

"하지만 도련님이 크게 다치셨습니다. 내려가 보셔야 하지 않겠습니까?"

"애들이야 다치기도 하고 싸우기도 하면서 크는 거지. 안 그래?"

모건 백작은 책상 위에 놓여 있는 담배를 하나를 물고 천천히 창문을 향해 다가갔다. 모건 백작은 푸른색으로 밝아오는 새벽하늘을 바라보며 조용히 뇌까렸다.

"그런 줄 알면서도 말이야. 부모 마음이라는 게 내 자식이 다치면 때린 놈 부모에게 열 배로 갚아 주고 싶어지더란 말이지."

"당장 의심이 되는 놈들을 싹 잡아들일까요?"

총집사 블라디우스의 몸에서 피의 향기가 스물스물 피어나기 시작했다. 흡혈족 특유의 살기를 내뿜으며 모건 백작의 명령이 떨어지면 당장이라도 달려갈 태세다.

"놈들까지 필요 있나? 대가리 한 놈만 족치면 되지."

"대가리라면 누구를?"

"제국의 대가리가 누구겠어? 황제지."

모건 백작은 책상 위에 있는 몽둥이를 잡았다. 볼품없어 보이는 몽둥이가 모건 백작이 잡자마자 우웅 하는 소리를 내며 진동하기 시작했다.

"마스터. 그건 이성적이지 못하다고 생각합니다만."

"내 자식이 자네가 뛰어 올라올 정도로 다친 건 정상이고?"

"대륙에 다시는 발을 붙이지 못할 수도 있습니다."

"그건 똑똑한 자네가 수습해야 하는 문제지, 내 문제가 아니야."

모건 백작은 몽둥이를 들고 동네 산책하듯이 느긋하게 걸어간다. 그는 블라디우스를 지나치다가 뭔가를 잊었는지 발걸음을 멈췄다.

"내 영지에 있는 뺀질이 놈에게는 연락했겠지?"

"30분 내로 도착할 수 있다는 연락을 받았습니다. 지금쯤이면 이곳과 영지를 연결하는 텔레포트 마법진이 완성됐을 겁니다."

모건 백작은 고개를 끄덕이더니 다시 발걸음을 움직이기 시작했다.

"제가 모시겠습니다."

"됐어. 밑의 새끼들이나 다독여. 괜히 범인 찾아낸다고 꼭두새벽부터 칼 들고 돌아다니면 머리만 아파져."

"절대 혼자 보내실 순 없습니다. 듀랄이라도 데려가십시오."

모건은 몸을 돌려 블라디우스를 바라보았다. 평소와 다름없는 웃고 있는 모건 백작이지만 눈동자는 자글자글 타오르고 있었다.

블라디우스는 모건 백작의 기세에 눌렸는지 시선을 피했다. 하지만 모건 백작을 생각하는 그의 목소리는 멈추지 않았다.

"절대 혼자 못 보낸다고 말씀드렸습니다. 저라도 무조건 따라갑니다."

"모기 새끼. 많이 컸네. 나한테 대들 줄도 알고."

모건 백작의 몸에서 해일과도 같은 기세가 방 안을 가득

채웠다. 그 기세는 방 안을 맴돌다 블라디우스를 향해 폭풍처럼 진격했다.

쾅!

엄청난 굉음과 함께 방 안이 뿌옇게 피어났다.

모건 백작의 기세를 고스란히 받은 블라디우스의 몸이 벽을 뚫고 파묻히면서 생겨난 먼지들이 방 전체에 안개처럼 자욱하다.

"쿨럭! 혼자 가시려면 저를 죽이고 가십시오."

몸을 돌려 방을 나서려던 백작이 피식 웃으며 입을 열었다.

"듀랄에게 따라오라고 전해."

"알겠습니다. 조심히 다녀오십시오."

"내가 어디 가서 맞고 오는 거 봤냐? 내 방이나 잘 치워."

모건 백작의 몸이 순식간에 시야에서 사라졌다. 블라디우스는 입가에 흐르는 피를 닦으며 걱정스러운 표정으로 모건 백작이 사리진 곳을 바라보았다.

*　　　*　　　*

아카드는 대륙 전쟁에 전쟁상인으로 가출하기 전에 어렸을 때 지내던 방 침대에 누워 있었다. 이마에는 악취가 나는 누런 땀이 비 오듯이 쏟아졌다.

한눈에 봐도 상태가 심각해 보인다.

수도의 용하다는 치료사들을 깨워 데려와 보았으나 고개를 흔들었다. 그들은 독의 종류조차 알아내지 못했다.

팔목에서 시작된 독은 벌써 그의 상반신 전체로 퍼지고 있었다. 목 아래 부분의 피부가 점점 진한 녹색으로 변했다.

노틸러스 제국 최남단 해안가에 위치한 모건 백작의 영지에서 영주 대행이자 유일한 치료사인 마리아드 총관이 뒤늦게 허겁지겁 올라왔다.

"이게 뭔 일이여. 우리 소공자님께서 전쟁통에서 돌아오신 지 얼마나 됐다고 요로코롬 누워 계신 겨!"

마리아드 총관.

희귀 종족을 수집하는 악덕 영주의 계략에 빠져 노예로 끌려가던 것을 모건 백작이 구해 주면서 해적단과 인연이 시작되었다.

모건 해적단 시절.

4대 함장 중 한 명으로 S급 랭커에 버금가는 정통 마법과 엘프족 대대로 내려오는 치료술, 점 하나만 있어도 관통하는 궁술 실력을 가지고 지니고 있다.

마리아드 총관은 황급히 침대에 누워 있는 아카드에게 다가갔다. 오랫동안 제국 끝에서 모건 백작의 영지를 관리

하던 마리아드 총관이 지방색에 물들었는지 사투리 가득한 말투로 블라디우스에게 소리쳤다.

"야! 모기! 넌 뭐하는 놈이고!"

"뺀질이, 아갈 물어라. 죽방 날아간다."

오랫동안 흡혈족과 엘프족은 천적 관계다.

그러다 보니 둘은 만나면 부딪히기 일쑤다.

"니가 지금 내한테 따질 상황이가? 어디서 소리쳐 쌌노!"

"그래. 내가 죽일 놈이다. 이대로 확 달려가서 이 도시 전체를 피바다로 만들어야 속이 시원하겠냐!"

총집사 블라디우스가 평소에는 전혀 볼 수 없는 격앙된 목소리로 고함을 쳤다.

"일단 소공자 상태나 보고 다음에 이야기하자."

"살려만 내! 그럼 네놈이 해 달라는 거 다 해 줄 테니."

마리아드는 블라디우스에게 혀를 차며 아카드의 상태를 살폈다.

온통 거무칙칙한 녹색이 목 아래까지 퍼져 있었다. 목 위로 독이 퍼져서 올라오는 건 시간문제였다.

마리아드는 재빨리 가방에서 바늘 하나를 꺼내어 아카드의 손목을 살짝 찔렀다. 찔린 상처에서는 피 색깔이라고 볼 수 없는 거무칙칙한 액체가 송글송글 맺혔다.

"미치겠네!"

마리아드는 거무칙칙하게 변해 버린 바늘을 바닥에 내팽개치며 짜증을 부렸다.

"왜? 이 독의 정체가 뭐냐?"

"그린 몬스터."

"그게 어떤 독인데? 빨리 말해 봐. 그래야 제국을 뒤져서라도 해독제 구해 올 거 아니야."

"없다."

"뭐가 없는데? 설마 해독제가 없다는 개 같은 소리를 내 앞에서 지껄이는 건 아니겠지? 숨만 붙어 있으면 무조건 살릴 수 있다며!"

블라디우스가 마리아드의 멱살을 잡고 소리를 쳤다.

"살릴 수야 있지. 여기가 진 제국이라면. 그런데 남쪽에서는 해독제 재료를 구할 수가 없다. 다른 건 어떻게 해서든 구해 보겠는데 불의 화초라고 불리는 식물은 여기서 구하기 힘들어."

"그럴 리가 없어! 이곳은 대륙의 모든 것들이 모이는 곳이야. 기다려. 내가 수도의 약재상을 샅샅이 뒤져서라도 구해온다."

마리아드는 코트를 걸치고 나가려는 블라디우스를 붙잡았다.

"소용없어. 불의 화초는 하루가 지나면 시들해져 버리기 때문에 이곳에서는 구할 수 없어. 진 제국이라면 모를까."

"방법을 생각해 내! 그렇지 않으면 소공자님뿐만 아니라 마스터도 위험해져!"

블라디우스는 마리아드의 몸을 흔들며 소리쳤다.

"잉? 그러고 보니 대장이 없네? 대장 어디 갔노?"

"황실. 지금 듀랄을 데리고 황실로 쳐들어갔다. 그러니까 얼른 방법을 생각해 내!"

"니미럴. 간만에 평온을 즐기나 했더니 똥줄 타게 생겼네."

마리아드는 이마에 손을 대고 방 안을 뱅뱅 돌며 소공자를 살리기 위해 생각을 짜냈다. 그 모습을 지켜보는 블라디우스는 발을 동동 굴리며 아카드의 이마를 닦아 내고 있었다.

"야, 모기! 소공자가 독에 찔린 지 얼마나 됐지?"

"빽질이 자식아! 지금 그게 중요하냐!"

"중요해. 아주. 그러니까 얼른 말해!"

블라디우스는 상기된 얼굴로 거친 숨을 내쉬며 입을 열었다.

"두 시간. 이제 됐냐?"

"그럴 리가 없는데?"

마리아드는 황급히 아카드에게 다가가 손바닥으로 머리부터 발끝까지 쓸어내렸다. 마리아드는 고개를 갸우뚱하며 블라디우스를 쳐다보며 물었다.

"혹시 소공자께서 정령과 계약했냐?"

"전쟁터에서 돌아오시자마자 정령사가 되셨지. 그건 왜?"

"정령석은? 정령석의 기운은 흡수하셨냐고?"

"마스터께서 몰래 보내신 적은 있어. 이 상황에서 그건 왜 물어!"

"옳지. 혹시 공자님께서 계약 맺은 정령이 어떤 계열인지 알고 있냐?"

"희미하지만 바람의 향기가 흘러 나왔다. 왜? 방법이 생각났어?"

"젠장! 하필 바람의 정령이 뭐냐. 불의 정령이면 독을 태워 버릴 수 있는데. 잠깐."

마리아드는 손을 들어 뭐라고 말하려는 블라디우스의 말을 끊었다.

"마스터께서 황실에 가셨다고? 가신 지는 얼마나 됐냐?"

"네놈이 오기 40분 전에 출발하셨어. 듀랄이랑 같이 가셨다."

"어디 보자. 무식한 오크 새끼랑 가셨으면 대충 황제 면상 직전까지는 도착하셨겠네. 모기, 지금 당장 마스터에게 달려가!"

마리아드가 창문 밖으로 손가락을 가리키며 외쳤다. 블라디우스의 몸이 마리아드 총관의 말이 끝나기가 무섭게 검은색 박쥐로 변신했다.

"달려가서 반드시 전해! 정령석을 구할 수 있는 대로 다 긁어 오라고."

"그렇게만 전하면 되는 거냐?"

"그래. 시간이 없어. 어서!"

박쥐로 변한 블라디우스는 순식간에 창문에서 사라졌다. 마리아드는 수건을 들어 아카드의 이마를 닦아 주며 자신도 식은땀을 흘렸다.

"확률은 1/3. 불의 정령, 물의 정령, 대지의 정령 중 반드시 불의 정령이 뽑혀야 소공자님이 산다."

*　　　*　　　*

황궁에서 기사들을 추풍낙엽처럼 베어 넘기는 듀랄의 모습은 거침이 없었다. 하지만 선천적으로 전투를 좋아하는 오크 전사 듀랄의 눈은 통쾌함보다는 분노로 가득했다.

"살살 해라. 애들 목숨 줄은 붙여 놔야 몸값은 받아 내지 않겠냐?"

"최대한 목숨 줄 붙여 놓으려고 살살 하는 거 안 보이슈? 소공자님을 생각하면 이놈들 목을 다 잘라 버리고 싶은 마음뿐이유."

듀랄이 황실 근위의 방어진을 뚫는 사이 뒤에서는 모건 백작이 뒷짐을 지며 산책하듯이 사뿐사뿐 걸어왔다.

"침입자들이 내성에 들어왔다! 어서 비상사태를 선포하라!"

듀랄에 의해 철옹성과 같은 황실 외성의 문이 뚫렸다. 어떠한 창과 방패도 오크 전사의 무시무시한 그레이트 엑스를 막을 수 없었다. 어느새 황실 내성의 모습이 눈에 들어왔다.

뾰족한 지붕 주변으로 나열된 성들이 견고해 보였다. 내성 입구에는 두 개의 감시탑이 솟아 있어 수도 외곽의 적들까지 살필 수 있는 천혜의 요새다.

하지만 세상에는 예외라는 것이 있었다.

듀랄의 도끼질 몇 번에 내성의 문은 순식간에 박살 났다. 강철로 만든 커다란 문은 우그러지고 금속으로 된 파편이 사방으로 튀었다.

"무릎을 꿇어라! 여긴 황제 폐하께서 머무는 신성한 곳이다."

황실의 안전을 책임지는 12기사단의 단장들이 내성 입구에서 부채꼴로 자리 잡고 긴 창을 입구를 향해 겨누고 있었다. 창끝에 선명하게 보이는 넘실거리는 오러가 내성에 한 발자국이라도 들여 놓으면 꼬챙이로 만들어 놓겠다는 듯이 위협하고 있었다.

*   *   *

그 시각 황제 팔라디오 2세와 한 사람이 은밀하게 독대를 나누고 있었다.

"그동안 고생이 많았소. 억울하시겠지만 조금만 참아 주시오. 장군의 억울한 사연이 아카데미에서부터 사방팔방으로 전해지고 있는 중이오."

"폐하. 저는 괜찮으니 너무 심려하지 마옵소서."

"아니오. 제국을 승리로 이끈 장군이 제국에 도착하자마자 감옥의 찬 바닥에 머물 것을 생각하니 짐이 잠을 이룰 수가 없소. 곧 무죄가 발표되면 짐이 거하게 개선식을 해 드리리다."

"황송하옵니다. 폐하."

황제와 독대하고 있는 상대는 페드릭 장군.

감옥에서 조사받고 있어야 할 페드릭 장군을 황제가 은밀히 황실로 불러들였다. 황실파의 정신적 지주인 페드릭 장군이 억울한 누명을 쓰고 감옥에 잡혀가는 것을 지켜볼 수밖에 없었던 황제는 이런 식으로 몰래 불러 위로하는 수밖에 없었다.

"내가 직접 한 잔 주리다. 이 술 한 잔에 섭섭한 마음을 훌훌 털어 버리시오."

"폐하의 마음. 평생 잊지 않겠사옵니다."

황제가 페드릭 장군에게 직접 술을 따르며 서로의 마음을 확인하고 있을 때 침입자를 알리는 나팔소리가 요란하게 울렸다.

황제는 인상을 찌푸리며 황실을 관장하는 궁내청장 어니스트 백작을 불렀다.

"이 소리가 무슨 소리요?"

"아무 일도 아닐 것입니다. 너무 심려치 마시고 페드릭 장군과 좋은 시간 보내십시오. 폐하."

궁내청장은 재빨리 근위 기사들을 불러 상황 파악에 나섰다. 그때 내성 입구 쪽에서 기사 하나가 바람처럼 달려오는 것이 보였다.

"큰일 났습니다. 적들에 의해 외성이 뚫렸답니다. 지금 내성 입구에서 근위 기사단장들과 대치 중이랍니다."

"무어라! 황실의 외성이 뚫려? 적의 숫자는 얼마나 되나? 수백 명? 아니면 수천 명?"

"지금은 두 명밖에 보이지 않습니다만, 수백 명의 동조

자들이 있을 것으로 파악됩니다."

"두 명? 두 명에 황실이 뚫려?"

들고 있던 페드릭 장군이 조용히 술잔을 내려놓았다. 괜찮다고 앉으라며 만류하는 황제 앞에 한쪽 무릎을 꿇었다.

"제가 나가 보겠습니다. 아무래도 보통의 인물이 아닌 것 같습니다."

"아니오. 몸도 마음도 고단하실 장군에게 이런 일을 맡길 순 없소."

"폐하. 이곳을 지키는 기사들은 제가 자식처럼 키운 자들입니다. 그들이 적의 침입을 막지 못했는데 부모인 제가 가만히 두고 볼 수 있겠습니까? 허락해 주십시오. 폐하."

팔라디오 2세는 잠시 고민하다가 벽에 걸려 있는 자신의 검을 페드릭 장군에게 건넨다.

"이 검을 들고 가시오. 선왕께서 무척 아끼던 검이라 들었소."

"폐하. 이런 귀한 물건을 받을 수 없습니다."

"무기도 압수당했는데 무엇으로 적과 싸울 생각이오. 어차피 이 검은 개선식 때 포상으로 내리려고 했던 것이니 미리 받는다고 생각하고 받으시오."

"폐하의 은혜. 죽어서도 잊지 않겠습니다."

페드릭 장군은 황제가 내린 검을 떨리는 두 손으로 받았

다. 황제가 내린 은빛 검에는 어떤 이음새도 보이질 않았
다. 미스릴 주괴를 통으로 깎아 만든 검이다.

"금방 돌아오겠습니다. 충!"

"어서 다녀오시오. 짐은 이 자리에서 기다리고 있겠소."

황제에게 받은 검을 들고 나가는 페드릭 장군의 발걸음
은 힘에 넘쳤다.

＊　　　＊　　　＊

"감히 허락받지 않은 미천한 것들이 황실에 발을 붙여?
쳐라!"

듀랄이 내성 안으로 한 발자국 들이는 순간 12명의 기사
단장들이 일제히 공격을 가했다. 그들은 상대가 아무리 강
해도 자신들의 창에 꿰뚫려 죽을 것이라고 생각했다.

하나뿐인 내성 입구에 피할 공간은 없었다.

내성 밖으로 물러서서 피하기에는 찔러 오는 창의 속도
가 너무 빠르다.

그런데 듀랄은 피하려고도 하지 않았다. 오크 특유의 밖
으로 튀어나온 아래 어금니를 번쩍거리며 들고 있던 그레
이트 엑스를 중앙에 있는 단장에게 집어 던졌다.

붉은색의 오러가 넘실거리는 그레이트 엑스는 엄청난 회

전을 하며 중앙에 위치한 단장의 이마를 향해 날아갔다.

"피해!"

중앙의 기사단장이 듀랄이 던진 도끼를 피하느라 잠깐의 틈이 생겼다. 그 순간 번개같이 듀랄은 중앙으로 파고들어 자신의 옆으로 지나가는 창대 11개를 양쪽 겨드랑이 사이로 끼웠다.

"커허헉. 창이 안 움직여."

"아무리 힘이 좋다고 해도 어떻게 이런 일이!"

기사단장들은 침을 질질 흘리며 자신들을 비웃는 듀랄의 모습이 악마처럼 느껴졌다.

"으라차차차차!"

듀랄이 엄청난 기합 소리와 함께 겨드랑이에 꽂혀 있는 창대를 위로 들어올렸다. 차마 자신의 무기를 손에서 뗄 수 없었던 기사들의 몸이 그대로 공중으로 떠올랐다.

"괴…… 괴물이다! 내려줘!"

듀랄은 그 상태로 자신의 몸을 회전시켰다. 한 바퀴, 두 바퀴 속도는 점점 올라가고 기사 단장들은 하나둘씩 공중에서 원심력에 의해 팽이처럼 돌다가 튕겨져 벽에 처박혔다.

"귀여운 새끼들."

듀랄은 등에서 그레이트 엑스를 꺼내 신음하고 있는 기사 단장들에게 천천히 걸어갔다.

"그만! 그만하시오!"

저 멀리서 기골이 장대한 짧은 잿빛 머리의 사내가 굳은 표정으로 천천히 걸어왔다. 그는 쓰러져 있는 기사들을 안타깝게 바라보더니 달려오기 시작했다.

"감히 내 새끼들을 위협해!"

사내는 달려오는 기세를 멈추지 않고 발을 들어 듀랄의 가슴을 찼다. 그러자 듀랄의 몸이 1미터 정도 뒤로 미끄러졌다.

"뭐야? 비리비리한 영감탱이가 지금 나랑 해보자는 거야!"

듀랄은 가슴에서 느껴지는 은은한 고통에 커다란 콧구멍으로 하얀 김을 내뿜었다. 오크 전사의 녹색 피부가 점점 붉게 변해 간다.

"그만해라."

뒤에서 들려오는 한마디에 듀랄은 고개를 세차게 흔들었다.

"마스터. 내가 저놈 이길 수 있수! 맡겨 주셔!"

"좋은 말할 때 비켜라. 시간 없다."

모건 백작의 말 한마디에 듀랄은 자신을 공격한 사내에게 눈을 부라리는 것을 잊지 않았다.

'다시 만나면 반드시 승부를 내자' 라는 눈빛이다.

"감옥에 있다더니 황실에 있네?"

"모건 백작……."

페드릭 장군이 은빛으로 만든 검을 뽑아 아래로 내렸다. 그는 천천히 모건 백작 앞으로 다가왔다.

"이 무슨 무례한 짓이오. 감히 황실에 쳐들어오다니! 반역죄로 잡혀가고 싶은 게요?"

"시간 없으니까 비켜라."

"돌아가시오!"

"두 번 말 안 한다."

페드릭 장군의 몸에서 엄청난 기세가 활활 타올랐다.

그는 자신의 기세를 미스릴 검에 담아 엄청난 속도로 대리석 바닥을 향해 내려쳤다.

지지지지직—

미스릴 검이 꽂힌 자리에서 바닥이 진동했다. 그러더니 갈라지는 소리와 함께 페드릭 장군과 모건 백작 사이에 있던 땅이 갈라지며 선이 생겨났다.

"모건 백작! 당신은 절대 이 선을 넘어갈 수 없소!"

"픕! 전쟁터에서 몇 년 굴렀다고 간이 배 밖으로 나왔군."

모건 백작은 갈라진 땅을 바라보며 피식 웃었다.

모건은 슬리퍼를 신은 자신의 발을 들어 바닥에 내려쳤다.

우르르르르르!

갑자기 내성 전체가 울리며 내성 건물이 흔들렸다.

서서히 바닥이 갈라지며 바닥의 대리석 조각들이 갈라져 바닥 위로 올라왔다. 내성 로비의 바닥 전체가 갈라지며 페드릭 장군이 갈라놓은 선은 흔적도 없이 사라졌다.

"네놈이 그어 놓은 선이 사라졌으니 비켜라!"

"어떻게 이런 일이!"

페드릭 장군이 모건 백작의 엄청난 기력에 놀라 외쳤다. 하지만 그는 한 발자국도 물러나지 않았다.

"이곳을 지나려면 나의 시체를 밟고 지나가야 할 것이오."

페드릭 장군은 황제가 하사한 검을 들고 모건 백작의 앞을 막았다. 모건 백작을 바라보고 있는 페드릭 장군의 등에서는 긴장으로 인한 땀방울이 멈추지 않았다.

"그럼 죽여야지."

모건 백작이 자신의 오른손을 천천히 들어 올렸다. 모건 백작의 손에 푸른색의 빛줄기가 엄청난 길이로 생성되었다.

페드릭 장군은 전설에나 나올 법한 모건 백작의 엄청난 오러를 바라보며 자신의 죽음을 느꼈다. 자신의 삶의 기억들이 주마등처럼 스쳐 지나가며 희미하게 웃었다.

'아들아, 부디 제국의 거목이 되어라.'

페드릭 장군이 자신의 양아들 폴을 떠올리며 미스릴 검을 서서히 올렸다.

"멈추시오! 황제 폐하의 어명이요!"

갑자기 복도 저편에서 궁내청장 어니스트 백작이 달려왔다.

"멈추시오!"

어니스트 백작은 두 사람 사이에 섰다. 그는 양팔을 벌려 페드릭 장군과 모건 백작 사이를 떨어뜨려 놓고는 모건 백작을 향해 몸을 돌렸다.

"폐하께서 모건 백작을 만나고 싶어 하시오. 응하시겠소?"

모건 백작은 궁내청장을 내려다보며 입꼬리를 쓰윽 하고 올렸다.

"앞장서!"

＊　　　＊　　　＊

"우리 이러지 않기로 약속했잖아!"

피를 토하는 외침이 이런 것일까?

팔라디오 2세는 다가오는 모건 백작을 보곤 파르르 떨며 외쳤다. 근엄한 황제의 모습은 사라지고 드래곤 앞에 있는 생쥐처럼 겁에 질려 있었다.

"닥쳐! 내 새끼가 사지를 헤매는데 약속 지키게 생겼어!"

모건 백작은 자신의 슬리퍼 한 짝을 팔라디오 2세에게 집어 던졌다.

딱.

"악!"

팔라디오 2세는 자신의 얼굴을 부여잡고 뒹굴었다. 황제는 엄청난 고통에 기절하기 일보 직전이었다.

"억울해! 정말 나는 모르는 일이라고!"

"뭐가 억울하냐?"

모건 백작이 묻자 팔라디오 2세는 기회를 놓치지 않고 얼른 대답했다.

"네놈 아들을 지키기 위해 얼마나 신경 쓴 줄 알아! 아카데미 총장님한테 부탁했다고. 자네 아들이 죽인 제국은행장 아들의 사인을 조작하느라 정보부 요원 반 이상을 보냈어. 그런데 나한테 이럴 수 있어!"

황제가 고함을 질렀다.

모건 백작은 잠깐 기세를 누그러뜨렸다.

'그렇다면 황실에서도 내 자식을 지키기 위해 어느 정도 노력은 한 셈인데.'

모건 백작이 해적왕 시절, 아무리 대륙에서 최고의 악명을 떨친다고 해도 자신만의 철학은 가지고 있었다. 자신의 부하들과 식솔들의 털끝 하나 건드린 놈은 죽을 때까지 잡으러 다니지만 조금이라도 잘해 준 놈은 건드리지 않았다.

그래야 영주들에게 자신의 위엄이 서고 자신의 행동에 명분이 생기기 때문이다.

'내 아들이 죽게 생겼는데 명분이 무슨 소용이야. 그냥 다 죽이고 훨훨 떠나자.'

잠시 고민하던 모건 백작의 눈에 갑자기 살기가 감돌았다.

"친구. 우리 이러지 말자고."

팔라디오 2세도 살기를 감지했는지 엉거주춤 뒤로 뒷걸음질 쳤다. 그러다가 벽에 부딪히자 양손으로 자신의 얼굴을 감쌌다.

"블라디우스입니다."

갑자기 창문에서 박쥐 한 마리가 날아들었다. 모건 백작 앞에 선 박쥐는 하얀 연기와 함께 총집사 블라디우스의 모습으로 변해 황제의 모습을 힐끗 쳐다보고는 모건 백작에게 고개를 숙였다.

"무슨 일이지? 따라오지 말라고 했을 텐데."

모건 백작은 분노 어린 음성으로 블라디우스에게 말했다. 자신의 아들을 지키지 않고 여기까지 따라온 것에 대해 분노한 것이다.

"그것이 사실……."

블라디우스는 모건 백작에게 귓속말로 뭐라고 중얼거렸다.

"그래? 그렇단 말이지?"

모건 백작의 얼굴이 살짝 폈다. 그는 블라디우스의 말을 듣는 동안 고개를 계속 끄덕였다.

"알았어. 그만 가 봐."

"차일드 상단의 대가리는 어떻게 처리할까요?"

블라디우스는 황실까지 오는 동안 범인들의 정체도 알아냈다. 지금은 모건 백작의 집사로 행동하고 있는 블라디우스의 부하들이 아카드를 해친 놈들의 배후를 쥐 잡듯이 찾아낸 것이다.

결국 창을 들고 온 괴인을 붙잡았고 온갖 잔인한 고문 끝에 범인이 차일드 부상단주라는 사실을 알아냈다.

"내가 어떻게 하라고 할 것 같아?"

"맡겨만 주신다면 조용하게 하겠지만, 세상에서 가장 잔인한 방법으로 처리하고 싶습니다. 마스터 부탁드리겠습니다."

총집사 블라디우스는 자신에게 맡겨 달라는 간절한 표정으로 말했다. 정보 수집에 누구보다 자신 있는 자신이 소공자의 위험을 몰랐다는 것에 책임감을 느끼고 있었다.

"알았어. 이번 일은 총집사에게 맡기지. 이만 가 봐."

"감사합니다."

말을 마친 블라디우스는 다시 박쥐로 변해 황제의 방 창문을 향해 빠져나갔다.

'이대로 물러나는 건 모양새가 좋지 않은데. 그냥 확 죽여 버려?'

모건 백작은 황제를 바라보며 생각에 잠겼다.

"일어나. 친구."

모건 백작이 구석에 쭈그리고 있는 황제에게 말했다. 팔라디오 2세는 모건 백작의 친구라는 말에 안심이 되는지 얼굴색이 살짝 돌아왔다.

"차일드 상단 놈들 짓이라네. 뒤처리 깔끔하게 해 줘."

"황실이 무슨 해결사인 줄 아느냐! 우리는 모르는 일이라고 했지!"

황제는 자신의 결백이 밝혀지자 다시 기를 펴고 원래의 모습으로 돌아왔다. 그는 모건 백작을 꾸짖으며 나무랐다.

그러자 모건 백작이 눈을 부라리며 황제를 쳐다보았다.

"이 제국이 누구 것이냐? 황제인 네놈 것이 아니냐? 그런데 이 땅에서 내 아들이 죽어 가는 데 네놈 일이 아니라고 발뺌하는 게 말이 되는 소리냐!"

"이씨! 그래 내 잘못이다, 됐냐. 어서 나가 봐. 차일드 상단 일은 황실에서 처리할 테니까."

황제가 축객령을 내렸음에도 불구하고 모건 백작은 나가지 않고 제자리에 서 있었다.

"황제의 명이 들리지 않느냐. 나가라고 했다!"

팔라디오 2세는 자존심이 상하는지 소리를 질렀다.

"폐하. 황제의 실수로 내 아들이 다쳤고, 황실에서 아끼는 기사들의 목숨도 붙여 놓았으니 몸값 협상은 하셔야지요?"

모건 백작이 씨익 웃으며 황제를 바라보았다.

팔라디오 2세는 황태자 시절에 있었던 해적왕과의 첫 만남을 떠올렸다. 그때도 저런 표정을 지으며 자신의 비단 속옷까지 몽땅 털어 갔다.

"그래, 가져가라! 다 가져가라! 이 해적 놈아!"

황실 내성에는 팔라디오 2세의 절규하는 목소리가 오랫동안 울려 퍼졌다.

　　　　　*　　　　*　　　　*

"뺀질이, 어때? 내 아들은 괜찮은가?"

모건 백작이 마리아드 총관을 바라보며 물었다.

"지금 제 마나를 소공자의 몸에 불어 넣어 독의 진행을 멈춰 보려고 하지만 쉽지 않습니다."

마리아드는 망설이다가 솔직하게 소공자의 몸 상태를 알렸다. 거무칙칙한 녹색이 아카드 목까지 올라왔다.

"정령석은 가져오셨습니까?"

"그래. 가져왔어."

모건 백작의 손에는 네 가지 색깔의 빛을 내뿜는 주먹 크기의 구슬 네 개가 있었다.

"4개나 있습디까? 노틸러스 황실이 어마어마한 보물이 많다고 들었지만 정령석이 4개나 있을 줄이야."

고대 시대에도 귀했던 정령석이다. 마법사들이 침을 흘리는 같은 크기의 마나석보다 10배나 비싼 것이 정령석이다.

오죽했으면 정령에 뛰어난 자질이 있어도 정령석이 없어 정령사가 되지 못한 인재들이 부지기수였다.

"내 아들 살 수 있겠지?"

"저도 잘 모르겠습니다. 처음 시도해 보는 거라서."

"무조건 살려라. 살리면 네 소원 하나 들어 줄게."

마리아드 총관은 모건 백작의 눈치를 슬쩍 보며 물었다.

"못 살리면요?"

"같이 묻히는 거지. 진 제국에 순장이란 바람직한 풍습이 있는데 들어는 봤나 몰라."

마리아드 총관은 모건 백작의 눈빛을 보며 농담이 아닌 것을 알았다. 이마에는 식은땀이 절로 흘렀다.

'괜히 말했나. 이거 완전 도박인데.'

마리아드 총관은 미리 그려 놓은 활성화 마법진 위에 아카드를 조심스럽게 눕혔다.

모건 백작이 준 정령석을 집어든 마리아드 총관은 아카드의 머리 위에 하나, 가슴에 하나, 단전 부근에 하나를 올려놓았다. 마지막 하나는 망설이다가 아카드 가랑이 사이에 놓았다.

마리아드 총관의 눈에 장난스러운 빛이 스치고 지나갔다.

'도련님, 살아만 나십시오.'

마리아드 총관은 장난스럽지만 진심으로 아카드가 살아나길 빌었다. 그는 잠시 마음속으로 기도를 끝낸 후 마법진 앞에 섰다.

마리아드 총관이 눈을 감고 온 정신을 집중하기 시작했다. 총관의 심장에 뭉쳐 있는 7개의 서클이 맹렬하게 회전하면서 마법진을 향해 빛을 뿜었다.

순간 마법진 중앙에서부터 강렬한 광원이 생겨나 마법진 전체로 옮겨 가기 시작한다. 마법진 전체에 모여 있던 마나가 다시 아카드 몸에 놓여 있는 정령석으로 몰려들면서 방 전체에 엄청난 폭발음이 일어났다.

"뺀질이, 성공했냐?"

"저도 잘 모르겠습니다."

아카드의 모습은 그대로다. 위안이 있다면 목까지 차오르던 독이 더 이상 진행을 하지 않고 있다는 것이었다.

반짝이던 마법진도, 사색을 내뿜던 구슬도 빛을 잃고 평범한 구슬로 바뀌었다.

"뺀질이, 실패냐? 이 새끼 또 사기 쳤냐?"

듀랄이 다가와 마리아드 총관의 몸을 흔들었다. 마리아드 총관은 눈빛이 흔들리며 믿을 수 없다는 표정을 지었다.

"어, 이럴 리가 없는데? 분명히 엘프 역사서에 나오는 정령 활성화 마법진을 그대로 따라 한 건데."

그때였다.

아카드의 몸이 지진이라도 난 것처럼 부르르 떨리기 시작했다.

"어? 도련님의 몸이?"

듀랄이 마리아드 총관을 흔들던 손을 멈추고 아카드를 바라보았다.

모건 백작도 그 모습을 지켜보며 두 사람을 향해 조용하라는 손짓을 했다.

제 멋대로 날뛰던 아카드의 몸에서 이상한 현상이 일어

났다.

얼굴과 머리카락이 새빨갛게 타오르더니 목 아래까지 차오르던 독으로 몰려갔다.

우르르르! 쾅!

엄청난 불길은 아카드의 몸 전체를 태워 버릴 것 같은 기세로 독 기운을 덮쳐 갔다. 아무리 강한 사람도 한 시간을 버티지 못한다는 그린 몬스터의 독이 점점 물러나기 시작했다.

바로 그 순간 엄청난 불길이 아카드 몸 전체를 뒤덮고 있는 그린 몬스터의 독을 강타했다.

쾅!

두 개의 강력한 기운이 부딪히는 순간 아카드의 몸이 공중으로 떠올랐다.

"커헉!"

아카드의 입에서 거무칙칙한 녹색의 독이 핏물과 섞여 튀어나왔다.

엄청난 불길과 최악의 독이 마주치자 서로 못 잡아먹어서 안달이 난 것처럼 서로의 영역을 차지하기 위해 싸우기 시작했다.

최고의 독이 그린 몬스터라면 독의 상극은 불.

불의 기운은 점점 아카드의 몸을 지배해 갔고, 아카드의 목까지 차지했던 독의 기운은 점점 아카드 발목까지 밀려나기 시작했다.

애초부터 이 싸움은 결과가 정해진 싸움이었다.

아무리 독이 강하다고 해도 불을 이길 수는 없는 법.

맹렬하게 불길에 맞서던 독의 기운이 얼마 지나지 않아 점점 도망치는 형세가 되었다.

이때부터 불길과 독의 기운은 서로 쫓고 쫓기는 추격전을 시작하였다. 대륙에 존재하는 어떤 의학서에도 나타나지 않았던 괴사가 아카드의 몸에서 일어나고 있었다.

선천적으로 인간이라면 성장하면서 막힐 수밖에 없는 혈맥들이 불길과 독 기운의 추격전이 벌어지면서 확장되었다.

바로 그 순간이었다.

펑 하는 소리와 아카드의 몸을 지배하던 독 기운은 물론이고 막혀 있던 모든 혈도와 혈맥들이 뚫렸다. 동시에 용암이 폭발하듯이 아카드의 몸 전체가 불구덩이에 들어간 것처럼 활활 타올랐다.

아카드의 발끝까지 도망치던 독의 기운이 더 이상 도망칠 곳을 잃었는지 다가오는 불길에 맞섰다.

쾅! 쾅! 쾅!

최악의 극독과 독의 상극인 불의 기운.

두 기운의 충돌은 폭풍의 해일이 맞부딪히는 충돌과도

같았다.

거대한 폭발이 일어나면서 아카드의 몸은 축 처졌다.

얼마나 서로의 추격전이 치열했는지 방 안에는 엄청난 열기가 그대로 남아 있었다.

아카드의 몸이 천천히 공중에서 내려왔다.

주변에는 독의 흔적과 노폐물로 인한 악취가 진동했다.

주르륵! 주르륵!

아카드 전신에 있는 모공에서 노폐물들이 쏟아지면서 그의 눈꺼풀이 천천히 올라갔다.

모두의 시선이 아카드에게 집중되어 있는 그때.

아카드의 검은 눈동자가 붉은색으로 물들면서 입꼬리가 쓱 올라갔다.

"시펄! 인간 세상이네! 만나서 반갑다. 새끼들아!"

〈다음 권에 계속〉

DREAMBOOKS